圏
ぼうせつけん
佐佐木讓

1

這個季節侵襲日本北部的風暴俗稱彼岸荒，大概發生在三月的彼岸節（註：春分或秋分加上前後各三天，共七天長的一個日本民俗節日）。每年發生的時期多少有些差異，有時候甚至到了四月才會碰上。

北海道東部的彼岸荒還會搭上大雪，雖然不是嚴冬，濕冷沉重的大雪一樣能摧殘大地，經常讓幹線公路干腸寸斷，就連一萬人口左右的城鎮也會被孤立一天以上。

今年彼岸節的壞天氣出奇地客氣，只造成山路晚上無法通行而已。

當地居民全都認為還要再來一波，冬天不可能就這樣結束。

沒錯，直到三月底市區的雪都消了，真正名符其實的彼岸荒才席捲而來。

＊

川久保篤巡查部長衝向駐在所的電話機。

他正好結束上午第一趟巡邏，回到北海道警察釧路方面廣尾署．志茂別駐在所，剛從小型警車下來就聽到電話鈴聲，對方可能已經打了七、八通，還看到一張傳真，但傳真就等等再瞧吧。

川久保拿起話筒說，你好這裡是志茂別駐在所，對方接著開口了。

「警察先生，我是安永。」

安永是當地的農家男子，每年農忙過了就到處打零工，記得冬天應該是在建築公司開除雪車。

「怎麼了？」川久保問。既然先打駐在所而不是一一〇，代表不是什麼要緊事吧。

安永的口氣有些擔心。

「我在茶別橋那邊好像看到一個人，半埋在雪裡，穿著紅色上衣，可是太遠了也不是很清楚。」

「一個人？」

是屍體嗎？

但最近轄區沒有尋人案件，也沒聽說哪裡有人失蹤，不僅志茂別駐在所的轄區沒有，連整個廣尾署轄區都沒聽說過。

川久保問：「你今天才看到的嗎？」

「對，我每天都經過，今天才發現斜坡底下的雪堆那邊，好像埋了一個人。」

這一帶最近兩星期都沒下雪，而且前幾天來了一波暖空氣，市區跟向陽面的農地幾乎都已經融雪，應該是要進入融雪期了。

一旦開始融雪，就會有很多東西從雪堆裡冒出來，比方說非法棄置的垃圾、被風吹走的農用器材、掉落的汽車零件，甚至是貓或鹿的屍體。等積雪消融雪了，當地居民會出來撿垃圾，道路養護單位也會來清掃路邊垃圾，但最少得等融雪後兩個星期才會行動，現在可說是垃圾正要冒出頭的時候。

川久保又問：「看到了臉或手腳嗎？」

「是沒有啦。」安永含糊地說：「但是看來不像一件衣服掉在地上，像是有人穿著，有點噁心，有人來報案了嗎？」

「沒有，我也是現在才聽說。」

「我想說跟警察先生講一下。」

「謝謝，茶別橋是吧？」

「從町裡過去，過橋之後左邊就是了。當時我想下車在路邊撒泡尿，往橋那邊望過去就看到了，在車上還看不到喔。」

「我去瞧瞧。」

「風很大，車在橋上差點被吹歪，這好像是廢話喔？」

「那裡只要風大，車子就容易打滑。」

「下午風還會更大，你聽說了嗎？」

當然聽說了，當地電視台的氣象預報全都呼籲下午要小心暴風雪，結構札實的低氣壓將形成多年來最強的彼岸荒。川久保來這座駐在所上任即將要度過第二個冬天，去年就已經體驗過彼岸荒了。

去年的彼岸荒從傍晚持續到隔天中午，暴風離開之後，國道與道道都得花時間除雪，下午一點國道二三六號才開通。當天正好是週末，學校放假，公司也幾乎都沒上班，商店大多臨時打烊，十勝客運停駛半天。很少有民眾出門，大概只有北海道開發局或帶廣土木現業所（註：現改名建築管理部）的員工必須當班。也因為如此，當天志茂別町沒有任何車禍或山難，平安迎接雪過天晴的星期一。

但是今年正好要進入週末，雖然學校正在放春假，仍然有許多機關行號運營，想必不會像去年一樣平靜，至少要做好心理準備。

川久保說：「我已經來第二年了，清楚。」

「最好準備三天份的緊急糧食跟蠟燭，看看煤油剩多少，比較保險喔。」

「A–COOP 超市很近。」

「不知道今天會開到幾點，我這邊很多店家都提早打烊了。」

「多謝通知啊。」

掛斷電話看看傳真，小宅配行的小貨車被偷了。大概三十分鐘之前有輛小貨車臨停在帶廣市內的商店街，沒有熄火，就突然遭人跳上車偷開走。傳真上印了車款、車身顏色和車牌。

偷宅配行的小貨車？川久保苦笑。這個人一定有特殊癖好，這車又不能轉賣，難道是想偷賣車上的貨？也不對，或許只是惡作劇？還是司機忘了把車停在哪兒，急得報警？帶廣署接受這則報案是認真的嗎？

川久保將傳真收進文件盒，看看牆上的月曆。當地的萬事通老先生已經告訴過他，這個時節的暴風雪有多麼駭人，尤其是昭和三十二年的彼岸荒，更引發了志茂別町史上赫赫有名的遇難案件。

這個萬事通是在當地送了三十五年信的老先生，對町裡的事情無所不知，川久保到駐在所當班以來，已經多次求助於片桐老先生的回憶。

片桐老先生在訴說遇難案件之前，先問了一個問題。

你知道三橡樹地藏嗎？

志茂別市區往北走，國道上有一條往西的町道，町道路邊有三棵參天巨橡，其中一棵的樹根底下擺了一尊凝灰岩的小地藏菩薩。經常有人拿花來供奉這尊地藏，川久保心想是不是發生過車禍，但也沒特別問過他人關於這尊地藏的來歷。

片桐說，那三橡樹就是遇難案發現場，那年冬天的彼岸荒特別凶猛。

志茂別小學西町分校再過幾天就要結業式，當天眼看天氣惡化，如果照正常時間放學，暴風雪可能會增強到讓學生無法回家的地步，所以決定分組提早放學。全校三十四名學生分成不同地區的四個組，各自放學回家。

當時鄉下地方電話還不普及，民眾幾乎都沒有錢買車，冬天的主要交通工具又是馬拉的雪橇，當然不可能有校車。但就算天氣惡劣，爸媽也不會前往學校接小孩。

然而天氣惡化的速度遠超過校長等人的想像，小朋友才剛離開學校，暴風雪就撲天蓋地籠罩整個地區，連走路都有困難。校長才剛送小朋友離開，就後悔做了這個決定，應該讓學生們住在學校或教職員家裡才對。

最後四個組裡面有三個組的小朋友都平安回家。

往北走的那一組，組長是五年級的女生，當地農家的女兒高村光子。三月彼岸節的時候，六年級生已經畢業，所以她是學校裡的大學姊。再加上身高一百四十公分，在當時的小五學生來說算大個頭，個性活潑又負責，家裡還有兩個弟弟。

高村光子那一組有九個人，其中七人還沒到家。高村光子的家離學校約兩公里，組裡住最遠的離學校三公里。爸媽眼見天色漸暗而孩子還沒回家，打了幾通電話輾轉問到學校，得知組裡兩個離學校最近的孩子已經到家，剩下四戶人家的孩子卻還沒回家。所以教職員和住學校附近的壯丁們立刻組成搜索隊。

風雪到傍晚更加猛烈，搜索隊員必須用繩子綁著彼此，往北邊慢慢前進。搜索隊從學校出發，才走了八百公尺就不得不折返，那裡正好是沒有障礙物的空曠平地，狂風捲起雪花，能見度不到五公尺，前方又有雪堆擋住去路，實在無法繼續前進。

壯丁和老師們當晚根本睡不著，暴風不斷拉扯住宅，搖晃梁柱，小學體育館屋頂的鐵皮被風掀開，好幾支電線桿半夜裡被吹倒，電線被扯斷，造成當地停電。

隔天早上狂風依然不止，但天氣已經放晴，雪也停了，視野開闊了起來，所以搜索隊早上七點再次出發。

三十分鐘後，搜索隊在當地人稱三橡樹的地方發現了六個小孩凍死的屍體，離昨天晚上的折返點只有五十公尺。

六個小孩就在路邊大橡樹底下的下風處，緊靠在一起被凍死。

又過了一個小時，從三橡樹往學校方向的一條路上，有人發現高村光子凍死的屍體。她應該不是沒跟上隊伍，而是想獨自前往附近農家求救，結果筋疲力竭而死。

一個晚上死了七個人，在町裡是空前絕後的大事，所以町裡的老人家一提到彼岸荒，馬上就會想到這件案子。

片桐又說，這件遇難慘案還有後續發展。

後來合葬儀式的氣氛相當緊張，不少人責怪校長提前放學的決定有錯，責怪同組兩個得救孩子的家長，為什麼不收容其他七個人？為什麼讓孩子繼續前進？

兩名孩子得救的這戶人家，跟三橡樹之間還有其他兩戶農家，民眾質疑為什麼孩子們沒有躲進這兩戶人家求救？有人認為天氣惡劣到無法求救，能見度不到五公尺，伸手不見五指，更不可能看到遠處的農家。

孩子們無法前進也無法後退，又找不到人家避難，進退維谷，只好窩在橡樹底下等人救援，或者等風雪過去。最年長的高村光子認為自己應該去附近的農家求救，才獨自離開三橡樹。

過了幾年，志茂別町開始流傳起一則怪談。每到彼岸荒的夜晚，孩子遇難那區的人家都會聽見有人敲門，還有女孩子的呼喊聲。

「請開門！請讓我進去！」

民眾聽了聲響，開門一看卻空無一人，只有狂風暴雪。想說是自己聽錯了，關門鑽回被窩睡覺，卻又聽見敲門聲和呼喊聲。

「請開門！請讓我進去！」

聲響斷斷續續，直到天亮了才停歇。

片桐老先生邊說，邊看著川久保的表情。

「你不信對吧。」

「怎麼會呢。」川久保說。

片桐老先生接著說自己年輕的時候，曾經聽一位老伯說過某件事，或許就是怪談的源頭。這位老伯就是遇難現場附近兩戶農家的其中一家。

慘案發生隔年的彼岸荒，晚上有人猛敲他家的門，還有女孩喊著：「請開門！請讓我進去！」客廳裡所有人都聽見了，面面相覷。

老伯當時有幾分酒意，走到門口在門邊問：「是誰呀？誰在外面啊？」

對方回答：「我是高村，高村光子。」

老伯當然知道這個名字，立刻把門打開，屋外風雪猛往門裡灌，老伯衝到門外四處張望，卻沒看到任何人，老伯想說或許是聽錯了風雪聲。

隔天早上風雪稍弱，老伯走到門外，屋旁樹木的下風處積雪比較少，也比較容易留下行走的腳印。

老伯在門前發現了腳印，據說是兒童用膠靴的腳印，從院子裡的雪堆走來，又往雪堆走回去。也就是自稱高村光子的女孩昨天晚上確實來過這裡，敲了這人家的門……

片桐說到這裡又頓住盯著川久保，似乎要他表示點什麼。

川久保開口說：「這案子對町裡人來說肯定永生難忘，也會要求居民之間更應團結互助吧。」

「或許吧，我只是覺得高村光子真的到過那個老伯家裡。」片桐說。

要這麼想也行。川久保想起故鄉札幌，就連這麼大的城市，每幾年也會有一次風雪大到有人罹難。石狩灣附近只要發生大風雪，居民就會收容車子拋錨的過路人，而且還會上新聞。

人們從小就聽長輩說這種故事，學習地區團結的規矩，這個町最好的教材，碰巧就是高村光子這七個小學生的遇難案件了。

川久保問：「後來町裡就沒有這種遇難案件了嗎？」

「小朋友的沒有。」片桐老先生說：「其他案子，你應該比我熟。」

志茂別駐在所轄區內，每年隆冬時期確實都有一、兩件罹難的案子，不一定都在彼岸荒的時候，最近十年內就有三起是汽車在暴風雪中翻覆，駕駛受傷不能動彈而被凍死。有兩起是汽車被卡在雪堆裡無法動彈，駕駛在車裡開了一整晚的暖氣，結果一氧化碳中毒而死。有一起是汽車在風雪中拋錨，結果被除雪車撞上，把車裡的人都撞死，而且多達四人。

這些都是剛上任的時候從廣尾警署地域課交接來的資料，看來從昭和三十二年之後，就沒有兒童遇難死亡的案子了。

川久保走到駐在所門口往外瞧，一早風勢就逐漸增強，現在秒速應該達到七、八公尺。國道對面左手邊A-COOP超市的招牌被風吹得微微搖晃，看不到平時掛在外面的廣告旗，不是被店員收走，就是遭狂風吹走。至於行人，則是一個都沒看見。

今年是上任來第二個冬天，根據去年的經驗，今晚的風速可能會達到每秒二十公尺，這麼一來開車就有危險。而行人走在路上若沒有支撐，也會被風吹倒，就算沒倒也睜不開眼睛，甚至無法呼吸，再加上降雪量大到像是在甩人巴掌，開發局、土木現業所和町裡的除雪中心碰到狂風暴雪應該會停止除雪。沒有人除雪，就不可能開車上路，川久保也不能開車巡邏，甚至發生重大傷亡，也無法派出救護車支援。

川久保打起精神，希望什麼事都別發生。

好像有人，好像有具屍體。

既然接獲民眾報案，還是得在這強風中前往現場勘查。

看看牆上的時鐘，再過七分鐘就一點，川久保翻開桌上的日誌，記下時間與安永的報案內容。

好像有人穿著衣服。

希望只是人家丟掉的防寒外套。說起來慚愧，但他這個警察還不習慣勘驗屍體，害怕看著屍體的眼睛。

川久保挺起胸膛驅趕心中恐懼，打開駐在所的門。

川久保篤原本長期在刑警部門工作，也是頗有成績的探員，夢想就是當刑警做到退休。但是三年前北海道警察為了防堵弊端，採用新的人事規則，警察不能在同一個部門待七年以上，也不能在同一個地區任職十年以上，而且全面適用道警本部的所有警察。道警本部認為警察的專業與經驗，是次要的人事問題，結果道警第一線就再也沒有老練探員了。

川久保就是在這條人事規矩之下被派駐到人生地不熟的警察署地域課，而且單身到駐在所上任，今年四月上任就要滿兩年了。

*

女總務回到了辦公室。

「風好大喔，今天天氣肯定很差。」

西田康男在座位上抬頭看看總務橫井博子，橫井手上提著印有當地信用金庫名稱的尼龍手提袋，手提袋看來鼓鼓的。橫井剛才應該是接了社長的電話指示，從信用金庫提了現金出來，從手提袋的體積來看應該有兩千萬。

橫井把防寒大衣掛在衣架上就走向保險箱，西田用眼角追著她的身影。

此時一名三十多歲的男業務回到辦公室，看著窗外說了。

「今天做不了事啦，是不是該打電話通知所有人收班了？」

橫井蹲在保險箱前說：「社長說等到三點看看。」

「社長在札幌？」

「東京。」

「回得來嗎？帶廣機場會封鎖吧？」

「早上的班機還在飛，難說喔。」

她從提袋裡拿出鈔票放進保險箱，共有兩捆，跟西井想的一樣，兩千萬。

橫井關上保險箱說：「社長說明天要去日高。」

業務員說：「日高，明天直接從東京過去不是比較快？」

「沒現金去不了日高，所以社長才叫我今天先領錢出來。」

西田在志茂別開發有限公司上班，主要販賣農用器材，也有做曳引、建築、運輸等工作。

社長大塚秀夫喜歡賭馬，應該說喜歡那些馬，他養了好幾頭良種馬去參加地方的賽馬，明天也是要造訪日高的賽馬牧場，看來打算當場買頭好馬回來。當場交易跟市場競標的差別，就是拿現金比較有利，還可以殺價，所以社長才要趁今天準備現金。

橫井說：「我也好想被鈔票打個臉，而且要多到把我的臉打腫才好。」

西田康男捧著茶杯走向辦公室中央的煤油暖爐，暖爐上放著水壺，寒冬裡總是隨時想喝杯熱番茶。

西田倒了一杯番茶，走到辦公室窗邊，強風吹得窗戶嘎嘎作響。

原本好轉起來的胃痛突然又回來找麻煩，倒沒有痛到受不了，但是比起兩星期前第一次感到胃痛，確實變得愈來愈明顯，愈強烈。

腦中不斷浮現醫師說的話。

「建議你趁早照個胃鏡，我幫忙寫封介紹信給帶廣的醫院。」

町內診所的年輕醫師說了。帶廣醫院每星期會派一次醫師過來看診，醫師說問題不嚴重，但是小心為上。

內視鏡檢查會有什麼結果，西田心裡早就有底，這可不是胃潰瘍那種小事，因為上次胃潰瘍就診，醫師就叫西田保重身體，再惡化下去就難治了。說得婉轉，其實就是胃癌的意思，現在那個「惡化下去」已經找上門了。

剛開始是胃炎，記得是二十九歲的時候，西田當時在故鄉釧路一家車商工作，為了拚業績而得了胃炎。當時勉強用藥控制下來，卻也付出了辭職的代價。二十五年前在親友勸說下結婚，太太是個溫柔賢淑的好女人，但她的兄弟人格都有問題。太太的哥哥是個爛賭徒，弟弟則是不斷挑戰新生意，不斷砸鍋賠錢。

當西田為大舅的債當了保人，大舅什麼都沒說就人間蒸發，害西田花四年還清兩百萬的債，這時發生第一次胃潰瘍。

八年前小舅做生意又失敗，太太知道娘家雙親要扛債就以淚洗面，西田為此湊了三百萬來還債，這是第二次胃潰瘍，之後他就從業務調到總務去了。

他和太太道子膝下無子，關係倒還不錯，可是太太兩年前子宮癌過世，西田的生活從此亂了套，開始酗酒，本來是有胃潰瘍的心理準備，但這次可不僅如此。

檢查，住院，然後動手術？自己手裡沒錢，又沒保醫療險，一旦動了胃癌手術肯定一窮二白，而且就算動了手術也不知道還能活多久。他聽過一個詞叫做術後五年存活率，不知道胃癌的這個數字有多高？如果病患的術後照護夠好，或許可以多活個十年二十年，但我呢？

再說我有必要動手術多活個五年十年嗎？老婆已經不在，又沒有小孩，跟釧路的親戚不熟，跟老婆娘家更是形同陌路。工作辛苦，薪水微薄，我的人生值得動手術苟活嗎？

西田心裡「不想做檢查」的真心話，逐漸成為穩固的念頭。是不是？花錢動手術有何意義？我會幸福嗎？救回這條命有誰會開心呢？

他突然想起保險箱裡的現金。

兩捆各一千萬的鈔票就在辦公室的保險箱裡，最近沒什麼機會看到這麼多現金，畢竟現在無論生意做得多大，公司都只會收到資料，不會收現金。

兩千萬，好久不見的巨款就在四公尺外的保險箱裡。

兩千萬。

如果我現在有兩千萬會做什麼用？住進大城的大醫院，請名醫開刀？當然要住單人病房，請人照料生活直到痊癒為止，這安穩的生活聽來如何？

但轉念一想，用了這麼多錢把病治好之後，我要回到這個窮鄉僻壤嗎？在這窮酸小公司裡工作？幫這個不懂勞基法的黑心老闆做牛做馬？被年輕女員工嘲笑，用前兩代的電腦作業系統打合約跟報價單？被社長夫人施捨這份爛薪水，還硬要我當她的私人司機？

兩千萬。

如果我有兩千萬，治好胃癌之後絕對不會回來過這種日子，甚至根本就不去治胃癌。如果我只剩半年壽命，拿三個月來好好吃喝玩樂再死，這麼活不是更好？

西田望向保險箱。

兩千萬，如果我有兩千萬。

我在想什麼？亂七八糟，西田搖搖頭。

他望向窗外想轉移注意力，停車場對面的志茂別市區被強風吹得微微顫抖，電線彈跳，路樹隨時都要被吹倒，路面上的雪花像油脂般慢慢流動，一個行人都看不到。鄉下地方本來就沒什麼行人，今天早上更是全都躲進屋裡，學校放假，文化中心的春節親子電影鑑賞會、社福中心的手打蕎麥麵教室、町內聯合會的年度總會，這些町裡預定的活動應該也都取消了。

今年的彼岸荒應該很凶猛，整個町機能停擺，交通完全中斷，不知道是幾個小時之後的事情？

西田看看牆上的時鐘，正好下午一點鐘。

*

手機提示燈正在閃爍。

又是他發的簡訊。

坂口明美摺衣服摺到一半，伸手拿起桌上的手機。

窗戶嘎嘎作響，看來風勢又更強了。明美在這裡將要度過第三個冬天，但是這個地方可大意不得，正當你要歡慶春天降臨，就會碰上難以置信的暴風雪。

打開手機一看，果然是那個男的，而且已經傳第四封了。難道他今天放假，才會一大早就猛傳簡訊？不對，那男的真的在上班嗎？剛認識的時候每天可以收上十封簡訊，連明美都急得撥不出時間回訊。

真不敢相信雙方還認識不到一個月。明美在這六個星期內，從手機的交友網站認識了那個男人，一個星期後見面，再過一個星期就上賓館，見面之後才知道對方比簡訊裡的描述要下流很多，但已經來不及了。這男的認為自己已經把明美抓在手心裡，臉皮愈來愈厚，不斷傳簡訊要求見面同歡。明美找了十幾二十個理由回絕，對方卻打死不退。

上個星期明美忍不住回訊，說丈夫已經發現了，所以這陣子不能見面，希望對方能放她一馬。

實際上丈夫並沒有發現，什麼都不知道，因為這個丈夫為人老實，聽不出所謂的「話中有話」。丈夫是個理工科老實人，之前和明美一起在小田原的一家食品製造商研究所當研究員，雖然人際關係不是很圓滑，但明美就喜歡這種不會油嘴滑舌的人。所以兩人交往一年之後，二十五歲的明美就決定離職結婚，到現在已經過了四年。

但是結婚兩年後，丈夫調職到這個町上，因為町裡有公司的乳製品工廠，他被調來當工廠管理技師。

剛開始聽說這是個小地方，有漂亮的自然風光，居民也很親切。丈夫說志茂別有三哭，被調來這裡的人剛開始都會哭著說自己被流放，過陣子會哭著說這裡真是幸福好地方，最後要被調走了還哭著說不想走。明美記得好像其他地方也有這種說法，如果這是當地人自吹自擂，還挺可笑的。但是明美沒有反對這次調動，畢竟她認為嫁雞隨雞，嫁狗隨狗。

再說志茂別工廠的員工告訴她，覺得無聊還可以跑去帶廣玩，只要路上不塞車，四、五十分鐘的車程就可以到帶廣。帶廣雖然不是大城，但也能買到不少東西，有好玩的娛樂場所，有時髦的咖啡館，還有不錯的餐廳可以吃午餐。如果想聽演唱會，看看舞台劇，就搭個火車去札幌，應該不至於無聊。

可惜明美在這町上只快活了一年，剛開始覺得鄉村生活的每件事情都很新鮮，充滿感動，第二年開始就覺得無聊透頂，因為身邊沒有可以談天說地的女性朋友。工廠同事的太太們多少可以聊上幾句，但大家的丈夫都是同事，不能隨便亂說八卦，而她也沒有可以傾訴心聲的閨密。

就在聖誕節前幾天，她被扯入町會婦女部無謂的派系鬥爭中，筋疲力盡地回到公司宿舍，忍不住用手機瀏覽交友網站。這是她第一次的經驗，當時丈夫剛好定期出差到札幌，冰箱裡那點喝剩的紅酒也削弱了她的自制力。

她專挑網站裡的女性用戶貼文來看，想知道都是哪些人來逛交友網站。大多數明顯是風化產業在拉客，除此之外就是擺明要勾引男人。不過大概每二十則貼文，就有一則說自己的生活枯燥乏味，擔心自己到底還算不算是個女人，讓她感同身受。當天她把剩下的紅酒喝光，逛交友網站逛到半夜。

電話又響了，這次是來電鈴聲，明美嘆口氣拿起電話。

螢幕顯示是丈夫打來的，明美才放心接通。

「我小祐。」丈夫說。明美總是稱呼丈夫小祐，他也乾脆這麼叫自己，小祐說他正在札幌分公司出差。

「天氣真糟啊。」丈夫說：「我擔心冰箱是不是空了？」

「沒問題。」明美努力隱藏心中的愧疚：「天氣還不算太糟，冰箱裡的東西還可以吃三天呢。」

「不知道明天JR會不會開。」

「會停駛嗎？」

「如果天氣太糟應該會吧？我不想在札幌多住一晚了。」

「真的停駛也沒辦法，你就放鬆一下吧。」

「我自己一個人怎麼放鬆？」

「音樂會怎麼樣？如果札幌交響樂團有定期公演，你就賺到囉。」

「是喔，這麼說也對。」

「對啦。今天晚上也要跟同事出去？」

「對，跟之前那些人一起。」

「你可不要鬆過頭囉。」

「我從來沒有鬆過頭啊，怎麼了？」

明美驚覺自己說溜了嘴。

鬆過頭？

她根本不用擔心丈夫鬆過頭，怎麼會脫口說出這種話？就好像不小心招出自己心裡的惶恐一樣。

「沒事啦。」明美辯解：「隨口說說而已。」

「我今天想去買點伴手禮，你想要什麼？」

「什麼都好。」說著，她想到某個日本流行樂團：「那我要他們的新專輯。」

「我去找找，先這樣，下雪天如果要出門記得小心喔。」

「沒問題啦。」

電話掛斷，明美突然發現自己雙眼泛淚，應該是電話講著講著就哭了。聲音還好吧？有沒有哽咽？她不敢保證自己真的夠鎮靜。

手機又響了起來，一定是丈夫小祐，明美立刻按下通話鍵接聽。

「總算通啦。」對方說。

不是小祐，是菅原信也。

「怎麼啦明美？為什麼都不接電話？」

明美愣了一下，錯失掛電話的時機。

菅原信也滔滔不絕地說：「我懂明美你的心情，我不是什麼跟蹤狂，是懂事的成年人。知道你的心已經走了，我也不會繼續幼稚下去，但是這樣結束掉，我心裡沒辦法接受。所以我們再見最後一面，把話說清楚好不好？」

撒嬌的口氣，雖然細尖卻不討人厭。丈夫講話就像含滷蛋，而菅原的口條就是好，或者該說輕浮？

明美默不作聲，菅原又繼續說下去。

「我知道你想分手，我懂，雖然心痛，我還是會遠遠看著明美就好。我這輩子也是第一次有這種感覺，希望可以好好珍惜起來。明美是我的寶貝，所以我們能不能再好好見上最後一面？我想把寶貝的倩影留在眼裡。」

真是空洞的花言巧語。不過最初互傳簡訊的時候，明美還真的信了這一套，以為對方是個非常純樸的男人。他自稱是農業機具業務員，感覺很正派。

「拜託，再見一面就好，只要聽明美親口說出來我就認了。我會默默離開你。但是你不講，我不肯走，我不要這樣就走。明美，再見我一面吧。」

明美不禁回想起丈夫求婚的光景，他當時在橫濱的山下公園求婚，口氣焦急不已。

「如果你覺得我這個人可以當伴，要不要一起往這個方向走？我們應該會是不錯的一對吧。」

然後他又加上一句話，表現出他有多慌張。

「我月薪實領二十五萬，就算離開公司宿舍應該也能過得下去吧。」

菅原繼續死纏爛打。

「拜託啦明美，我想把明美最後的笑容跟聲音留在心裡，以後就算天涯海角，也可以跟你一起活下去。所以我們再見一面吧。」

明美問：「真的是最後一面？」

「保證。」菅原立刻回答：「絕對不會再煩你。」
「如果真的是最後一面……」
「最後一面！真的，我發誓！」
「那就見最後一面，只有見面說話，可以嗎？」
「可以，這樣我就得救了。」
「什麼時候？」
「今天呢？」
「今天？」
明美不禁望向窗外，外面風勢變得更強，而且還飄起雪花。
「等等天氣會愈來愈差啊。」
「沒什麼大不了，只要能見到明美，我風雨無阻。」
「我不能開車到帶廣。」
明美之前曾經開車去帶廣見了菅原兩次，第一次在帶廣的購物中心，第二次在小鋼珠店的停車場，然後就直奔賓館。

菅原說：「只要能見到明美，我開車，開到志茂別就行了吧？」

「不行，這樣我會有麻煩。」

「那去哪裡好？」

「改天天氣轉好，我再去帶廣吧？」

「不行，我不想繼續痛苦下去，今天一定要見面。」

「聽說會變暴風雪，不可能開車。」

菅原話鋒一轉：「我想到了，志茂別附近有家不錯的咖啡館，我們可以去那裡，怎樣？」

「在這附近？」

「對，從志茂別往北走一段，國道二三六路邊有家店叫做綠屋頂，你聽過吧？」

綠屋頂？那不是民宿嗎？記得那裡有養羊，附設餐廳的羊肉料理很出名，在志茂別附近難得有這麼充滿都會風格的民宿。

明美說：「那不就是開來志茂別了？等等會有暴風雪啊。」

「別把我看成內地人，我在雪地上開車開習慣了。我們去綠屋頂約最後一次會吧，最後一次了，好不好？」

這個人真的只想說話嗎？他就愛死纏爛打。見到面肯定會吵著要上床，明美跟他上過一次就清楚這點，才會決定馬上抽身。

但是明美有把柄在他手上，那天菅原在賓館用手機拍了明美的照片。當時菅原掏出手機要拍照，明美連忙轉身並拉起床單蓋住胸部，卻來不及把臉遮住。明美要他刪掉，菅原把剛才拍的照片拿給明美看，說沒人認得出來，但只要熟人一看絕對認得出這就是明美。菅原說他會刪，但應該沒有刪。

明美覺得如果不答應菅原最後的邀約，他可能會惱羞成怒開始勒索，拿私會照片威脅明美繼續這段關係。上次做愛明美就隱約發現，菅原很可能會撕下純情莊稼漢的面具，露出好色流氓的嘴臉。

「喂喂？」菅原說：「今天綠屋頂見吧，我一個小時就到了。」

「這樣不好。」

「我要出發了，在那裡等你。分手之前只要再見你一面，一下下就好，好不好？」

「我懂了。」明美感慨地回答。

「太好啦，那一個小時之後，大概兩點鐘見。」

電話掛斷了。

明美說懂了並不代表答應，只是想快點掛斷電話。她不想繼續拖泥帶水，只想解釋自己已經聽見菅原說的話，沒有答應任何事情，今天也不打算去綠屋頂。既然沒有答應任何事情，那麼不去綠屋頂也不怕被菅原責罵。

明美把手機折起放回桌上，繼續摺衣服。

窗戶玻璃震得又更用力了。

*

足立兼男看著對講機的螢幕。

黑白畫面裡有個中年男子，頭上似乎是連鎖宅配的帽子，戴著黑膠框眼鏡，手裡抱著紙箱，後方有輛小貨車，車體上印著足立聽過的宅配公司名稱。

足立拿起對講機通話，對方對著門口柱子上的麥克風說了。

「您好，德丸先生的急件。」

足立按照老大的教戰守則回答。

「誰寄的？」

男宅配員拿起一張收據看看說：「JRA送的。」

JRA送的？記得老大德丸徹二跟當地賽馬業界關係密切，跟JRA有往來也不稀奇。

「門開了。」足立說完就摁下對講機的開門鈕，快遞男從鏡頭前往右離開，旁邊是鑄鐵製的堅固大門，只是攝影機拍不到。鐵門自動打開，在攝影機停機之前，足立似乎還看到另一名男人出現在畫面上，但應該不是什麼可疑人物，畢竟拍到了宅配貨車，宅配男也戴著制服帽子。

德丸徹二的豪宅，就坐落在帶廣市帶廣賽馬場附近，相當清幽。

足立將對講機掛上，走到主宅門前打開門鎖。

門鈴響了，足立從窺視鏡往外瞧，剛才的快遞男就在門外。

足立後退一步，打開大門。

下一秒，足立突然被門板撞開，跌坐在地。有人從外面猛力撞門。

兩名男子闖了進來，足立伸開雙手想擋路，卻立刻被壓制住。

其中較年輕的男子拿著手槍頂住足立的鼻頭。

年輕男子的嗓門出奇的高：「乖一點！不然我開槍！」

看來年輕人相當亢奮。

足立一眼就看出那不是模型槍，而是真正的半自動手槍，整個人都僵了。對方不是外行人，是道上混的，不能胡亂抵抗。

眼鏡中年男鎖上門，拿出繩索把足立的雙手反綁起來，動作相當熟練，看來犯罪和打鬥的經驗相當豐富，不像是普通流氓。仔細一看，中年男手上戴著薄手套，不知道五隻手指是否都健在。身上沒有太多贅肉，嘴角微微上揚，看來相當冷酷。

中年男說：「帶我去找保險箱。」

聽來就像刁難學生的老師。

足立搖頭說：「不知道。」

手槍的槍把突然砸在足立嘴上，痛得他倒抽一口氣，嘴裡冒出血腥味，感覺還掉了幾顆牙。

中年男說：「我知道你們老大人在熱海，參加重要的儀式對吧？幹部們也都跟老大去了，現在屋子裡就只有你守著。」

足立大吃一驚，對方看來相當了解狀況，組長德丸徹二確實昨天就前往東京，參加母體幫派稻積聯合第四代會長交接儀式。德丸組長接下來將是會長的副手，統籌北海道分部，或許就是為了耀武揚威，才把組裡十二個幹部加小弟都帶去，現在帶廣這裡只剩足立在內的三個小弟。晚上由兩個小弟在這裡留守，但白天一個去事務所，現在只留足立一個當大姊的司機。

「喂。」中年男說：「帶我去保險箱房間吧。」

保險箱就在這座和洋混合豪宅的南面，組長私人的房間，旁邊則是待客室。平時組長的房間門都沒鎖，晚上才會關起來，必須輸入密碼才能打開電子鎖。這兩人要足立帶路，代表他們也知道這個系統？難道組裡有內賊？

年輕那個又把手槍舉起來，眼看就要打下去。

足立連忙說：「好好，我帶路。」

說著嘴裡還噴出帶血的飛沫。

足立一起身，中年男就問：「你們大姊在二樓？」

足立才要回答，樓上就傳來聲音。

「足立，怎麼啦？」

大姊從樓梯上走下來，樓梯就在門口正面走廊的左手邊，中年男迅速衝到樓梯下方躲著，年輕人則是用手槍抵住足立背後，要足立站住。

浩美帶著濃烈的香水味出現在樓梯中段，身穿外出服。

「是不是有東西送來了？」

據說浩美曾經是札幌第一紅牌酒女，自從德丸前妻出車禍喪命（對方肇事逃逸）之後就被扶正，脾氣相當不好，老實說足立覺得伺候大姊很辛苦。

浩美一見到足立臉色緊繃不悅。

「怎麼啦！」

中年男突然從角落衝出來，浩美尖叫著想逃到二樓，但中年男捉住浩美的手腕將她拖到樓下來。

中年男把浩美摔在地上說：「麻煩你開保險箱啦。」

浩美怒瞪中年男說：「你們知道這裡是德丸徹二的家，還敢闖進來？」

「當然知道，我還知道浩美大姊你有保險箱密碼。」

浩美相當驚訝，但仍不願退縮。

「你們知道會有什麼下場嗎？捆起來守護海岸線喔。真的要幹？」

「我不想廢話。」中年男抓住浩美吹整漂亮的頭髮：「我也討厭廢話多的女人，割你舌頭喔。」

男人手裡突然亮出一把刀，刀刃細長，用刀鋒抵住浩美的喉嚨，嚇得浩美臉色僵硬。

「我是真的要幹。」中年男靜靜地說：「就是要闖進德丸組長家裡。」

足立想到自己是個小弟，刻意大喊：「別動我大姊！要殺就殺我！」

中年男對著足立微笑，似乎是明白他的心情，足立覺得滿臉通紅，是不是演過頭了？

結果足立和浩美就被匪徒押著走到待客室，待客室的規畫並非要讓客人放鬆，而是要恫嚇客人，到處都有唬人的裝飾品。假暖爐上面掛著德丸本人的照片和聯合會徽章，右邊牆上有德丸跟紅牌演歌歌手的合照，以及德丸與騎著純種馬的騎師合照。面窗的牆上掛著鹿頭與熊頭標本，還有燙金字「稻積聯合」的大鐘，指針指著下午一點十五分。

待客室窗外是日式庭園，枯山水風格，雪吊松被強風吹得晃個不停。庭院邊緣是竹籬笆，但這只是看得見的部分，竹子底下其實是高兩公尺多的水泥牆，頂端還掛著電纜。

左手邊就是德丸的房間，足立站在鐵門旁邊按下四碼的電子鎖密碼，傳來一聲解鎖聲，鐵門就開了。

一進門就是張大辦公桌，精雕細琢的義大利名桌，看來也不是用來辦公，而是用來恫嚇對方的工具。辦公桌後方有一只全版報紙那麼大的掛軸，寫了一個「誠」字。

走進房間才能見到左手邊有一座灰色保險箱，大概有小冰箱那麼大，從待客室裡是看不見的。

中年男把浩美往前推：「開吧，少說廢話。」

浩美搖頭。

「我不知道怎麼開。」

「不知道。」

「怎麼可能知道？」

中年男轉向足立：「那就來問德丸組長，有帶手機吧？」

足立猶豫片刻之後點頭，年輕人從足立胸口口袋裡掏出手機。

「打給你組長。」中年男說。

「最好是會通啦。」足立說：「現在正是交棒儀式，組長不會接。」

「那打給幹部也行，說情況緊急要叫組長來聽。」

「然後呢？」

「問他保險箱密碼。」

「他怎麼可能告訴我？」

中年男又微笑：「浩美大姊不就在這裡？」

浩美問：「你想怎樣？」

中年男回頭看著浩美：「借用你的身體，讓德丸組長好好考慮一下。」

「你這畜生是想強姦我嗎！」

「不會，只是跟德丸老大談個條件，只要他老實說，浩美大姊的身體就平安無事。如果不說，就先剁大姊右邊一隻耳朵。」

足立望向浩美的右耳，她掛著閃亮亮的耳環，應該是鑲鑽的，她就是愛寶石，每年都會跑幾趟東京買寶石。

浩美不甘心地咬唇，望向中年男手上的刀。

中年男說：「然後再不肯說，就剁你鼻子。」

說了還把刀抵在浩美的尖鼻子上。

浩美臉色蒼白。

「剁了鼻子如果還是不說……」中年男作勢望向年輕人：「這小子就會對大姊膝蓋開槍，這可以讓你選左邊右邊。」

說真的還假的？足立緊張得不敢呼吸，這傢伙認真的嗎？剁耳朵，剁鼻子？真的會動手嗎？

浩美默不作聲，中年男又說了：「來，打電話給組長，如果不肯說，我就依序在大姊身上動手，要是開槍打膝蓋都問不出來，我們就放棄走人了。」

年輕人打開手機推到足立眼前，螢幕上已經顯示出德丸組長的手機號碼。

浩美突然慌張出聲：「等等，我知道，我知道號碼！」

中年男說：「真懂事，看來你跟我一樣了解德丸組長的為人啊。」

足立有點糊塗，組長的為人？什麼意思？

浩美走向保險箱，蹲下來轉動撥盤。

但在浩美停止轉動的瞬間，中年人立刻撞開浩美，浩美的背狠狠撞在牆上，癱軟下來。

中年男迅速打開保險箱，足立也看見了裡面的東西。

棒。

「真是大意不得啊。」中年男說：「電擊棒你看看。」

保險箱裡有三層，上層放了類似警棍的東西，應該就是中年男說的電擊棒。

中層堆滿了現金，大多是全新的成捆紙鈔，也有橡皮筋綁成一捲的舊鈔，如果一捆一百萬，裡頭大概有個四、五千萬。

足立知道就算經濟不景氣，德丸組還是大發利市。因為德丸組主要的收入來自賽馬黃牛跟地下錢莊，北海道東部沒幾個幫派在做地方賽馬和輓曳賽馬（註：十勝地方公營賽馬）的黃牛生意，所以就算單筆金額不高，組長保險箱裡還是會有不少錢，難怪可以當上會長副手。

中年男從外套口袋裡掏出一個尼龍袋，猛把錢往袋子裡塞。

浩美依然癱軟在地板上瞪著中年男搶錢，眼神充滿憤怒，似乎覺得那些錢都是她的。

中年男把錢拿完之後對年輕人說：「讓那男的趴下。」

年輕人推了足立背後一把，足立只好跪下趴倒在地，年輕人隨即繞個半圈用槍抵住足立的頭。

中年男用繩子捆住足立的雙腳，三、兩下就搞定。足立沒有抵抗，看來這些人是專家，黑道也贏不了他們。

足立轉頭一看，兩人開始捆綁浩美，正當中年男綁著浩美的腳，年輕人伸手去摸浩美的耳朵，浩美突然驚聲尖叫，聲音大到足立差點跳起來。浩美踢開了中年男的手，還咬了年輕人的手臂一口。

突然一聲巨響，嚇得足立胸口抽了一下，浩美背後似乎濺出些許紅色的飛沫，然後身子往前倒下。

「混帳！」中年男怒斥。

「可是……」年輕人說：「耳環是鑽石說。」

「那算什麼！」中年男起身拿了包包就說：「走了！」

「那個男的呢？」

「不管了！」

兩人從足立眼前消失，然後傳出大門開了又關的聲音，再傳出汽車發動聲，兩人應該是離開了。

足立試圖從頭回想整件事情經過了多少時間，應該不到十分鐘，搞不好頂多五分鐘。

足立勉強撐起身體再看看浩美，浩美依然倒地不起，身子下方慢慢溢出一片黏糊的液體。

2

川久保下了駐在所警車。

突然一陣強風吹得他往後仰，他連忙彎腰背對風頭，防寒大衣被風雪無情拍打，差點就要被扯下來。

撐住身體之後，川久保走到路邊看看安永說的地方，眼前左手邊馬路外面有個陡坡，應該就是陡坡上的凹坑。

他站的路邊是下風，勉強看得見地面，他試著用手擋住風雪仔細觀察，現在的風雪比安永報案的時候更強了，就算東西再被雪埋住也不意外。

往前走幾步再定睛一瞧，斜坡就在二十公尺前方，底下果然有個天然形成的凹坑，有些地方露出了泥土。那個凹坑幾乎就在河邊，如果是豐水期，凹坑應該有一半會沉在水裡。

去瞧瞧吧。

川久保看看馬路兩邊，這麼大的風雪，現場確實只有他自己一個，他只好在沒人關心的地方獨自處理不想幹的工作。

川久保篤開始想像那裡有什麼，一具穿著紅色防寒衣的屍體，如果是從雪堆裡冒出來，代表死了三個月以上。這個地方野生動物很多，屍體應該成了動物的大餐，外露的皮肉會被烏鴉啄食，被狐狸咬碎。也就是說如果川久保上前查看屍體的長相，應該會看到一顆髒兮兮的頭骨，上面還黏了點肌肉和肌腱。不對，眼球應該早就被動物吃了，所以會看見兩個空虛的黑洞。

川久保打了個寒顫，希望不是因為恐懼而打顫，而是因為風雪太冷了。

川久保小心地攀下路邊的斜坡，枯草上有積雪，而且昨天為止的溫暖空氣造成表面結凍，相當滑溜。

往斜坡下方橫切了五公尺左右，川久保在雪堆上滑了一跤，跌坐在地之後直接往下滑，一路滑到斜坡底下的平地。平地的積雪比斜坡多很多，川久保雖然還是坐著，但下半身已經埋在雪堆裡，雪塞進防風褲和鞋子之間，感覺襪子都滲濕了。

川久保嘆氣起身，戴上手套撥開積雪之後繼續前進，由於在雪地上走路要踏得深，雪才會結實，前往凹坑的十五公尺路程感覺格外漫長。

走進凹坑確實看見一件紅色防寒衣，防寒衣下方好像有什麼黑色的布料，應該是長褲吧？整套的防寒衣配長褲，應該不會是碰巧掉在這裡。

川久保又想起剛才腦中的屍體影像，再次感到恐懼。

他咒罵安永為什麼通報給駐在所，如果打一一〇，廣尾警署的地域課警官就會來處理啦。

凹坑附近的雪堆底下可能就是河水，川久保從斜坡繞過去，走著走著就確認那裡確實有他想像的東西。

人的屍體。往下趴倒，臉朝著川久保這邊，從頭髮長度來看應該是女性，臉已經化為白骨，沒有眼球。

川久保別過頭去，他實在無法盯著屍體一直瞧。

接著看看屍體附近有沒有機車或汽車，或者什麼遺留物品，但什麼都沒發現。

脫下手套拿起警署無線電的對講機呼叫廣尾警署，但是警署無線電的電波很弱，在志茂別駐在所管區經常連不上，更別說天氣惡劣的時候，所以現在無線電只有雜音。

沒辦法，只好打手機給地域課了。

課長伊藤克人警部接了電話，川久保說：「志茂別駐在所轄區發現一具不明屍體，被埋在雪堆裡。」

伊藤問：「有沒有犯罪嫌疑？」

「不清楚，看起來不像車禍。」

「是男是女？」

「應該是女性。」

「年紀多大？」

「已經變白骨了，穿著紅色防寒外套配黑長褲。」

「沒穿鞋？」

「埋在雪裡看不出來。」

「有沒有能判斷身分的物品？」

「目前沒有發現。」

「能不能送照片來？」

「拍了馬上送。」

「這裡派支援跟鑑識過去，報告地點。」

「志茂別東二線。」川久保說：「過茶別橋之後左邊二十公尺左右，路邊有個五公尺深的斜坡，斜坡底下的凹坑就是了。」

「那邊的風雪還行嗎？」

「現在應該還能開車。」

「應該三十分鐘就到，你先在路邊待命。」

「是。」

講完電話打開手機相機，拍了三張照片，並將其中一張傳給廣尾警署。

廣尾警署的生活安全課收到照片，應該就會比對失蹤人口檔案，看有沒有穿著紅色防寒衣的女性失蹤。

川久保從口袋裡掏出封鎖線，雖然應該沒有誰會想在這種天氣裡跑到斜坡底下看熱鬧，但還是應該圍起封鎖線，給支援警力一個路標。

他把封鎖線繞在樹幹上，沿著屍體圍了一圈，然後在凹坑另外一邊的樹幹上打結。再看看那具屍體，頭部前方的積雪已經結冰，看來這裡在豐水期確實是河水範圍，屍體隨著河水漂流，到枯水期就卡在這裡，再碰到融雪才冒了出來。無論是不是犯罪，這人生前死後都不是在此處落水，應該在更上游的地方。

川久保看看屍體防寒衣上的裂縫，原來是一個大口袋，裡面透出一點棕色，他走上前用警棍撥開口袋，裡面似乎有什麼硬物。

川久保蹲下來用警棍把口袋撥得更開，然後伸出左手，心裡又是一陣作嘔。口袋裡裝的好像是錢包，川久保忍著吐意抽出了那只錢包。

打開一看是棕色的塑膠錢包，上面印著兩個字母所組成的花紋，表面又舊又爛，應該是泡水泡了很久。

錢包裡沒有鈔票，但有幾張卡片，其中一張 A-COOP 集點卡川久保也有。抹掉集點卡後面的汙垢，總算知道屍體的姓名，上面淡淡的原子筆跡寫著藥師泰子。藥師，這個姓相當罕見，所以川久保有些印象，記得本地就有一戶人家姓藥師。

川久保心想，這樣就行了。隨即把錢包與卡片收進隨身的證物袋裡面。按著之前的腳印離開凹坑爬上斜坡，回到馬路邊，風雪迎面打在川久保臉上，帶著水氣的冰雪打在臉上相當刺痛，看來雪雖然還在下，但氣溫稍微回升了點。

川久保心想不妙，抬頭看看陰沉的天空，乾燥的風雪還好一點，如果白天氣溫升高，車流量大的路面積雪會暫時融解，而且太陽下山之後氣溫驟降，濕滑的路面會結冰，是汽車駕駛最害怕的路面殺手。

看來今天會有很多車禍，這種天氣應該拒絕出門，窩在屋裡才對。

川久保一坐上警車駕駛座就調整暖氣溫度，現在溫度計顯示二十五度，他調高到二十七。有點擔心濕掉的襪子，如果不換上乾襪子就會感冒。

看看時鐘，下午一點十五分，廣尾警署的支援真的能在三十分鐘內趕到？真的要在這裡等三十分鐘？

他知道，自己非等不可。

＊

「停旁邊。」

笹原史郎對開車的同伙佐藤章說。

佐藤沒回話，繼續開著小貨車，然後停在一輛銀色轎車旁邊。

這裡是帶廣市內國道三十八號旁邊的購物中心停車場，風雪使得停車場空蕩蕩，可以容納三百輛車的停車場現在只停了二十輛左右。笹原兩人原先開來的轎車就停在停車場角落，像小孩丟在一邊的玩具車。

佐藤拉起手煞車，關掉頭燈。

笹原看看小貨車副駕駛座的時鐘，距離剛才闖入當地黑道老大家裡已經過了十五分鐘，比計畫的要久，計畫中只有五分鐘趕來這座停車場。

風雪害的。帶廣市內的能見度頂多一百五十公尺，開在市區裡根本看不見前兩個路口的紅綠燈。路上車輛都開了大燈，速度緩慢，還有不少車子開了霧燈，結果花了十五分鐘才來到這裡。

佐藤轉頭問笹原：「不是要換車？」

笹原看著佐藤，摘下帽子和眼鏡：「沒有，計畫變更。」

「要怎麼辦？」

「分頭逃。」

佐藤聽了皺眉，是不懂意思還是不喜歡這個計畫？

「為什麼？」

「一出人命就該分道揚鑣了。」

「喂。」佐藤口氣凶狠：「反正我們闖進黑道老大家裡，被發現早晚都會沒命，不是嗎？」

「只要不殺人就不會惹上警察，德丸愛面子，光是被搶還不至於報警，但是我們殺了他老婆，他一定會報警。」

「這早就知道的事情。」

「沒有，完全走樣了，分頭走吧。」

「喂。」

佐藤瞪著笹原，右手伸進防寒衣裡面。

笹原迅速轉向佐藤，雙手按住佐藤的肩膀阻止他，然後心平氣和地說：「現在就分，你拿一半。」

佐藤愣了一下問道：「你要給我一半？」

「一開始就說好了不是？」

「手槍是我準備的，顯眼的活也是我扛喔。」

「我們都扛了風險，你現在還要跟我計較？說好就是分一半，但是接下來分頭走，這對你有什麼壞處？」

佐藤心有不甘地盤算了一陣子，然後才說：「好吧，一半。」

「分了就別聯絡，風頭過了再搭檔也行。光靠你絕對撈不到這麼大的好處。」

笹原說著不禁心想，這佐藤遠比想像中更笨更殘暴，絕對不能再跟他搭檔，絕對不行。佐藤想必會敬佩笹原的智慧和膽識，要求之後繼續搭檔幹大買賣，但笹原絕對不會答應。當初在手機的地下網站找到佐藤，還以為是個好搭檔，直到佐藤開了那一槍為止。

佐藤問：「你還有下一個計畫？」

「當然有。」笹原說：「這票才五千萬，根本算不上正事，只是試試你的本領而已。」

「及格了吧？」

「那槍開錯了，所以要過陣子等你冷靜下來，才能幹下一票。」

「下一票有多少？」

「你覺得會比這次少？」

「好吧。」佐藤點頭：「你放手。」

笹原覺得應該沒事了，佐藤已經開始期待下一票，不會突然開槍然後自己逃走。

笹原放開手，拿起腳下塞滿現鈔的尼龍袋，放在兩人之間打開來。拉開袋口秀出現金，佐藤看了揚起嘴角，他從沒見過這麼多錢，或許根本不知道該怎麼揮霍這些錢。佐藤這輩子沒有像現在這麼幸福過，至少沒有現在這麼大的成就感，畢竟他本來就是個被社會淘汰的白痴魯蛇。

笹原抓起鈔票往背後塞，差不多拿了一半就停手，佐藤卻露出一絲不服。

笹原說：「你想一張張數清楚？」

「不用，差不多就好。」

「這裡有一半，兩千五百萬跑不掉。」

佐藤點頭，笹原把袋子交給佐藤，佐藤雙手緊緊抱住盯著袋裡瞧，小眼晴笑得更瞇了。

笹原催他：「快上那輛車吧。」

那是昨天從札幌小鋼珠店停車場偷來的轎車，笹原還從千歲機場附近的長期停車場偷了一塊車牌換上，這幾天內都不怕被通緝。

佐藤抱著袋子問：「我該往哪逃？」

「沿原路回去，走三十八號線往西，在十勝清水轉道東汽車道，過狩勝隧道。到了札幌就搭之前那班夜間快車，不要搭飛機。」

「狩勝隧道是吧。」

「對，不要太招搖，亂花錢馬上會被逮。」

「我沒那麼笨。」

「去嫖可別給人家兩、三萬的小費啊。」

「知道啦。」

「最後一件事，我們殺了人，只要碰到警察就立刻開槍逃跑，要是被抓到肯定無期徒刑，還不如亡命天涯享受人生。」

「我本來就這個打算。」

佐藤趾高氣昂，似乎不想被看扁。

笹原舉起大拇指：「男子漢，我找對人了。」

佐藤得意地揚起嘴角，下了小貨車。

車門一開就是一陣強風灌進車裡，風勢轉強還夾雜雪花，開車更困難了。

笹原從副駕駛座下車，瑟縮地走向轎車，轎車後車廂放了他的旅行袋。

笹原拿出自己的行李放到小貨車上，佐藤對笹原揮揮手，發動轎車離開。

笹原看著轎車開上國道三十八號線，沒多久就消失在風雪中。

笹原把錢收進自己的旅行袋，拿出防寒衣披在身上就走向購物中心，他還得再偷一輛車，幸好風雪轉強，贓車不需要特地換車牌也能逃上一陣子。

他逃跑的方向與佐藤相反，佐藤要走狩勝隧道逃往札幌，他則是要從帶廣南下，走天馬街道或黃金道路前往日高。

笹原心想，等那個小弟掙脫繩索通報組長，組長再找警察報案，大概還有多少時間？一小時，兩小時？組裡應該會有人發現狀況不對，趕緊到豪宅裡察看才對。最多不超過半天，只能瞞到傍晚為止。

風雪又變得更強，笹原轉頭避風，快步走向購物中心，如果今天天氣好，半天都可以逃到日高了。

真是計畫趕不上變化啊。

＊

「專務來電。」

女職員橫井博子一喊，正在做司機班表的西田康男抬起頭來。

專務就是社長夫人大塚利惠，平常不太到公司露臉，卻有董事的職位，而且決定員工薪水的權力完全高於社長大塚秀夫，連發不發加班費都要看她心情，可惜通常都不發。只有加班超過五個小時，才能申請一小時的加班費。雖說是加班費，其實她根本不懂勞動基準法，可能連內容都沒看過。她嘴裡說的加班費跟法律規定無關，只是照同業慣例隨口說說，或許心裡覺得是在

「打賞」。這大塚利惠又想怎樣？

西田康男從座位上接起電話，按下內線鈕接聽。

大塚利惠連名號都不報就說了：「西田，馬上到我家來。」

西田努力保持輕鬆地問：「怎麼了？」

「車子卡在雪堆裡，快來幫忙。」

「就在家門前？」

社長家在志茂別町國道旁的二町後方，前任町長把這裡規畫成住宅區，法律規定土地買賣面積不得小於三百坪，建蔽率百分之二十，也就是說那裡只能蓋豪宅，可說是志茂別地區最高級的住宅區。歷屆町長、町幹部、富商都住在那裡。

大塚利惠說：「車庫門前堆雪了啦。」

「您要出門？」

「少問廢話。」

「風雪很強的。」

「總之你快點來鏟雪。」

「是。」

西田掛上電話，起身對橫井說：「我去社長家，聽說積雪了。」

橫井問：「要你去鏟雪？」

「要是有除雪機，按個鈕就搞定了。」

「但是老闆娘一定會說，我家院子要人工鏟雪，才不會傷到地面。」

「我會帶鏟子去。」

西田走向門口的衣架，除了防寒厚大衣之外，應該還需要膠靴、毛線帽跟厚手套。

看看三十多歲的男業務，回到公司之後就坐著沒動，畢竟風雪這麼大也沒生意好跑。應該可以叫他去幫總經理鏟雪吧？你還年輕，我已經是五十多歲的病人，腰也不太好呢。

不知道是不是表情太明顯，業務員故意別過頭去。

西田披上防寒大衣，心想社長家車庫門口的車道應該有加熱器，怎麼會積雪積到不能開車？

穿好之後西田回頭對橫井說：「借開你的四輪傳動車。」

她有說好嗎？不確定。拉開辦公室拉門，從風除室就能聽見屋外風雪的聲音，外面的拉門嘎嘎作響。

這種日子不該出門的。

西田隨手拉上風除室內側的門，然後脫口而出。

「媽的，蠢蛋。」

突然，他腦中又想起保險箱裡的兩千萬現金。

兩千萬，裡面當然有一部分是我幫忙賺的。還有沒有發的加班費，社長夫人交代的私事，代價就是那兩千萬。兩千萬圓。

西田不斷想著這個數字，離開辦公室的風除室。

＊

坂口明美在客廳站起身，發現自己心不在焉，為什麼要起身？想不起來。我是要做什麼？

衣服已經摺好，收進櫃子之後又回到客廳，然後坐在椅子上調節呼吸，心中全是煩惱，甚至感覺煩惱的程度又加重了。

她擔心菅原信也說的話。

「分手之前見最後一面。」

她的回答是：「我懂了。」

她只想快點掛電話，並沒有答應菅原見最後一面的哀求，只是說我聽到你說的話了，就這樣。

現在冷靜回想，菅原應該認為明美會去赴約，至少他這麼想很合理。

但要是真的去了那家民宿，菅原一定會再次要求明美做愛，之前的電話就已經威脅過很多次了。

我們好好守著彼此的祕密吧。

要對老公保密喔。

只有我知道明美最真的一面。

我不想把明美弄哭。

現在才覺得那些全都是恐嚇，如果不想被揭穿，就要繼續這段關係，繼續跟他做愛。

明美這一個月來堅持不肯見面，菅原應該也忍不住了，今天這通電話應該是最後的溫柔，再拒絕下去他肯定會翻臉，認真恐嚇。

看來非去一趟民宿不可，菅原手裡有明美的個資，包括明美住在志茂別町，經常跟著老公調職搬家，加入了媽媽合唱團，丈夫在志茂別町本州資本的公司上班，沒有小孩。有這麼多線索，很容易找出住址跟丈夫的名字，恐嚇威脅並不難。

能不能不當一回事？菅原如果說要讓外遇曝光，明美能隨他去嗎？以菅原的個性，一定會開始惹事，把外遇證據分送給丈夫跟鄰居。可能會打匿名電話，也可能把照片印成傳單，貼在附近的電線桿上。

犯錯一次就好。

明美曾經這麼想過，一次就好，她沒有沉迷，有錯就有錯，但也沒到玩過頭的地步，一下就醒了，就後悔了。

還是在被發現之前向老公招認？老公一定會大受打擊，可能會激動到連明美都怕，也可能會默默抱著明美原諒她。

不對，老公有著匠人的硬脾氣，又沒有過花心的經歷，不太可能大方原諒老婆的過錯。可能會一個人苦悶自責，把怒氣都出在自己身上，也就是說這件事一曝光，夫妻關係就會出現大裂痕，離婚也不是不可能。就算沒有離婚，往後也不可能真心說笑，再也回不去那段時光。

再說，就算老公原諒自己，醜聞也不會消失，菅原說過他在志茂別有朋友，如果他把照片郵件寄給朋友呢？物以類聚，菅原的朋友肯定不是好人，消息很快就會傳遍整個町。

公司宿舍的主婦們最喜歡聊當地八卦，像是主婦跟賣棉被的年輕男業務搞外遇；被隔壁町酒家女拐成火山孝子，身敗名裂的自營商；在帶廣搞援交的高中女生，騙了三個男人之後逃跑的女神棍。最近還聽說有個主婦離家出走，無論什麼私密情報只要被當地人聽見，馬上就眾所皆知，然後變成眾人笑柄。

這麼一來就算老公原諒我，我也不可能活在這町上，只能丟臉丟到不敢走上大馬路。

想到這裡，明美才想起自己本來打算做什麼，做午餐。

走到廚房打開冰箱，該做什麼好？義大利麵？炒麵？披薩吐司？無論如何都少不了生菜沙拉。

從冰箱裡拿出番茄放在砧板上，再拿起菜刀。

就錯這一次，就背叛這一次。

明明就只有一次，而且悔恨交加，為什麼還要繼續痛苦下去？這說不通，我犯的錯有這麼重嗎？重到我要失去家庭，無法走在陽光底下？

手裡握著菜刀，突然浮現一個念頭。

反過來威脅菅原如何？如果你不肯分手，我就殺了你再自殺。

這會有效嗎？他會當真嗎？如果說得夠認真，能嚇到菅原嗎？

光好。

還是應該拜託別人幫忙談？當然不能告訴老公，就算花點錢也比醜聞曝

這種情況是不是該找黑道商量？絕對不能找警察，菅原還沒有實際的恐嚇行為，沒法想報案。

威脅要他的命。如果不肯分手，不肯到此為止，我就殺了你再自殺。

明美握緊菜刀，剛磨利的刀鋒輕鬆戳入番茄之中。

＊

足立兼男雙手被反綁，努力滾到辦公桌底下。

牆上有電話線，電話機在桌上，他還沒辦法打電話，但是德丸徹二有在市內電話上加裝緊急報案服務，只要按個鈕就能直接通報，就算沒按鈕，只要機器遭到不自然操作，就會判斷發生緊急狀況自動通報。通常只要一通報，保全就會趕往簽約用戶的住家或公司，德丸則是設定緊急通報要先聯絡組裡

成員。

足立拚命用腳勾住電話線，然後轉身拉扯，試了好幾次總算把緊急通報機往桌邊拉過來，最後他奮力一扭，將電話機跟周邊機器扯到桌子底下，發出碰撞聲響。

他這個姿勢沒辦法看見掉在地板上的電話，又很難調整姿勢，但是話筒肯定沒掛好，完全就是緊急狀況。

足立的嘴巴也被堵住，但他還是用力怒吼。

「救命啊！快通報！這裡是德丸，德丸家，緊急狀況！」

對方不可能聽得清楚，但足立還是吼個不停，他又怕又急，就算吼不出來還是要吼。

「救命！這裡是德丸家！」

喉嚨開始發疼，嘴巴被堵住想換氣都難，沒多久他冷靜下來，放棄無謂的吼叫。

突然他聽見自己的手機在宅邸中某處響了起來，電話砸在地上已經超過一分鐘，看來保全公司已經通知組裡的人，這人才會打手機詢問足立發生什麼事。足立的手機剛才被中年男搶走，手機鈴聲從後門方向傳來，可能被丟在後門附近。如果足立沒接手機，留守在事務所的小弟一定會發現不對勁而趕回宅邸。

搞定了，再等十分鐘就好。

足立望向浩美。她一動也不動，身子底下有一大片紅色黏漬，應該已經死了。

老大知道這件事會有什麼反應？肯定會修理我，搞不好打個半死，留守在豪宅裡竟然被人搶錢，連大姊都被殺，他要暴怒也是難免，叫我剁一根指頭還算便宜了。

足立突然想到多年前長萬部那邊好像也發生過類似的案子，暴力團組長的豪宅被強盜上門搶錢，當時警察得知這件事，勸老大向警方報案，害那個老大顏面盡失。

暴力團組長被搶向警方報案。

這件事情現在還被道上兄弟當成下酒菜，黑道再落魄也不至於找警察報案吧？這是北海道的江湖規矩，德丸組長自己應該也這麼認為。

老大會報案嗎？還是隱瞞大姊被殺的事情，自己設法追捕那兩個人？那兩個人知道德丸組長去參加稻積聯合第四代會長交接儀式，尤其中年那個肯定是混道上的，要找到這個人應該不難。

只要老大決定自己擺平，我一定要搶先自願。

沒關係，我幹，非幹不可。

足立豁出去了，只希望快點有人來，根本等不及十分鐘，就算早個幾十秒也好，他就是不想一直待在大姊的屍體旁邊。

＊

涼掉的體溫又慢慢回升，還是因為看到驚悚畫面的回憶稍微消退了？總之川久保在警車駕駛座上總算冷靜了些。

川久保又拿出警署無線電的對講機，剛才只聽到雜音，應該再試一次。還是不通，這裡是志茂別町北邊郊區，訊號本來就微弱，再加上這麼糟的天氣更沒希望。

只好拿出手機再打給地域課。

「照片收到了。」課長伊藤說：「我們在比對這一帶的失蹤人口檔案，目前沒有發現。」

川久保說：「我剛剛發現錢包，裡面有超市集點卡，名字是藥師泰子，有報案協尋嗎？」

「怎麼寫？」

川久保描述了集點卡上的文字，伊藤回答：「這個名字沒有人報案協尋。」

「那有人報失竊嗎？錢包可能是偷來的。」

「我馬上查。」

「從案發現場來看，應該是發生在去年根雪（註：長期積雪）期之前，不知道是車禍還是凶殺，總之屍體就從上游漂了下來。」

「上游也是我們的轄區。」

「擴大比對範圍也沒有資料？」

「去年八月中，中札內有個高中女生失蹤，應該是離家出走。十月帶廣有個七十八歲的阿婆失蹤，推測是在採香菇途中遇難。那具遺體像是阿婆或高中生嗎？」

「從服裝來看是二十到六十歲之間。」

「範圍太大了吧？」

「我沒辦法判斷得更準了。」

「好吧，等支援警力到了應該會找出更多線索。」

「如果二十五分鐘之後還沒到，我想先回駐在所一趟，風雪這麼大，我怕連自己都回不了町上。」

「這裡也很慘，町裡路上幾乎沒有車了。」

「我再等二十五分鐘。」

「就這樣吧。」

川久保透過擋風玻璃觀察町道東二線，風雪又更強了一些，而且已經積起了幾公分深的雪。

回頭瞧瞧，後方是長三十公尺左右的茶別橋，但現在連橋邊護欄都看不見。川久保開動後車窗的雨刷，多少刷掉一點車窗上的雪，但還是看不見後方景色。其實不用看也知道茶別橋上風雪猛烈，剛才川久保開車就打滑了一下，嚇出他一身冷汗。

川久保開始擔心，町裡的除雪車真的會來嗎？

根據町上的除雪標準，這條東二線不是幹線，車流量低，所以不會優先除雪。也因為如此，那具屍體才會這麼久都沒人發現。

或許該早早離開這裡？說不定連他自己都會被風雪困住，就算這輛警車是四輪傳動車，也無法穿過二十公分深的積雪。

川久保等了三分鐘，實在等不及鑑識人員抵達，於是拿出手機打給町裡的一個地方。

「社福中心。」中年婦人的聲音。

「片桐先生在嗎？」

片桐老先生比任何人都熟知町裡的事情，他在送信生涯之中把町裡大大小小的傳聞都裝進腦袋瓜裡，川久保偷偷叫他町裡第一號資料庫。不對，用個比較時髦的說法，片桐是本町的谷歌，只要輸入簡單的關鍵字，立刻就能得到基本情報。

片桐接過電話說：「我差不多要回家了，不用警察提醒啦。」

片桐每天都去社福中心排棋譜，但是今天有暴風雪，應該早點回家，如果像往常一樣待到傍晚可能就回不去，還得在社福中心裹著毛毯過夜。

川久保說：「是啊，我覺得快點回去比較好。」

「你不是來勸我回家的？」

「想先請教一事，町上是不是有戶人家姓藥師？中藥的藥，老師的師。」

「藥師，藥師宏和嗎？志茂別畜產的司機。」

「他是不是有太太？」

「嗯，有啊。」片桐頓了一下：「算有。」

「怎麼了？」

「聽說回娘家去了。」

「所以現在人不在？」

「最近不清楚，聽說新年就不在了。」

回娘家了？新年的時候不在家？

「他太太叫什麼名字？」

「記得叫泰子吧？國泰民安的泰。」

「藥師家住哪裡？」

「町郊區，西町十字路口往北邊一點是不是有五戶人家？就那其中一家。」

「這家先生是怎樣的人？」

「以貨車司機來說算是個老實人，應該是大樹町出身吧？所以我跟他不是很熟。」

「太太的娘家呢？」

「聽說在本州，青森還是三澤吧？怎麼了？」

「有點事情想聯絡這位太太。」

「問先生就好了吧。」

「這對夫妻關係如何？」

「先生應該被太太吃得很死。」

「有這樣的傳聞？」

「沒有，只是我的感覺。」

「這樣啊。」

川久保道謝之後掛斷電話。

藥師泰子不見人影……川久保整理心中的疑慮。

從那具屍體的防寒衣裡找到了藥師泰子的錢包，裡面還有卡片，錢包當然可能是偷來的，但竊賊偷了錢包不會帶著集點卡亂跑，也幾乎不可能有人撿了路邊的集點卡就收在口袋裡。

雖然川久保不宜妄下斷論，但以駐在警察的立場，但最好先把這具屍體往是藥師泰子來偵辦處理。

那麼該如何解讀片桐的情報？藥師宏和的太太不見了，附近的鄰居推測是回娘家，傳到片桐耳裡。這是鄰居胡亂推測，還是先生親口說的？

這位先生肯定知道太太沒有回娘家，而且不太可能從新年到現在都沒打電話給太太；但他卻又不怎麼擔心，不在乎太太下落不明，也不報警協尋。所以這丈夫可能知道太太失蹤的真正原因？

川久保在狹窄的警車裡打了個冷顫。

*

一輛轎車粗暴地開往購物中心大門。

笹原史郎緊盯這輛老舊的白色大眾車。

剛才讓佐藤先逃走之後，他就一直在大門邊等待可偷的車。

但是風雪這麼大，沒幾輛車開進停車場，附近居民應該不會想在這種天氣裡面出門購物。之前是進來了幾輛車，但駕駛都很小心，沒有一個笨蛋會忘記把引擎熄火就下車購物。

難道要接電線發動嗎？得用這招來偷車了嗎？

笹原史郎準備放棄等待忘記熄火的車。如果再過一分鐘沒有合適的車子過來，他就準備來硬的。他必須盡早離開犯罪現場，沒時間等待絕佳條件。先遠離現場，之後再找更合適的車子就好。

結果來了這輛轎車，上面坐著兩個人。

轎車停在購物中心大門前。原本那裡是禁止停車的。

從駕駛座下來一名肥胖中年人，戴著毛線帽，身穿連帽防寒衣，嘴裡叼著根菸。

副駕駛座下來一個婦女，看起來就像中年人的老婆，體型則是男人的縮小版，連打扮都頗像。婦女穿著黑長褲黑外套，手裡拎的名牌包看來不太搭。

中年男繞過車子走進大門，汽車排氣管還冒著白煙，代表引擎沒熄火，而且也車門也沒上鎖的樣子。會停在門口或許就是想說自己不打算停太久。

看這對夫妻的表情就知道他們習慣違規臨停，也不怕車子被偷，難道是因為車子太舊？

笹原史郎確認夫妻倆走進購物中心才走出大門，皺眉忍著風雪走到駕駛座旁邊往裡面瞧，鑰匙確實還插在車上。

他快快左右張望一下，然後坐上轎車駕駛座，這是一輛沒有導航的自排車，車裡有濃濃的菸味，雖然不喜歡也只能勉強接受。他把裝錢袋塞進副駕駛座，打檔開動車子。

油門踩得太猛，車尾打滑了一下。

笹原史郎嚇得放開油門，最好小心一點，他還不習慣開在雪地上，更別提是這種風雪。千萬不能急衝、急煞、急轉彎，小心駕駛最好。

他再次小心開動汽車，在停車場出口右轉上國道三十八號線，與佐藤的方向相反，分頭逃就是要選反方向，這樣頂多只有一個人落網，說得更清楚些，只有走狩勝隧道的笨蛋佐藤會落網。

＊

菅原信也後悔說要開車去志茂別。

風雪愈來愈強，能見度頂多一百五十公尺，甚至更少。就算把雨刷開到最強，也無法撥乾淨擋風玻璃上的雪花。冬天用的雨刷膠條有點劣化，雨刷才撥過去又被雪花蓋滿，想看清楚實在困難。

這輛車是他剛買的四輪傳動車，不是吉普車而是跑車，而且是銀色的最新車款。就連對車沒興趣的女人也知道這是輛好車，對現在的菅原來說，這種車可說是生活必需品。

但是跑車的缺點在於底盤高度，底盤太低很難越過積雪，頂多只能穿過十五公分的積雪吧。

乾脆放棄好了？

轉念一想，他是從帶廣走二三六線南下，愈往南風雪應該愈小。眼前風雪凶猛，但應該只有這十幾二十公里的路程，再過去應該就沒有風也沒積雪。

根據他的經驗，十勝平原南部在這個季節很少有大雪，就連彼岸荒的季即也是如此。

菅原又想起坂口明美的姿色，那個人妻貨色不錯，不僅臉蛋好，身材好，老公在町上做正經工作更好。換個說法就是這女人在意世俗眼光，只要稍微施壓就會吐出錢來，對菅原來說是難得的肥羊。今天好不容易和這女人說好要見最後一面，沒道理只為了壞天氣就放棄。幹這種事情最重要的就是時機，女人今天都說要見面，自己取消實在太蠢，明天這女人可能就避不見面了。

想到這裡，菅原看看儀表板上的時鐘。

下午一點四十分，看這個風雪，應該要兩點二十分才到得了志茂別的綠屋頂民宿。

接著就是開個房間，聽著窗外的風雪聲，再次進攻那個人妻。上次那女的太拘謹，搞起來不是很激烈，她連口交都不肯。

菅原下定決心，這次一定要讓那個裝模作樣的女人俯首稱臣，他就是有這樣的本事。再過四十分鐘，菅原看看時鐘，再過四十分鐘就到志茂別國道邊上的民宿了。

志茂別這個地方讓他有點擔心，因為之前在手機交友網站勾搭上的另一個女人也住在志茂別。

雨刷刮落擋風玻璃上的積雪，發出吵鬧的聲響，菅原調高的汽車音響的音量，專門放給女人聽的日本流行樂。他本身並不是很喜歡流行樂，但可以用來放鬆女人的戒心。而且他還練了幾首歌，好跟女人一起去唱KTV。

菅原不久之前才開始上交友網站，大概兩年前吧？當初是損友告訴他各地有不同的交友網站，他註冊一看，發現道東（包括帶廣在內）地區有不少寂寞女子。

他過濾掉詐騙跟風化圈的女人，試著吃了幾個，而且專挑人妻跟二十好幾的單身女子。

反應還不差，這地方人口本來就少，會註冊交友網站的女人通常都渴望找到好男人。

「希望有段療癒心靈的關係。」

「希望享受刺激。」

「尋找溫暖包容的你。」

菅原第一個勾搭上的女人住在足寄町，是地方公務員的太太，三十四歲，第一天見面就上床，從此欲罷不能。之後只要約見面就是上賓館，簡直就是願者上鉤。

當時他是農業機具的業務，每天在十勝平原各地奔波，當然可以半途摸魚，或許這就是他戰功彪炳的原因。你不能跟主婦說傍晚六點下班見個面，只能趁大白天私會。

菅原第一年找女人只為了做愛，不斷找新的女人當炮友，玩膩了就換一個，他也樂在其中。

玩交友網站大概滿一年的時候，菅原認識了十勝清水町裡某個自營商的太太，四十歲，口袋有點閒錢，每次幽會都去帶廣的大飯店，某天這位太太突然挑剔起菅原的車。

「不要讓我搭這種小業務開的便宜車。」

「我就是小業務啊。」

結果女人回答：「我幫你出頭期款，換輛好車來。」

女人真的給了菅原一百萬，他這才發現女人可以榨錢，後來上交友網站的目的就變成性愛和金錢，優先順序可以動態調整。

後來菅原的工作績效一落千丈，公司發現他經常摸魚就炒他魷魚，但他並不擔心，因為他似乎有玩女人的天賦。一年內搞過了十八個女人，榨到三百萬日圓，只要認真經營應該可以拿到更多，所以一點都不戀棧業務工作。

接下來九個月，菅原就是每天上交友網站勾搭女人，貪財又貪色。

某天晚上去帶廣酒店跟老闆炫耀戰功，那裡有個囂張的酒客。

酒客笑他說：「你何必在這種鄉下地方混？去札幌還是東京，好女人更多啊。」

菅原也這麼想過，但是大城裡面競爭對手多，而且更年輕俊美，更懂得怎麼甜言蜜語。菅原今年三十二歲，不怎麼帥還有點胖，就是要在道東地區才能當男蟲。菅原這方面倒還懂得分寸，能冷靜判斷自己的條件，一旦去了大城市就只能當魯蛇。

去年七月他在志茂別認識一個女人。

「想找個無話不聊的人，先從郵件開始。」

女人在網站上是這麼寫的，剛開始也確實只有郵件往來，大概聊了二十封之後才約在帶廣見面。女人的打扮有點俗氣，說自己三十歲，後來菅原才發現是三十五歲。

菅原第一次見到她，就猛誇她的服裝跟舉止，然後把她騙上車載到十勝川溫泉的旅館。女人剛開始還很拘謹，兩小時之後整個放開。

溫存之際，菅原得知女人住在志茂別町，老公是貨車司機，看來擠不出幾個錢，這部分落空了。

但至少可以榨點零用錢吧？第二次見面的時候菅原就提到錢，說是出了車禍需要按月賠償，不然就可以更常見面。女人問菅原要多少，菅原估算了女人出得起的金額說出口，女人說會想辦法，下次見面也真的拿出錢來，但強調是借他的。

聽說女人是靠現金卡來籌錢，菅原感激地收下錢，說好會慢慢還，但其實根本就不打算還。

女人後來試圖靠打小鋼珠還錢，借錢打小鋼珠，輸了又繼續借，沒多久就債台高築。

當女人對菅原說自己實在還不出錢，菅原突然翻臉提分手，因為他正好打算要離開帶廣。

女人幾乎抓狂，逼菅原盡快還錢，但當然沒有下文。

去年十二月接到女人最後一通電話。

「能不能見最後一面？」女人說：「只要見最後一面，我就會遠走高飛，再也不煩你。」

菅原說會去卻放了鴿子，跑去帶廣跟新的女人約會。

之後女人再也沒來電話，只剩那封「見最後一面」的簡訊就沒有任何消息，或許真的遠走高飛了？菅原很高興對方能斷得這麼乾淨，甚至說感激也不為過。

那個女人也住在志茂別，見面的時候只報網路暱稱，但菅原偷看了女人的駕照。

女人的姓有點罕見。

藥師，記得名字是……泰子吧。

3

鍋爐前面的增田直哉心灰意冷，站起身來。

他實在無法應付這次故障，只能請專家來修了。

脫下厚手套離開鍋爐室，經過走廊回到本館。這座民宿的客房與餐廳互相分開，門口正面櫃台後方有市內電話。

增田用市內電話打給町上的設備廠商，一名女員工接了電話。

「請找社長。」增田說，對方說之後會回電，看來今天連社長都出門了。

直哉坐在辦公桌前盯著牆上的訂房表，三月底的週末並不算觀光旺季，只有兩組客人訂房，加起來三個人。一組客人是函館來的老夫妻，正在享受道東兜風之旅。另外一個是東京的上班族，說是要來一趟攝影之旅，從民宿餐廳「綠屋頂」的網站上訂了房。

直哉擔心兩組客人可能無法在這風雪之中抵達，尤其是東京的上班族，他說他租了車，但應該不習慣雪地駕駛，隨時都可能打電話來取消。

話說回來，要是暖氣不暖問題就大了。剛才他逐一確認別館二樓的客房，由於鍋爐故障，房間裡非常寒冷。民宿裡是有一座應急用的煤油小暖爐，但客人不可能會接受，而且另外一組客人就完全沒有暖氣可用。本館餐廳有燒柴火爐和共用煙囪，多少一些溫暖，但也不可能請客人住在本館，這可是自己的生活區。

正當直哉無奈咋舌的時候，電話響了。

設備廠商的社長來電，直哉說：「鍋爐壞了，中午開始就生不起火，剛點沒多久就熄掉。」

對方說：「是不是安全閥忘了開？」

「我確定開了。」

「重油是不是沒了？」

「油槽指針還有一半以上。」

「閥門呢？」

「全都查過沒問題。」

「可能是供油不順，或者電路壞了。」

「總之能不能請你來看看？我有客人要來，可不能讓人家挨凍。」

「今天鍋爐問題多，可能要三點左右才能過去。」

「拜託別遲到了。」

「風雪這麼大，晚一點是難免的啦。還是等放晴了我再過去？」

「就是風雪大，才要請你快點來修啊。」

「那就三點以後囉。」

電話掛斷，增田抓抓頭站起身，才走出辦公室，就聽到老婆紀子從廚房裡喊他。

「剛才齋藤姊打你手機。」

齋藤是民宿請的廚房幫手，六十多歲的婦人，之前在大眾食堂做了很長一段時間，雖然不太會做都市人愛吃的菜，但可是廚房的重要人力。

紀子說：「她說今天風雪這麼大可能來不了，你能去接她嗎？」

「風雪已經這麼強了？」

增田走到大廳窗邊，只見前院前方的國道二三六線像是覆上了一層飄舞的白紗，路邊的門柱已經有一半埋在雪堆裡。

這麼大的風雪，齋藤大姊確實很難開車過來。

增田回頭對紀子說：「我不能丟下你去接她，今天就我們兩個應付吧。」

「也是。」紀子點頭說：「若只有三位客人，應該應付得來。」

「或許根本沒人會來喔。」

「或許有人臨時上門呢。前年的彼岸荒也是這樣。」

「記得大前年也有喔。」

「鍋爐怎麼樣？」

「修不好，已經叫廠商來了。」

直哉從大廳的一架上拿起羽絨外套。

「你要出門？」紀子問。

「除雪，趁現在把前院再清一遍。」

「午餐呢？」

「清完再吃。」

這座民宿的停車場可以輕鬆停下二十輛車，冬天要經常委託廠商來剷雪，但大雪的日子廠商就會晚來，現在應該正在市區其他簽約停車場剷雪，怎麼等也等不到。直哉為了應付這種狀況而買了小型除雪車，以強力鼓風機將雪吹開，除雪能力不強，以今天的雪量來說就算吹個一小時也吹不掉多少雪。幸好只有兩組客人訂房，應該還能吹出兩個車位。

直哉戴上毛線帽，紀子從廚房裡出來，手裡捧著熱騰騰的大杯子。

「先喝杯熱可可吧？」

「也好。」

直哉接過杯子，紀子又說了。

「其實剛才還有另外一通電話。」

誰的電話？直哉傾首不解，紀子微微別過頭。

「我姊打來說我媽的事情。」

「說什麼？」

「說情況很糟，差不多了。」

又是那件事？

直哉覺得口中的熱可可突然苦澀起來。

他老婆紀子是埼玉人，媽媽和一位姊姊住在熊谷，媽媽有輕微的失智症。最近兩年紀子回娘家照顧媽媽四次，總共大概五十天以上。

直哉在東京餐廳當服務生的時候認識了紀子，紀子是餐廳合作食品供應商的業務，兩人交往兩年之後結婚。

直哉是町裡土生土長，老家是酪農，這座民宿有部分土地就是老家的土地，爸媽住在在六百公尺外的地方。

他從札幌郊區的酪農學園大學畢業之後，在國外流浪了一整年，曾經到過紐西蘭跟澳洲，覺得經營民宿也是不錯的生意。他的故鄉很適合經營西式民宿，卻沒有任何當地居民想過這件事，代表沒有競爭對手，應該可以招攬不少客人。

幸好他有個哥哥繼承酪農業，不需要靠他與牛糞為伍，而且老爸願意擔保借錢給他開民宿。

直哉流浪歸國之後在東京的連鎖餐廳工作，學習餐飲經驗準備自立門戶。後來認識紀子，帶她回老家幾趟，民宿經營計畫也更加確實。

兩人在東京結婚，紀子辭掉工作去上烹飪學校，也是為了經營民宿做準備。

兩人去歐洲度了一整個月的蜜月，到處觀摩民宿和簡宿，回到成田機場的時候，兩人已經把未來要開的民宿規畫得鉅細靡遺。

四年前直哉三十一歲，紀子三十歲，兩人終於打造出心目中的民宿，再過一年女兒由紀也出生了。

目前營運還算順利，民宿仿造英國田園民家風格，鋼筋水泥結構配石砌外牆，屋頂是綠色鐵皮，當初選這個風格並不是非常童話夢幻，但年輕女性看了照片應該會想訂房。

民宿分兩座建築物，本館有餐廳和自己的住家，別館有客房，以走廊戶相連接。這樣可以區分住房客和飲食客，也可以降低訂房淡季的設備營運成本。深秋到寒冬之間大約三個月的淡季，住房部分不開放訂房，但是旺季生意就很興隆，分開營運還算划算。

但是紀子的媽媽確實令直哉擔心。紀子家三個孩子都是女孩，媽媽今年剛好七十，單身的二姊與媽媽同住兼看護，但是二姊的工作本來就是看護，還要輪夜班，很難與老媽媽生活相依為命。

紀子去年十一月回去幫忙姊姊照顧媽媽，回來之後就找直哉訴苦。

紀子想把媽媽接來這個町裡住，意思就是要住在這間民宿裡。

直哉說不行，畢竟民宿是做生意的地方，而且住家就設在裡面，如果把失智症的家人接來住，民宿的氣氛整個就變了。丈母娘可能會打擾到客人，但又不能把她關在二樓，這可是虐待老人家。所以直哉寧願多資助一點錢，也不要讓紀子把媽媽接來住。

這件事到此兩人都沒有再討論下去，但直哉感覺她與紀子之間開始了出現裂痕。

紀子的表情一開始是失望與落寞，後來慢慢轉為輕蔑。或許紀子本人沒有發現，但直哉感覺太太對自己有點冷淡，兩人之間確實出現了鴻溝。

直哉喝了半杯可可之後對紀子說：「下個月你再回去一趟，你媽看到你也會比較放心。」

「也是。」紀子的口氣算不上開心：「就這樣吧。」

「由紀呢？幼稚園放春假了吧？」

「剛剛你媽打電話來，說由紀今天可以住她家。」

「那好。」

直哉把杯子放在一旁的桌上，帶好毛線帽，牆上的時鐘指著下午一點四十分，先工作個三十分鐘再喝茶休息吧。

直哉開門要離開風除室，一陣迎面而來的猛烈西風吹得他往後仰，簡直就像被機槍掃射，雖然他沒有真的被機槍掃射過，但那陣強風與大量雪花打在身上的感覺，應該是相去不遠。

＊

足立兼男聽見幾名男子衝進房間發出驚呼，通常是看到可怕的東西才會發出那樣的驚呼。

男子們的語氣聽來很不舒服：「死了嗎？」

「應該吧？」

聽聲音是去事務所留守的小弟們，這兩個混混的年紀比足立輕，一個姓花崎，一個姓藪田。

足立用被綁住的雙腳猛踢辦公桌。

這裡！桌子後面！

兩人聞聲繞到桌子後面，藪田又發出驚呼，花崎則是蹲在足立身邊，狠狠撕下足立嘴上的膠帶，痛得足立差點大叫。

「少廢話，快鬆開我的腳！」

「是！」

鬆開繩索之後，足立才總算能站起身。

一頭金髮的花崎臉色蒼白，二十歲的藪田看似就要哭出來了。

「被人闖了。」足立說：「兩人組闖進來搶了保險箱裡的錢。」

「大姊呢？」

「被打死了。」

「對方有傢伙？」

「他們不是外行，還知道老大他們去了熱海。」

花崎回頭瞥了浩美的屍體一眼：「要叫救護車嗎？」

「等等，先打電話給老大，看到我的手機沒有？」

足立不等兩人回話就直接走入待客室，發現手機掉在沙發旁邊的地毯上，他拿起手機檢查，沒有故障，那兩個人肯定沒想到這麼快就有人來支援吧。

足立打給若頭（註：組長的義長子，相當於組織裡第二把交椅），響了兩聲若頭赤井就接起電話。

「怎樣？」赤井聽來不開心：「今天可是大日子啊。」

足立說：「對不起，現在旁邊有人嗎？」

「怎麼？別管了就說吧。」

「老大家裡被人闖，搶了錢還開槍打了大姊，大姊好像死了。」

「什麼？」

足立仔細報告經過，赤井一時還難以置信，但也不能怪他。

聽完之後赤井大聲怒罵：「派你留守是幹什麼的！」

「對不起！真的對不起！我該怎麼辦？」

「還敢問我怎麼辦？快點去找到他們，打個半死再帶回來！」

「他們二十分鐘之前就逃走了，花崎跟藪田剛剛才來救我。」

「大姊真的死了嗎？」

「我沒確認，要叫救護車嗎？」

「等等，你打電話報警了？」

「沒有。」

「也沒打給保全公司？」

「他們沒過來。」

「錢都沒了？」

「應該是，保險箱都空了。」

「回去看我怎麼修理你！」

「對不起，對不起！我該怎麼辦？」

「等等，我報告老大。」

電話暫時掛斷。

花崎和藪田盯著足立，等足立告訴他們該怎麼辦。

足立對兩人說：「等等老大會吩咐。」

花崎說：「是不是叫救護車比較好？」

「人已經死了，而且是被槍打死，叫救護車會惹上警察，警察進來查案就不得不說錢被人搶。這樣所有兄弟都會被警察搜，傢伙也會被搜出來，沒有老大吩咐千萬不行。」

「大姊都死了還要瞞嗎？」

「又不是我們殺的。」

手機震動起來，是老大打來的。

足立一接通電話就搶在被罵之前猛賠罪，賠罪完之後把剛才告訴赤井的事情又報告一次。

「好吧。」德丸徹二說，口氣像是壓抑著心中怒火：「浩美確定死了？」

「我沒量她的脈搏，但是動也不動，應該是死了。」

「屋裡有沒有放什麼麻煩的東西？」

「啊？什麼東西？」

「刀啊槍啊毒啊，警察不能不查的東西。」

「都沒有。」

「那就先打一一九，然後報警。」

「情況是不是不妙？」

「出了人命就不可能靠我們自己處理，但是報警不能打一一〇，直接打給帶廣警署掃黑的甲谷，你認識甲谷吧？」

「是。」這個刑警跟老大的關係不算差，但也沒辦法收買。「我會打給甲谷先生。」

「偵訊的時候，動手的傢伙不要描述太詳細，也別說他們知道我們的行程，讓警察覺得是臨時起意就好。」

「是。」

「不要說被搶了多少錢，堅持你不知道保險箱裡有多少錢就好。」

「是。」

「其他廢話不要多說。」

「是。」

足立把德丸的指示轉達給花崎和藪田，然後走向待客室的電話。

這下電視新聞肯定會大肆報導黑道老大家裡遭強盜洗劫，免不了要當一陣子的笑柄了，但組長應該仔細想過該給警察處理好，還是該自己處理好。

實際上絕對不可能隱瞞浩美大姊的死，大姊有兄弟姊妹，也有朋友親戚，一個人不見了總會有人起疑。要是瞞久了再被揭穿，事情反而更麻煩，屍體遺棄罪通常會跟殺人罪綁在一起，弄不好還會把自己搞成殺人犯。一旦老大被定罪，這個織織就會失去功能，最後撐不下去而潦倒解散。

組長應該是想走務實路線，先向警察證明大姊的死跟組裡無關，然後再循江湖規矩來追凶，討回那筆錢。

足立拿起話筒，依序按下一一九這三個數字，

＊

笹原史郎看見擋風玻璃前方的景象，不禁咋舌。帶廣市內的國道三十八

號線，正在某個十字路口發生大塞車，看來路口發生了車禍，有幾個人下車站在路上，或許是連環追撞。今天帶廣一帶能見度差，下雪又容易打滑，在路口發生車禍不足為奇。

路口的車流紛紛試圖避開車禍現場，擠成一團，紅綠燈變得毫無意義。笹原史郎等了三分鐘才前進兩公尺，前面兩輛車硬是開上對向車道，往反方向回頭。

這樣會不會比較好？

笹原史郎回想十勝地方的地圖，原本打算從三十八號線轉二三六號線，但也可以先進去帶廣市中心再轉二三六線，而不需要開到前方的三十八與二三六路口。

遠處似乎傳來警車的警笛聲，笹原把右邊車窗降下兩公分，風雪呼呼地吹進車內，他又將車窗降了十公分，風雪雖然更強但至少聲音較小。遠方確實傳來警車警笛聲，而且不只一輛，應該有三、四輛以上。

這麼多警車要處理車禍未免太大陣仗了？而且好像不是往這裡過來？

難道案子已經曝光？有人報警？那個小弟這麼快就掙脫繩索通知別人？我還以為自己綁人手法純熟呢。

笹原沒有切斷電話線，現在沒有這麼用心的強盜，尤其當你搶的是黑道或地下錢莊，大家都準備好幾支手機，想動手腳讓人無法報警簡直是白費工夫。如果有這種閒工夫，不如盡量縮短犯罪時間，而避免對方報警的最好方法，就是專找那些不方便、不敢報警的對象去搶，所以這次才要搶黑道老大。

如果只是金錢損失，那個德丸組長肯定只會內部解決。被搶五千萬就報警，只會淪為江湖笑柄，也嚇不了普通老百姓。只要不殺人，他絕對不會報警。

但是佐藤章開槍殺了那女的，情況就變了。就算是在暴力團組長裡殺人，也不可能瞞得下來。

德丸聽了報告之後選擇報警？這陣警車警笛不就是這麼回事？

笹原關上車窗，轉頭猛打方向盤把車開上對向車道，邊轉邊大按喇叭，跟別人一起掉頭往西開去。

這下幹道沿線一定會設臨檢站，把每輛車攔下來檢查行照駕照，那輛宅配小貨車也會被通緝，沒多久警察就會在購物中心的停車場發現它。或許還有目擊者作證，小貨車旁邊還停了一輛轎車。

而笹原目前開的這輛老贓車也是從同一座停車場偷來，不可能被當成普通的竊車案，肯定跟凶殺案有關，通緝的優先順序也會變動。

不知道封鎖範圍有多大？至少帶廣市內的交通要道一定會臨檢，然後是帶廣機場、大型橋梁、汽車專用道的交流道等等。

不妙，得想個辦法讓警察分心才行。

笹原慢吞吞地開過一個路口，左轉前往帶廣的市中心，周圍建築物愈來愈多，風雪也相對減弱，地上沒什麼積雪。

左手邊看到一家便利商店，停車場裡只停了兩輛轎車，出入口路邊有綠色的公共電話。笹原把車停進超商停車場，然後打電話報警。

他為了保險起見，手機裡有紀錄帶廣警署的代表號，就是打這個號碼。

「帶廣警察署您好。」女性的聲音。

笹原裝出慌張的口氣：「我剛剛看到一輛車子肇事逃逸！一輛宅配小貨

車上面有兩個男的，他們改搭一輛銀色轎車走國道三十八號線，沿路亂撞其他車子！」

「請稍候。」對方相當悠哉：「我幫您轉接承辦部門。」

笹原自顧自地說：「銀色的轎車，往芽室那邊去了！」他還說了昨天從札幌偷來的轎車車款，還有停在購物中心停車場的位置。「兩個男的肇事逃逸，慌慌張張的，往芽室那邊跑掉了！」

「請稍候，我會幫您轉接承辦人。」

「我也很急啊！再見！」

掛斷電話。

如果打一一〇報案，掛斷電話之後線路不會馬上切斷，但是打代表號就與普通市內電話一樣，帶廣警署無法立刻鎖定這座公用電話的號碼和位置。

總機和某部門的承辦人應該會注意到報案內容，兩名男子換車逃亡，沿路追撞，感覺是某種不法案件。笹原與佐藤丟下宅配小貨車的地點在德丸豪宅的西邊，笹原謊報可疑車輛走三十八號線往芽室去，也就是往西。只要帶廣警署得知德丸家發生的凶案，就會想起剛才的報案內容，之後找到宅配小貨車就會了解其中的關聯，然後在帶廣市外的三十八號線西向布下封鎖線。

佐藤章開的車很快就會被攔檢，查出那是一輛贓車，然後以現行犯逮捕，搜出他身上的槍，帶廣警署歡天喜地，笹原則趁機走二三六線往南逃走。

問題是封鎖線會不會僅限於帶廣的西邊？如果警方建立包圍網，南向幹線可能也會設立臨檢站。這輛老贓車應該早就報案失竊，只要被攔檢就完蛋，笹原得換一輛像新鈔一樣新的車。

笹原離開公用電話回到贓車上，還是先往市區南邊走吧。

停車場出入口有輛拋錨的小轎車，除雪車會把馬路上的雪鏟到人行道上，所以人行道堆滿了雪。那輛小轎車打算開出停車場卻卡在雪堆上，看到車裡的身影，駕駛應該是女性。

笹原左右張望，四下無人，沒有任何人注意到這輛小轎車的窘境。

小轎車的車輪不斷空轉，輪胎底下的雪都被掏空，後輪搆不到東西，整輛車就像被架在雪堆上。

笹原從車裡拿出袋子走向小轎車。他站在車邊往駕駛座裡瞧，車上只有一名戴著眼鏡的年長婦人，是自排車。

笹原敲敲駕駛座車窗，婦人看看笹原並降下車窗。

「你卡在雪堆上了。」笹原說：「亂開一通出不來喔。」

婦人說：「不好意思，我不太會開雪地啦。」

笹原看了婦人就覺得她眼神有點陰險，便決定了下一步。

「你有沒有帶鏟子？」

「你要幫我？」

「我來幫忙吧。」

「後車廂裡有鏟子。」

婦人打開後車廂，笹原拿出鏟子開始鏟除車底下的雪。

婦人並沒有下車，笹原邊鏟雪邊想，或許她不喜歡站在風雪裡，但是人家難得來幫忙，怎麼能自己躲在溫暖的車上？社會不會原諒這種自私的人，至少我不會。

笹原忍著打在臉上的風雪，總算把車底下的雪鏟得差不多。接著走到駕駛座旁邊，婦人又稍微降下車窗。

笹原對婦人說：「我幫你把車開出來，讓我開吧。」

「方便嗎？」

「卡得太深了，要用二檔出來才行。」

「二檔？這是自排車呢。」

「自排車也有二檔，來，你先坐到副駕駛座吧。」

笹原對婦人露出拿手的微笑，這微笑剛才也幫他成功闖入德丸豪宅。

婦人下車說：「我就是不太習慣。」

婦人從後面繞到副駕駛座，笹原把袋子放進後座，上車關門。

婦人突然一臉狐疑，或許不知道笹原為什麼把自己的行李放上車。

笹原若無其事地說：「積雪太深就不能打D檔，要打二檔。你住附近嗎？」

「請問……」

「別擔心了。」

笹原用二檔把小轎車開上馬路，路上也沒幾輛車，前後一百五十公尺內只有三、四輛車。

車子緩緩加速，老婦人說：「不好意思，我可以自己開了。」

「別擔心，我來。」

笹原再次對婦人投以笑容，你別擔心，車給我來開就好。或許你一時到不了目的地，但是我會把你送到附近，有我來開車，你會比較早點到。但是不用謝我，在抵達目標之前乖乖坐著就好。

婦人臉上露出一抹不安。

*

川久保篤巡查部長的手機響了。

川久保接通手機，是地域課的男巡查長來電，姓山野。

山野說：「我已經到茶別橋了，但是沒看到你。」

川久保在小警車駕駛座上回頭，剛才還能從後車窗外看見前方茶別橋的護欄，現在只剩一片雪白，可見雪勢又更強了。

「你在南邊？我停在過橋左邊。」

「橋上都是風雪，我看不到對面。」

「這條河是風道，風勢最強，過橋會被吹到打滑，小心點。」

「了解。」

掛斷手機之後看看時鐘，一點五十五分，廣尾警署的支援花了四十分鐘才到。

再往後車窗瞧，風雪中逐漸出現一條黑影，是辦案用的箱型車，已經來到後面二十公尺左右。

箱型車慢慢開到小警車正後方停下，川久保開門下車，強風不斷掀動防寒大衣的衣襬，連他自己都差點被風給吹走。

四名警察走下箱型車，都穿著水桶一般的防寒裝備，其中三個拿著搜索用的鋁棒，第四個扛著印有北海道警察徽章的大包包，應該是鑑識人員。

山野走上前問：「就是這裡？」

他應該吼得很大聲，但是在強烈風雪中仍然聽不太清楚。

川久保指著剛才發現屍體的地點大喊回去：「就那邊，河岸附近。」

「雪這麼大，找得到嗎？」

「我拉了封鎖線。」

川久保將裝有錢包與卡片的證物袋交給山野。

「這是在口袋裡找到的。」

山野接過證物袋說：「麻煩帶個路吧。」

川久保猶豫片刻，他想說自己走下去就看見了，但這不合規矩。

「跟我來吧。」

川久保一行人在風雪中連滾帶爬，好不容易才來到黃色封鎖線的標示區，五人已經全身覆滿了雪。

「就在那裡。」川久保指著屍體的位置，但是已經看不到屍體，完全被雪給埋住了。

山野跨過封鎖線走到川久保指的位置，拿著鋁棒往雪裡插。

插了幾次之後，山野點頭說了些什麼，從脣形來看應該是：「就這個了。」

山野用防寒靴撥開那附近的積雪，露出紅色的外套，然後回頭走到川久保面前。

「接下來交給我們，川久保兄你可以收工了。」

川久保問：「你們幾個能搞定鑑識跟收屍嗎？」

「有難度。」山野說：「想用擔架把屍體扛上去也需要人手，風雪這麼大真的有難度，只能看長官吩咐。」

「屍體丟著又不會跑掉，這裡也沒有人會來看熱鬧吧。」

「我會這樣報告上去。」

「那我先告辭。」

川久保敬禮，山野又說：「從廣尾到這裡的路況很糟，還有車被風雪吹到翻車，開車小心啊。」

「你們也要快點回去，不然回不了署裡喔。」

「是。」

川久保向四人行禮之後離開現場，一想到還要爬上陡坡才能回到路邊就頭暈。現在風勢這麼強，得像狗爬一樣才爬得上去。

好不容易爬回小警車邊，川久保拍掉身上的雪，坐上駕駛座。

打了個冷顫之後開動警車，他決定不走剛才的町道東二線，改走國道二三六。市區外的町道除雪優先度比較低，小汽車在雪地上很難通行，國道至少有大型除雪車持續除雪，雖然要繞點遠路，至少能順利回到市區。

川久保慢慢加速，回想起剛才確認的人名。

藥師泰子。

聽說是住在西町路口的北邊，走二三六剛好會經過那戶人家。

町道已經積了五到十公分的雪，雪地上沒有胎痕，代表在他等待支援的這四十分鐘內都沒有車輛經過，前方可能已經積起不少雪。小警車的四輪傳動機構不知道能不能通過這些積雪。

川久保沒有打D檔，用二檔開上積雪的町道。

町道有個九十度的大左彎，往左就接上國道二三六。

在路口左右瞧瞧，能見度大概兩百公尺，左右沒有來車，川久保左轉上國道二三六。目測車道上的積雪大概兩、三公分，除雪車應該剛經過沒多久，但是對向車道的積雪將近十公分，代表目前只能單線通車。

國道幾乎直線通往志茂別町市區，大概四公里，途中會經過茂知川上的雄來橋，茂知川下游就是發現屍體的茶別橋。

茂知川的淺河谷是風道，風雪期間會有來自日高山脈的落山風強力經過風道，就像把壓縮空氣灌進小管子一樣。七個小學生遇難的三橡樹地區，就在雄來橋正西邊三公里左右，也正好在風道上。

川久保以四十公里不到的時速開過雄來橋，一過橋就碰到除雪車從對向開過來，這輛大型除雪車前方裝了鏟雪板，後面跟著一輛貨車跟一輛轎車，這種天氣就是要跟在除雪車後面才聰明。

通過雄來橋之後三百公尺左右，左手邊看見成排路樹，是防風雪用的唐松（日本落葉松）林，樹林後面有座民宿餐廳叫做綠屋頂。這座民宿是當地最時髦的民宿兼餐廳，但據說當地居民也因此敬而遠之，記得老闆是三十來歲的年輕人，開著四輪傳動的英國車，這品味在町裡確實突兀。

經過樹林後眼前就是民宿，看起來像是英國農家的建築，離馬路有三十公尺遠，門口亮了燈，招牌也亮了燈，今天應該還做生意。停車場裡有個男的開著小型除雪車，應該是增田老闆。

這種天氣休息就好了嘛。

但轉念一想，可能是有人訂房，即便客人最後到不了或取消訂房，民宿還是要做好客人上門的準備。

警車經過綠屋頂前方，往前兩公里才會到通往西町的路口，這段路上兩邊都是光禿禿的農地，完全沒有住家。

總算看到通往西町的岔路標示，岔路前方有一條私有道路往左走，兩邊共有五間民宅，片桐說其中一戶就是貨車司機藥師宏和的家。

川久保將小警車開進小路尋找藥師家，眼前一棟平房門口掛著藥師的門牌，就是這裡了。房屋旁邊有輛紅色的小汽車，車頂和引擎蓋上積著鬆軟的新雪，應該是藥師泰子太太的車。

川久保在門前摁門鈴，沒人應門，這個時間司機老公應該還在上班？於是他掉頭摁了對門鄰居的門鈴，對講機有個婦人答話：「喂？」

川久保看著門牌，「松田太太你好，我是駐在警察，方便打擾一下嗎？」

「來了。」

門鎖立刻解開，川久保拍掉身上的雪走進風除室。

一個五十多歲的主婦眨著眼從屋裡走出來。

川久保行了個禮說：「其實是有人送失物到駐在所，我想或許是藥師太太的東西才來拜訪，藥師太太白天有工作嗎？」

主婦搖搖頭：「沒有，聽說太太回娘家去了，剩下先生一個。」

「太太回娘家，是在哪裡？」

「聽說是青森，媽媽身體狀況不好要回去照顧。」

「這樣啊，有聽說什麼時候回來嗎？」

「不知道，我也沒問過太太本人，是她先生說的。」

「回娘家是去年的事情？」

「去年秋天，不對，應該是冬天了。」

「然後就一直待在娘家？」

「應該還沒回來。」主婦突然反問：「發生什麼事了？」

川久保裝蒜：「怎麼這麼問？」

「沒有啦，說起來有點八卦，之前曾經有地下錢莊找他們討債，好像是太太瞞著先生借了高利貸。」

「就在太太回娘家的時候？」

「應該在那前不久，所以我想會不會是夫妻吵架，太太才回娘家。」

「這樣啊。」藥師夫妻周邊果然有怪事發生。「那等太太回來，我再找她聯絡失物的事情。」

川久保低頭行禮，離開風除室。

他在走向警車的途中，整理剛才聊過的話題。

泰子回娘家只是先生的解釋，她似乎被地下錢莊追債，夫妻間可能失和。

但是附近鄰居似乎不覺得泰子失蹤有犯罪嫌疑，片桐也說藥師先生是妻管嚴，代表藥師先生不是會家暴的人。如果泰子失蹤，附近鄰居感覺有不法情事，警署或駐在所應該會有匿名報案資訊才對。

川久保坐進小警車開上二三六，從西町路口往市區方向，民宅會愈來愈多，離駐在所只剩兩公里。

＊

菅原信也連忙減速。

他差點越過那座民宿，停車場招牌在風雪之中不甚明顯，開車又要閃避雪堆、避免衝出路面，所以無暇留意路邊的景況。一回神，停車場招牌突然就浮現在風雪中。

菅原減速確認轉進停車場的小路，進入停車場。

停車場似乎剛除過雪，民宿前停了兩輛車，一輛是英國製的綠色四輪傳動，另一輛是紅色小汽車，沒有坂口明美開的白色掀背車，看來她還沒到。

菅原看看表，差不多下午兩點十分，沿路上開得太慢而花了不少時間，自己已經比約好的時間晚到，那女的卻還沒來。

菅原從副駕駛座拿起防寒衣穿好就下車，一下車被風吹到重心不穩，防寒衣差點被風給掀走。菅原彎腰衝進大門，搖響裝在門邊的牛鈴。

菅原從風除室走進大廳，櫃檯裡有個男的探出頭來，正是民宿的老闆。菅原半年多前曾經在這民宿住過，或許老闆也記得他。

三十多歲的老闆表情顯得有些困惑。

今天沒做生意？仔細想想，招牌明明亮起了燈，還看到營業中的字樣呢。

菅原問：「今天營業吧？」

老闆說：「要用餐嗎？」

「能不能住房？風雪這麼大沒辦法開車了。」

訂房的理由當然不是風雪，但難得天氣這麼差，拿來當藉口也不錯。
老闆說：「是可以安排，不過……」
「現在住房還太早？」
「其實暖氣鍋爐壞了，三點過後才能修好，能不能先請您在餐廳休息？」
「有東西吃？」
「是。」
「好吧，先來杯咖啡。」
「請先填這張卡。」
菅原拿起櫃檯上的房客資料卡，寫上姓名住址。
老闆拿起資料卡說：「客人從帶廣來啊？路況怎樣？」
菅原說：「風雪愈來愈強，路上好幾個地方還有地吹雪（註：地表積雪被風吹起）呢。」
「道路沒有封閉吧？」
「至少我還開得過來，之後就難說了。」

菅原抱著防寒衣走入餐廳，餐廳主要以木料與磚塊做裝潢，品味特別，菅原不知道這是什麼建築風格，或許是仿造英國哪裡的鄉村餐廳還是民宿？餐廳裡有十幾張木桌，正前方牆邊有座大型的鑄鐵燒柴暖爐，爐裡火勢旺盛。這個餐廳是讓明美放下戒心的最佳地點。

菅原先站在暖爐前暖身子，然後坐在最裡面的座位。

女服務生來了，不對，應該說是老闆娘，年約三十出頭，清新脫俗，頭髮綁得工整，長相和體態都很健康，跟坂口明美的感覺剛好相反。老闆娘穿著薄毛衣，合身的牛仔褲，那薄毛衣似乎讓胸前看來更加雄偉。

「歡迎光臨，請問點些什麼？」

笑容和口氣都看得出她的服務業經驗豐富。

菅原點了咖啡之後拿出手機，看看有沒有未接電話，但沒有電話也沒有簡訊。

菅原立刻打起簡訊。

「明美，我已經到綠屋頂囉。我在暖爐旁邊回想著你的溫暖，想到今天就是最後一面就好傷心，不敢相信我們這麼快就結束了。只要能跟明美在一起，我願意上刀山下油鍋。

對了，天氣很差，小心開車喔。」

簡訊一發出去，老闆娘就端上咖啡。

菅原邊啜著咖啡，邊盯著老闆娘走向廚房的背影。

菅原以前來的時候也想過，想跟這女的交手。但她應該不太可能上交友網站，根據菅原的經驗，這種身心健全的女人不會沉迷交友網站。上交友網站的女人特色是心靈扭曲，負面，或者飢渴。比方說坂口明美就是飢渴，渴求刺激、浪漫與特別體驗。但是老闆娘似乎沒有任何以上特質，想上到她應該是遙不可及的夢想。

＊

佐藤章伸手調高廣播的音量。

因為車況報導傳出讓他在意的消息。

當地民營電台的主播說：「重申一次，受這股強烈低氣壓影響，道東汽車道於下午一點全線禁止通行。道東汽車道的狩勝隧道，國道二七四號線的日勝山口，從上午十一點開始全線封閉。」

狩勝隧道不就是他原本要走的山路？全線封閉？日勝山口是狩勝隧道封閉時的替代道路，怎麼也禁止通行了？

佐藤章盯著前方的景色。

能見度依然不到兩百公尺，有時候會拉開到五、六百公尺，但不會太久。目前他應該是離開帶廣到了芽室町，離開帶廣市區之後車流量比較少，但不代表比較好開，路面積雪五公分以上，時速只能壓在四十公里以下。

降雪量確實比三十分鐘前多了。天氣預報說道東地方的暴風雪會持續到明天早上，今天應該沒辦法通過山口。

怎麼辦？

如果過不了山口，今天不就沒機會離開十勝平原？要是在山口能找到地方過夜就算了，但是有這麼容易找到嗎？那附近又沒有什麼溫泉勝地，應該沒有能收容大批駕駛的地方。

要掉頭嗎？是不是躲在帶廣市內等低氣壓過去比較好？帶廣應該有很多飯店，訂個房間並不難。

後方傳來微微的警車警笛聲，佐藤盯著後照鏡卻看不見閃爍的紅燈，不過現在能見度這麼低，或許警車已經很靠近了。

佐藤想起笹原說的話。

只要碰到警察就立刻開槍逃跑，既然殺了人，要是被抓到肯定無期徒刑。連根菸都還沒買就被警察逮住，難得搶來的兩千五百萬便跟著泡湯。

一旦開槍襲警就絕對逃不出法網，所以笹原說得沒錯，還不如吃香喝辣，把錢花光了再死。要住五星大飯店，叫小姐搞到爽，搞累了還可以喝杯好酒。說不定來個萬一，還能逃過警察追捕。

佐藤摸摸防寒衣內袋裡的手槍。

警車現出蹤跡，佐藤把車速放慢開到路邊，警車立刻走內側車道越過佐藤的車。

佐藤鬆了口氣。

但這下就知道前面肯定發生了什麼事，警方奉命進行攔檢，才會有警車趕往臨檢站。雖然豪宅搶案應該沒那麼快就曝光，但前面肯定有事。

總之今天肯定過不了山口，掉頭吧。

佐藤又想起笹原的話，分頭逃，往西穿過山口去札幌。

那傢伙很狡猾，提議分頭跑可能就是有什麼企圖，如果警察的注意力都落在西邊，他就比較容易逃走。難不成他出賣我？去報警說有可疑車輛走三十八號線往西逃？

他確實有可能幹這種事，會去地下人力網站找人，代表他沒有信得過的伙伴，隨時都可能出賣同夥。

佐藤踩煞車靠路邊停下。

如果笹原不往西邊走，我也不該往西邊走，不想被抓就不能順他的意。

佐藤確認兩邊來車，隨即開上三十八號的對向車道。

時間是下午兩點十分。

4

北海道警察帶廣警署組織犯罪對策班的甲谷雄二警部補，在豪宅的待客室裡觀望。

兩名急救人員帶著一把擔架走進待客室，甲谷指著後面的德丸房間，裡面有四名鑑識人員正在拍照並採集指紋。

警署接到報案之後十二分鐘就趕到豪宅。通常只要花五分鐘，但今天風雪強勁才花了這麼久，而且救護車竟然還比警察晚了五分鐘。甲谷詢問經過身邊的年邁急救人員。

「怎麼這麼久才到？」

急救人員愧疚地說：「風雪這麼大，車禍很多。」

急救人員向甲谷行禮之後進入房間。

即使外行人來看也知道那女人已經死了，出血量與血跡顏色都很明顯，但甲谷並沒有去確認脈搏，也沒有拿小鏡子放在女人嘴邊確認氣息。沒有呼吸心跳之類的死亡確認要交給醫師，德丸組的混混打電話給甲谷的同時叫了救護車，是正確決定。

這裡就交給下屬處理吧。甲谷沒必要親自找遺留物，或打聽附近的目擊證詞，現在最該做的是詢問足立兼男的被害狀況，還有犯罪的詳細經過。

甲谷的下屬新村和樹巡查走進待客室。

「監視攝影機的影像出來了。」

甲谷問：「看得清楚嗎？」

「這裡螢幕太小，但是有DV帶，回署裡看就有大螢幕。」

「去找足立確認。」

新村望向坐在沙發上的足立，足立困惑起身。

監視攝影機的主機裝在側門旁邊的牆上，是個白色盒子，與普通人視線同高，盒子前方蓋板可以左右打開，裡面有兩個十公分四方的螢幕。

一旁的鑑識人員看著甲谷尋求指示，甲谷點頭。

鑑識人員說：「攝影機跟對講機連動，只要有人摁外面的門鈴就會啟動錄影。」

鑑識人員按下開關，螢幕先閃了幾秒雜訊，然後出現一張人臉，是個戴著眼鏡與制服帽的中年男子。眼鏡男說了些什麼，但是聽不清楚，後方停了一輛小貨車，而且還閃過一條人影。

中年男應了兩三句話之後消失在鏡頭右邊，應該是門開了。

接著又是雜訊，鑑識人員按下開關停止播放。

甲谷轉向足立：「你們說了些什麼？」

足立敬畏地說：「他說送東西來，是JRA送的，組長跟JRA有交情，所以我就信了。」

「螢幕上有兩個人，你發現了嗎？」

「我感覺好像有影像，可是一下就不見了。」

「你確定不認識他們？」

「第一次見到。」

「口音呢？」

「應該沒有。」

新村說：「側門還有一台監視攝影機，角度不同，而且是二十四小時錄影，現在播放同一個時段的畫面。」

甲谷指示鑑識人員播放，鑑識人員按下另一個螢幕下方的按鈕。

畫面是從斜上方拍攝側門，正門在鏡頭左邊。

小貨車停在正門外，中年眼鏡男從駕駛座下車，手裡抱著紙箱走到正門前，副駕駛座則有另一個年輕人下車，留長髮，身材健壯。

長髮男溜過眼鏡男後方，跑到鏡頭前面拍了個大特寫，眼睛左顧右盼，但應該沒注意到攝影機。這年輕人眉毛細，眼神邪，年紀應該是二十好幾。

接著年輕人轉身背對鏡頭，畫面裡的側門開了，眼鏡男先進門來到主宅門前，年輕人也迅速進門，躲在眼鏡男旁邊，背緊靠在牆上。主宅門打開了，年輕人突然撞進屋裡，眼鏡男緊跟在後，年輕人右手似乎拿了什麼黑色物體。

甲谷在心中默記，年輕人手上拿了手槍。

鑑識人員說：「有拍到人出現，但是臉拍不清楚。」

甲谷說：「年輕那個有大特寫，可以發布通緝。」然後轉身問足立：「年輕那個還帶著槍？」

「是。」足立點頭。

「就是他開槍打你們大姊？」

「是的。」

「你也不認識？」

「完全不認識。」

「好。」甲谷對新村說：「把這捲帶子帶回去。」

新村從機器裡退出帶子收進包包裡。

甲谷喊了足立：「過來。」

足立十分惶恐：「是不是要帶我回去問話？」

「做筆錄何必怕成這樣？」

「我也是被害人啊。」

「我知道，誰把你當嫌犯了？」

「你們會放我回來吧？」

「事情問清楚就會。」

足立怯懦地點頭。

甲谷大概知道足立為什麼直接找他報案，一定是組長德丸的指示，德丸想對警方證明浩美不是自己人殺的，卻又不肯把兇手的情報完全告訴警察。可見德丸想私下解決，避開正規的偵訊。

如果是小案子，甲谷多少可以體貼一下德丸，但凶殺案可不行，這不是一介刑警可以裁決的事情。就算靠這件案子賣德丸一個面子，之後交換當地暴力團的犯罪情報，也比不上直接逮捕強盜殺人犯的功勞。如果能把兩個強盜殺人犯關進監獄，考核績效絕對是滿分，甚至可能調往總部的好位置。與其等待虛無飄渺的江湖道義，還不如確實掌握眼前的功勞。

甲谷拿出警用無線電呼叫刑事課長。

「轄區需要發布緊急通緝。」

這是他抵達現場之後第二次呼叫，之所以只在轄區內發布通緝，是因為申請本部通緝需要經過繁複手續，帶廣警署應該立刻採取行動。

課長問：「有沒有黑道火併的可能？」

「我看了監視影像，不是火併，只是路過搶劫。」

「怎樣的人？」

「兩個男的，看起來不像道上兄弟。」

「說說特徵。」

「一個是中年人戴黑框眼鏡，眼鏡可能是變裝用。另一個是長髮年輕人，監視影像拍到了臉，我把帶子拿回去，馬上就能印照片發布通緝。」

「外行人膽子哪有這麼大？該不會是外國人吧？」

「這些混混沒說是外國人。」

「你要怎麼通緝？」

「能不能攔檢所有離開市區的可疑車輛？」

「我去找署長談。」

甲谷又加了一句：「記得也要檢查帶廣機場跟JR帶廣站。」

「我會呈報上去啦。」

通話結束之後，甲谷繼續思考。

風雪這麼大，開車逃跑風險很高，道東汽車道不是已經封鎖了嗎？如果搶匪了解路況，應該會放棄逃離帶廣，躲在市內等風雪結束比較聰明，看來攔檢可能會徒勞無功。

離開待客室到走廊上，看到另外兩個德丸組的混混站在樓梯邊，是藪田與花崎。足立說保全公司發現異常，就通知這兩個人迅速趕回來，他們解開了足立的繩索，足立才打手機給甲谷。

如果足立所言屬實，花崎與藪田就是第一發現者，必須帶回去偵訊。

甲谷對新村說：「把他們也帶上車。」

藪田對甲谷說：「可以留一個人在這裡嗎？屋裡不能沒有人留守。」

也對，德丸組大多數人都去了熱海，只剩下這三個人可以配合辦案，留一個下來也沒關係。

「那就藪田你過來。」

此時甲谷胸口袋裡的手機響起，拿出來一看，是署裡刑事課年輕刑警打來的。

「主任，現在方便嗎？」

「怎樣？」

「剛才有人報案肇事逃逸，我想可能跟這件案子有關。」

「報案內容是什麼？」

「總機說是中年男子的聲音，打的是署裡代表號。」

刑警說中年人通報西帶廣購物中心有車子肇事逃逸。

「車上有兩個男人，先從宅配小貨車下來再換開銀色轎車，轎車走三十八號往芽室方向去了。」

「報案人有聯絡方式嗎？」

「對方說完就掛電話了。」

甲谷看看手表說：「何時打的電話？」

「大概十五分鐘前。」

「有沒有當事人報案自己被撞的？」

「署裡目前沒有接到。」

或許有人打一一〇報案，接到方面本部的通信司令室，那麼情報會晚一點才傳給轄區。

「很好的情報。」

甲谷掛斷手機，迅速整理情報。

今天下午有輛宅配小貨車逃到帶廣市內，搶案的兩名搶匪也是開小貨車，代表西帶廣購物中心的宅配小貨車很可能就是犯案工具。兩名男子從宅配小貨車改搭銀色轎車，離開購物中心停車場，停車場外就是三十八號線，往芽室方向代表是往西。

報案人沒有說明身分就掛電話，這點確實令人在意，如果這人特地打電話通知警署目擊資訊，代表是個守法、有道德觀的好公民，那就不該匿名，堂堂報上自己的身分才對。

剛才刑警轉述了報案人說的話。

「走三十八號線往芽室方向。」

如果是帶廣市民或這一帶的居民，口語上會把帶廣市內的三十八號線叫做十勝國道，而不是三十八號。也就是說報案人並非帶廣居民，但是卻又說轎車往芽室方向逃逸，這聽起來有當地人的地緣概念。如果這人是當地居民，用三十八號稱呼那條路，可能是腦中的地圖範圍更大，才會想到車子往西、往十勝清水或往狩勝山口。

甲谷無法確定報案人是帶廣居民，還是人生地不熟的內地人。

他又拿出手機打給刑事課長。

「我聽說有人報案肇事逃逸。」甲谷說：「這可能跟搶案有關，請問攔檢狀況如何？」

刑事課長說：「風雪這麼大，署裡人力周轉不來，到處都是車禍，紅綠燈也故障，人力不夠攔檢。目前只有帶廣機場派保全支援攔檢。」

「要不要將攔檢範圍縮小在西向？如果肇事報案是十五分鐘之前，應該來得及在芽室攔人。」

「要從署裡派人就晚了。」

「先出動芽室派出所的人吧。」

「這樣就好？」

「先掌握他們的逃亡路線，再調整據點。」

「好，我會叫地域課在西邊芽室的美生橋前攔查，但是要等支援警力趕到，才能把每輛車都攔下來。」

「貨車跟職業車輛先不管，鎖定自用車就好。」

「要是沒有風雪就好辦了。」

「分時進行也行，如果攔檢一小時沒有攔到人，代表還在帶廣市內，這天氣很難逃出去，應該會躲在市內等天氣好轉。」

「低氣壓明天中午就會過去，到時候方面本部會成立搜查本部，最好能在搜查本部成立之前靠我們自己逮到人。時限就是明天中午了。」

「我明白。」

甲谷掛斷手機。

他叫其他下屬帶足立和藪田回去偵訊，自己和新村前往可疑車輛出沒的購物中心。

甲谷拉高防寒衣的拉鍊，望向等待吩咐的新村。

*

坂口明美跪坐在客廳角落看著自己的筆電，筆電就放在電話櫃旁邊的小餐車上。當初決定要搬到北海道來，爸爸就送了這台筆電，可以寄寄郵件和照片什麼的。

明美之前在公司就很常用電腦，算是得心應手，搬到這裡之後不需要先生幫忙就接好了網路。丈夫祐介在臥室裡有自己的桌機，兩個人各用各的，不會去動對方的電腦。

筆電顯示明美自己設定的保護程式，是去年到夏威夷旅遊的照片，照片裡的她和先生祐介站在威基基海灘上，兩人都穿著T袖，祐介單手拿著相機自拍。由於自拍距離不夠，兩個人擠在一起臉貼臉，笑得燦爛無比。當天喝了熱帶雞尾酒，祐介臉色通紅，也可能是沒擦防曬就曬太陽的關係。但先生肯定萬萬想不到，太太的電腦安裝這種螢幕保護程式，卻用來上交友網站。

明美盯著畫面裡先生的臉，伸手移動滑鼠跳出桌面，沙丘與夜空。接著她點擊圖標連上網路。

從我的最愛裡面找出自己常上的留言板，這裡有許多已婚婦女談天說地，明美昨天也在上面發了幾篇文。

她回應了某篇文章，一個已婚婦女正在搞外遇，對象是在交友網站認識的美術大學生，還說自己可能已經被先生發現了。這婦人沒有孩子，無法忍受丈夫的平庸才會上交友網站搞外遇。年輕學生才華洋溢又心思細膩，讓她發現自己許多優點，年輕人的溫柔體貼更是撫慰了她的心靈。

但是她動用存款支付吃飯與開房間的費用，先生開始懷疑太太怎麼用錢用得那麼凶。

婦人煩惱是該回歸平淡生活，還是維持這段心靈綠洲的關係？

依然只有少數人責怪這名婦人，大多數都是幫她加油，還建議她許多欺瞞先生的方法。

但是明美昨天回了這麼一篇文。

「如果你無法忍受先生的平庸，就該離開這個家。既想保持安穩又想冒險犯難，是你任性。如果你是自己賺錢養學生也就算了，但瞧不起先生還用她的薪水養小白臉，實在很醜陋。」

點開這個討論串，發現昨天發文之後又多了二十幾篇文章。

先拉到自己發的文，往下一看不出所料，都是在罵明美的文章。

「不要在這裡曬良心好嗎？如果你討厭人家誠實面對自我，就不要來看這篇文啊。」

「哎喲喂，這裡也有個假高尚的太太。」

「閒閒主婦自以為是？去當個認真的女人啊。」

「腦袋空空喔？哪有這麼簡單就能分？你不懂人家有多煩惱嗎？」

看完後面所有回應之後，明美思考怎麼用同一個暱稱回應這些責罵。

想過之後她敲打鍵盤。

「我不知道這有什麼好煩惱。想誠實面對自我，就搬去跟那個學生住啊。只想挑好處拿算什麼誠實？不就任性而已嗎？」

寫完之後署名發文，她在這個討論串都用相同的暱稱：「囉嗦的小姑」。

發文之後，明美按重新整理鍵看看有沒有顯示。沒想到才過十到十五秒的空檔，就出現了新的回應。

「你們體諒人家一下嘛。會這樣寫的人其實自己就是有麻煩，這是說給自己聽的啦。」

而她自己的回應還排在這篇後面。

明美突然羞愧難耐。

其實是自己有麻煩，說給自己聽……

難道周遭的人全都發現了？如果大家可以從網路發文看出我的心聲，那現實中的言行舉止不就此地無銀三百兩？

明美退出討論串，回到討論區看看新文章。

第一條看到的就是這個。

「外遇小王散播性愛照，主婦自殺」

明美想都沒想就點開這則文章，裡面似乎是轉貼八卦報的消息。

「轟動一時的網友淚痣夢子驚傳自殺。性愛照遭流出，真實身分曝光，平和小鎮天翻地覆。」

明美立刻閱讀底下的新聞內容，據說這幾個月有一套三十多歲主婦的裸照與性愛照流出，而且相當熱門。照片中的女人有淚痣，所以網友通稱她是「淚痣夢子」。最近網友肉搜出照片中女性的身分，原來是茨城縣的人妻，在交友網站認識男網友並發生性關係，男網友拍攝性愛照上傳討論區。

這套照片在婦人的家鄉引發議論，夫妻鬧到要離婚，兩天前婦人在家上吊身亡，並留下遺書向先生為了外遇而道歉。

這條討論串絕大多數的回應都說婦人自殺是罪有應得，而且回應都來自男性。

還有些回應比較誇張，說千萬不能被外遇對象拍照，照片只要被上傳網路就不可能收回，自己的醜態會永遠漂流在網路汪洋中。也有人說主婦搞外遇被拍照是致命傷，只要男方提出想拍照，就該立刻分手。

自己的醜態會永遠存在。

明美想起菅原拍的照片，她當時一看到手機鏡頭就連忙遮臉，但真的就只有那一張嗎？當她恍惚的時候，睡眼惺忪的時候，洗澡的時候，會不會被菅原給偷拍了？

照片是不是還留在手機裡？菅原曾說過他不太用電腦，就這個時帶來說相當少見，連交友網站也是用手機來上。如果他沒有自己的電腦，又沒有把照片上傳手機色情網站，那照片很可能都留在他的手機裡，或者說只留在他的手機裡。

有可能上傳嗎……

客廳桌上的手機響了。

明美回過神，走到桌邊拿起手機，是菅原傳來的簡訊。

「明美，我已經到綠屋頂囉。我在暖爐旁邊回想著你的溫暖，想到今天就是最後一面就好傷心，不敢相信我們這麼快就結束了。只要能跟明美在一起，我願意上刀山下油鍋。

對了，天氣很差，小心開車喔。」

他已經到了？

明美拿著手機望向窗外，細小的雪花打在窗玻璃上，換氣扇的空隙傳出微微風聲，風雪確實比剛才菅原打電話來的時候更強。明美原本希望菅原放棄離開帶廣，取消今天的約會，這下泡湯了。

菅原已經到了綠屋頂，如果我不去，菅原會有什麼反應？他一定不接受自己的努力化為泡影，冒著這麼大的風雪趕來卻被放鴿子，他一定會報復。這人追女人的時候卑躬屈膝，實際上卻很愛面子，看他的好車、名牌、名表與打火機就知道了。他對自己有要求，想必也會要求別人給他應得的待遇。

所以放他鴿子有危險。

「性愛照外流」

明美想起剛才看的文章。

「主婦自殺」

明美應該不至於自殺，就算親朋好友都罵她，只要先生原諒她，她就能忍辱偷生，苟延殘喘。

但如果先生無法忍受太太外遇呢？太太的不雅照片流傳在網路上，先生會成為職場上的笑柄，可能會因而失落憂鬱，甚至選擇了結生命。

就算夫妻倆撐過了這場慘劇，之後應該還是要生小孩吧？他們倆談過這件事，應該不會等太久，那小孩懂事之後會不會在網路上看到媽媽年輕時的愚昧過失？網路汪洋無邊無際，明美的照片總有一天會石沉大海，但這只是被動的樂觀期望。明美沒有鑽研網路，但是應該有某種笨女人資料庫，如果小孩某天不巧見到了，會有多麼震驚？

果然還是得做個了斷，只是跟萱原想要的了斷不同。

明美望向廚房，廚房裡有個梯形的菜刀架，架上有四把菜刀。其中三把是不鏽鋼小菜刀，一把是搬來町上才買的日本魚刀，因為經常要剁斷整隻的鮭魚或虹鱒。不鏽鋼小菜刀感覺比日本魚刀難切斷，剁大魚還是需要大魚刀。

做個了斷……

明美知道自己有了一個正面結論，一小時之前她想殺了對方再自殺，現在她並不打算死。如果有人要因為此事而死，不會是她，更不會是她先生。

*

川久保篤在下午兩點十五分回到駐在所。

車位已經有十公分左右的積雪，最好快點動手鏟雪，如果繼續積下去，小警車停不進去也開不出來。在除雪業者全面清理停車場之前，他得自己咬牙苦撐。

川久保先進入駐在所確認有沒有無線電或傳真。

警察電話閃著來電燈號。

他脫下手套，搓熱了手指之後才拿起話筒回電，向總機報上姓名，隨即轉接給地域課的庶務人員，對方說了。

「幫你轉接課長。」

片刻之後課長伊藤接起電話。

「無線電不通是吧。」

警署無線電平常就不太靈光，更別提他今天去的地方離署裡天線四十公里遠，還碰到大風雪。

川久保說：「今天收訊不好。」

「遺體收好沒有？」

「我想應該還在回收，風雪這麼大想必很辛苦。」

「車禍一件，道道二一〇有汽車衝出路面，駕駛本人報案說翻車了無法脫身。」

「駕駛傷勢如何？」

「不算重傷，但是無法動彈。」

「是男是女？」

「帶廣的男業務員，姓大宮。」

「交通課的人去了嗎？」

「沒有，我問過町公所，二一〇還沒開始除雪，一般車輛無法通行，你那邊能不能去救援？」

如果是翻車，得用絞車把車子拖起來，小警車辦不到這件事，必須委託民眾的重型機具或除雪車。

川久保問：「我要在場管控嗎？」

「不用，這是自撞車禍，先把人救出來，之後等雪停了再處理。」

「我問問附近有誰有重型機具，現場在哪？」

「二一〇跟志茂別町道西八線的路口附近，路口有個離淨水廠五公里的牌子，從路口走二一〇往北兩三百公尺就是了。」

川久保拿著話筒端詳牆上的地圖，離駐在所很近，頂多五公里，但現在這天氣就算開除雪車過去也要花十五分鐘。

「請告訴我駕駛的手機。」

「先掛斷，等等我回你。」

「是。」

川久保掛斷電話，用手拍拍臉頰，剛才從停車場走個五公尺進駐在所，臉上就已經沾了雪花，而室內的溫度造成雪花融解，他得用手把冰雪拍掉。

他又走向牆上的地圖，看看附近有哪些農家，這附近的農家都有大型曳引機，只要加裝不同配件就可以從農耕改為除雪，用途廣泛。曳引機的輪胎很大，所以能行駛在積雪較深的道路上，而且強大馬力適合幹粗活。

話又說回來，就算現在情況緊急，車禍地點也不遠，還是找熟識的農家比較好，最好家裡還有兩個壯丁，而不是只有孤單老人。

電話再度響起，伊藤打來報告手機號碼，川久保直接輸入到自己的手機裡。

伊藤掛斷電話之後，川久保立刻打給出車禍的駕駛。

「喂？」對方口氣聽起來很痛苦，似乎抱怨怎麼會有人在這種該死的時候打來。

「我是警察。」川久保表明身分：「大宮先生？我是志茂別駐在所的川久保，你能說話嗎？」

「救命啊。」大宮說：「我已經翻車十五分鐘了。」

「我馬上過去，你傷勢如何？出血了嗎？」

「應該沒有流血，但是腰開始痛了，我又動彈不得，好難過啊。」

「請再等一下，引擎還在轉嗎？」

「熄火了，愈來愈冷。」

「我馬上去救你，是你自撞嗎？」

「我說過啦，看不到前面就衝出馬路了。」

「了解，請再稍等，如果發生什麼狀況就打這支手機。」

「拜託十萬火急啊。」

聽起來很有精神，但是現在風強雪大，氣溫愈來愈低，如果他是自撞，在車上可能沒有穿防寒衣。冰冷的天氣將迅速奪走他的體力，大概只剩兩小時能救他出來。

手機掛斷後，川久保拿出電話簿確認車禍路口附近的農家電話，有一戶是種菜的父子，爸爸是町內會的幹事，記得姓林田，川久保和他聊過幾次話。

打電話到林田家，是女人接的電話，應該是林田太太。川久保寒暄之後請太太叫林田來聽電話，太太說了。

「今天風大，溫室屋頂被掀開了，他跟我兒子一起出門修理，現在沒空。能不能請你晚點打來？」

如果是這種情況，就不好麻煩人家來救人，於是川久保道謝之後掛斷。

其他農家都離那個路口一公里左右。

這下應該從町裡調重型機具過去救援了。

川久保望向窗外，風雪依然強勁，町裡有除雪車的業者應該都被喊去各地忙開工了。

該找哪家廠商？該問哪裡好？

川久保用力喘口氣，打起精神走出駐在所。

先前往駐在所兩百公尺外的志茂別開發公司，主要營業項目是賣飼料與農用器具，同時也負責貨運，駕駛重型機具執行業務等等，而最出名的是社長有養賽馬的嗜好。

川久保在風雪中小心駕駛，慢慢開進公司旁邊的停車場，正巧看見一輛黃色的推土機從停車場後門開進來，應該是剛從附近鏟雪回來。

一名年邁的員工下了推土機，面容憔悴，看來腸胃應該不太好。員工戴著毛線帽，穿著連帽防寒大衣，記得他姓西田，之前在A-COOP超市買東西見過他幾次，應該是獨居吧。

川久保想找西田聊兩句，但是風雪太強，只有點頭致意就衝進辦公室的風除室。

西田緊接在後，彎腰趕入風除室。

「怎麼了？」西田問：「公司發生什麼事？」

西田看來有點緊張。

「沒事。」川久保搖頭：「附近發生車禍，二一〇跟西八線的路口附近。」

「怎樣的車禍？」

「視線不良衝出路面，駕駛無法動彈，打一一〇報警。那裡應該還沒開始除雪吧？」

「八線排最後面了。」

「我想找曳引機還是除雪車去救人，能不能麻煩派一輛來？」

「我想可以。」西田打開風除室內側的門，走入辦公室。「不知道有沒有人想去。」

川久保跟著走進辦公室，辦公室裡現在只有一個四十來歲的女職員，抬頭對兩人點頭致意。

西田對女職員說：「附近出車禍，需要人救援，有沒有年輕人可以去？」

辦公室裡看來已經沒有別人，正中央有座煤油大暖爐，上面的水壺熱氣蒸騰，女職員的座位後方有座罕見的保險箱，像個單身漢用的黑色小冰箱。

女職員說：「大家都去幫客戶除雪，暫時不會回來啦。」

女職員的口氣讓川久保覺得有點奇妙，西田明顯比女職員更年長，但剛才女職員的口氣就像把西田當下屬或晚輩，難道西田資歷比較淺？總之現在知道西田年紀不小，卻被當成菜鳥。

「沒有人啊？」西田懊惱皺眉：「可惜明明還有除雪車啊。」

川久保問西田：「能不能拜託你？」

「找我？」

女職員說：「西田先生你就去啊，順便嘛。」

「我已經到社長家附近鏟過兩次雪了。」

「工作不要留空檔，一氣呵成才好喔。」

西田望向川久保，其實是背對女職員，臉上閃過一抹憤怒與怨恨。

西田說：「讓我休息個兩、三分鐘就去，你說二一〇？」

「跟西八線的路口。」

「車子衝出路面？」

「應該需要纜繩。」

「了解，請警察先生跟在我後面。」

「不好意思，這種天氣還要麻煩你。」

「彼此彼此啦。」西田回頭對女職員說：「那我去幫忙警察先生了。」

「好啦好啦。」女職員回應。

川久保對西田說：「天氣不穩定，你把手機給我比較保險。」

西田報上十一個號碼，川久保輸入到手機裡，聯絡人名稱是西田·志茂別開發。

西田說：「幸好現在有手機，以前真的有人在這種天氣裡遇難喪命呢。你知道三椽樹遇難案嗎？」

「聽說過。」

川久保撥打西田的手機號碼，西田拿出手機確認接到。

「那我先上個廁所。」

西田走到辦公室後方。此時川久保手機響起，山野來電。是不是遺體回收結束了？他接起手機聽。

「結束了嗎？」

「呼。」山野嘆了口氣：「好不容易回收起來，今天風雪這麼大沒辦法繼續做事了。我們要前往帶廣市立醫院。」

應該是為了驗屍，當地只要發現不明屍體就規定要送往帶廣市立醫院。

「北邊雪也很大，請小心。」

「我今天晚上應該會留在帶廣。」山野突然話鋒一轉：「對了，川久保兄給我那個錢包，你仔細看過裡面的東西嗎？」

「沒有，我只找裡面的證件，找到集點卡就沒有繼續翻。」

「裡面還有一張模糊的名片，名字看得出來，不知道你認不認得。」

「什麼名字？」

山野說：「足立兼男。」

「怎麼寫？」

山野描述寫法，川久保試圖回想，但沒有印象。

「名片上有沒有公司或住址？」

「上面寫著十勝市民共濟，是公司嗎？」

「十勝市民共濟？」

好像在哪兒聽過，是信用合作社嗎？對了，之前曾經跟同事聊過地下錢莊的事情，就有一家地下錢莊的名字很像合作社。

「那應該是帶廣的地下錢莊。」

「地下錢莊？」

「應該是德丸組的旗下公司。」

「喔，原來如此。」

山野說完之後掛斷電話。

女性屍體身上的錢包，裡面有地下錢莊的名片……

有位太太曾經跟地下錢莊借錢，錢莊還上門討債，先生說太太回了娘家，沒有報案協尋。

今天發現了一具屍體，雖然還不確定是這位太太，但是防寒衣口袋裡找到錢包，錢包裡的 A-COOP 集點卡持卡人是藥師泰子，應該八九不離十。

目前不清楚太太怎麼死的，要說是凶殺還太早，只能說是不自然的失蹤。

先生知道太太死了嗎？跟這條人命有什麼關聯？為什麼沒有報警協尋？先生是否隱瞞重要實情？

心中的疑問不斷膨脹，川久保要自己冷靜下來。

現在沒有足夠資訊，不能胡思亂想，不要天馬行空，你只是個駐在警察而已。

西田從辦公室後方走回來。

「就請你跟我來吧。」

川久保的手機又響起。

他接起了電話，此時西田先走了出去。

是剛才聯絡的林田家。

「怎麼啦？」林田問：「風太大，我家溫室屋頂被掀掉了。」

川久保說：「其實是你家附近有車子衝出路面，駕駛平安，但是翻車逃不出來，才想跟你借台曳引機。」

林田笑說：「天氣這麼差，肯定還會有人翻車啦。在哪裡？」

「二一〇跟西八線路口，走二一〇往北兩三百公尺的地方。」

「人應該沒受傷吧？」

「通過電話，沒事。」

「我去看看，警察先生不用過來啦。」

「你可以嗎？」

「你那個小車現在要過來，有難度。」

「我也是擔心這個。」

「我現在出發，如果搞不定就找鄰居幫忙，也會打電話給警察先生。」

「多謝了。」

掛斷手機，川久保彎腰衝出辦公室外的停車場。

西田正要坐上推土機駕駛座，川久保大聲喊他，聲音卻消失在風雪中，他毫無反應。

川久保只好跑到推土機旁邊對西田說：「不用了，附近的農家說要去幫忙，你不用去了。」

西田看著川久保一陣子，似乎在想其他事情，而且答案就寫在川久保臉上似的。同時，也顯得有一絲緊張。

川久保又說一次：「你不用去啦，多謝。」

西田總算點頭，爬下推土機。

川久保再向西田道謝一次，走回小警車，他還得跑下一個行程。

＊

手機響了起來，佐野美幸做菜到一半停下手。

看了時鐘一眼，伸手去拿櫃檯裡面的手機。

「美幸啊。」是媽媽的聲音，她已經等很久了，不知道媽媽明天能不能照計畫出院。

可惜媽媽口氣有點失落而愧疚。

「剛才給醫生看過，醫生說最少還要住院觀察一個星期。」

媽媽一個月之前因為腎臟病住進帶廣市立醫院，期間吃了不少藥，做了不少精密檢查，今天有最後的檢查結果，順利的話明天就能出院，美幸接到出院通知就能接媽媽回家。其實應該是開繼父的車去接媽媽回家。

但是還要住一星期？又往後延了？代表狀況很嚴重是吧？多住一星期，病況會好轉嗎？

美幸沒說話，媽媽接著說：「志茂別的風雪也很大吧？天氣這麼差，明天就不要勉強過來了。」

媽媽幸枝在町裡開了家小居酒屋，店裡只有六人座的櫃檯跟一個小包廂。町裡有十家餐館，但是只有幸枝開的這家「小幸居酒屋」、兩家酒廊跟一家關東煮可以喝酒。

美幸上高一之後就開始偶爾幫媽媽做生意，過去三年來她盡量避免到店裡露面，但真的缺人手還是會去幫忙做菜或收拾。

到店裡吃喝的人大多是貪戀媽媽幸枝的美色，但有在店裡留酒的客人也不過四十個，而且裡面有一半已經半年沒有上門過。因為兩年前幸枝再婚，之後客人就少了很多。

幸好有少數客人真的只是來吃幸枝做的菜，比方說隻身來町裡工作的男人，會在店裡吃點東西喝點酒，跟幸枝聊個幾句之後回家。這些人對幸枝沒有邪念，幸枝也不討厭跟這些人聊天。

但是……

媽媽繼續說：「醫生說不用擔心，所以你再忍一個星期，等檢查報告出來吧。再見囉。」

眼看媽媽就要掛電話，美幸急忙問：「你打電話跟爸爸講過了嗎？」

美幸是說媽媽的再婚對象，四十四歲，比媽媽大五歲，在町裡的農業機械中心工作，名叫笠井伸二，幸枝都叫他阿伸。記得今天應該一早就被召集去除雪了。

「這種風雪鏟都鏟不完，阿伸應該傍晚就回去了，明天風雪停了才會開工吧。」

這麼說來……

電話一掛斷，美幸怕得瑟縮起來。

原本以為忍到今天晚上就會結束，沒想到又要多撐一個星期。

打從媽媽住院第一個星期起，繼父伸二就出手侵犯美幸，他衝進美幸的臥室鑽進棉被裡，美幸因為恐懼與震驚而全身僵硬，繼父就脫了美幸的睡衣動手侵犯，這也是美幸第一次性經驗。

隔天美幸大受打擊臥床不起，請假沒去上學。

接下來十天，繼父仍不斷對美幸伸出魔爪。

繼父不斷說要對媽媽保密，不能讓媽媽傷心，所以這是他跟美幸之間的祕密，美幸長大了應該能了解。

繼父自從跟幸枝同居後，就把美幸看成欲望的對象，美幸從他的眼神就看得出來。繼父經常裝傻偷摸美幸，或是在浴室偷看洗澡，如果短期內兩人獨處，繼父更是顯得飢渴難耐。媽媽跟男人交手這麼多年，應該多少發現這件事了吧？媽媽不可能沒注意到繼父強烈的欲望，也不可能沒發現女兒在繼父面前異常緊張，只是媽媽不肯承認，因為一旦承認，伸二就可能拋下幸枝離開這個家。

媽媽完全不擔心自己不在家的時候，這男的會侵犯自己的義女？如果不擔心，又是為了什麼理由？

媽媽要晚一個星期出院，美幸原本說服自己這個地獄只要再撐一個星期，現在又要繼續下去，她已經不想再讓那男的為所欲為了。

她再次想起前些天那模糊的念頭。

離家出走。

我沒辦法繼續待在這個家裡了。

這房子一樓是店面，二樓是小小的住家，媽媽勾引老主顧同居之後再婚，美幸本來就覺得這麼做很骯髒。美幸的高中同學也覺得這樣很難看，還笑說恭喜她媽勾引到男人，開店做生意真方便。而大人們會把媽媽再婚的事情說得多難聽，就更不難想像了。

媽媽要美幸接手管這間店，高中畢業之後就能招呼客人，想必是要靠美幸的美色來拉客。美幸認為跟媽媽一起工作是莫可奈何，母女一起做生意也是很合理的出路，但繼父出現之後一切就變了。

現在這樣……

美幸用保鮮膜包好一盤豬肉，放進冰箱。

這種事情還要繼續一個星期，搞不好會更久更久，我真的撐不下去了。這麼骯髒的地方不算個家，不是我該留的地方。

這是個好機會，就趁現在離家出走，逃離那雙髒手，逃離那個繼父吧。

看看時鐘，下午兩點十五分。

外面是大風雪，天氣預報說晚上風雪還會更強，不知道客運有沒有開？如果有就衝上車，先到帶廣轉搭JR，到札幌去如何？姑姑就住在札幌，爸爸第一年忌日的時候，姑姑說有煩惱可以找她商量，應該不是說說而已吧？聽起來像是認真擔心自己的姪女。我不能對這個好姑姑說自己被繼父強暴，但至少有機會請她給點幫助，直到我能獨立生活為止。

美幸看看貼在櫃檯後方的時刻表，上面有包含十勝客運在內的當地公共交通工具詳細班次。

下一班從志茂別總站往帶廣的客運，二十五分鐘後發車。

我要趕上那班客運，快快收拾簡單細軟就離家出走吧。

店門搖晃地嘎嘎作響，看來風雪又更強了。如果大到客運停駛怎麼辦？看著辦吧，路上找到車就衝上前擋車，請對方讓我上車。今天我就要離開這個家，跑多遠算多遠，之後再跟媽媽報告就好，理由就不一定要說了。

美幸脱掉室內拖鞋，走上二樓住家。

＊

車子來到紅綠燈路口，這個不太會化妝的中年婦人說了。

「停在這裡就可以了。」

離剛才的超商不過一個町的距離。

婦人的口氣聽來有點緊張，或許是發現狀況不對勁。就算她再怎麼厚臉皮，也應該發現笹原並不是普通的善良中年人，也不只是好心地幫婦人把車開出雪堆。

笹原史郎對婦人微笑：「沒關係，我送你回家，應該很近吧？」

往副駕駛座一看，婦人臉上既疑惑又擔憂，婦人發現笹原在看她就連忙別過頭。婦人看著帶廣市區的風雪，路上幾乎沒有車輛，看起來格外寬闊。

笹原又說一次：「好人做到底，送佛送到西，就讓我送你回家吧。」

「可是……」婦人的嗓音有點啞：「這怎麼好意思呢？」

「做好心不就是要做到底嗎？就算對方不感恩也沒差啦。」

婦人沒反應，似乎努力想理解笹原話中含義，此時小汽車已經過了路口。

「哎。」婦人說：「真的沒關係，能不能隨便找個地方讓我下車？」

「隨便找個地方？你打算去哪裡？」

「也沒有，天氣太差，原本的計畫也改了。」

「讓你下車是什麼意思？你下車了，那車子可怎麼辦？還是讓我送你吧。」

「不用，真的不用了。」

「風雪這麼強，難得幫了一位女士，怎麼能放她自己下車呢？不就是要她凍死嗎？」

笹原再次對著婦人微笑，那是他打從懂事以來就學會的招數，這笑容不是為了傳達純真的善意，而是表示臉皮底下沒有任何感情。聰明人只要看笹原笑過一兩次，就知道那只是畫在面具上的線條，微笑符號，但笹原確實碰過不少人一直到最後仍看不穿這微笑的意涵。

這婦人傲慢，但卻不笨，看了笹原的微笑，似乎就了解這一切都是一場空。

婦人說：「你打算怎麼樣？」

「只是做個好心。」

「已經夠好心了，請讓我下車。」

婦人的口氣變得比較客氣，似乎不想讓笹原惱羞成怒，她知道這男的要是翻臉，自己下場一定會很慘。但她也知道不能表現得太明顯，否則也是一樣很慘。

笹原又搬出寢具業務員的口氣。

「我真的是要送你回家，請告訴我在哪好嗎？應該就在附近吧？」

「不用，真的不用了。」

「這樣不行啦。」

又碰到路口，代表更往帶廣市中心接近了點。

笹原乾脆把臉皮貼得更厚。

「都到這裡來了，就讓我放手幹到最後吧，好不好？」

婦人雖然化濃妝，卻也看得出她臉色蒼白，隨時都可能恐慌起來。

「好吧。」婦人說：「既然你想幹到最後，就讓我下車。」

「為什麼你堅持要下車？這是你的車，你坐著不就好了？」

「你不是想開車開到爽？」

「我只是做好心，你府上住哪？」

「算了吧，拜託讓我下車。」

「真是雞同鴨講啊。」

「我才不覺得。」

「是嗎？相見就是有緣，不如跟我兜個風如何？」

「兜風？」

「要兜到府上也行。」

婦人瞥了笹原一眼，眼神微微亮了一下，難道她終於懂了笹原的意思？還是單純在擂台上角力？

「嗯，好吧，這樣也好。」

「那就好，能不能讓我決定去哪？」

「可以呀。」婦人說：「交給你。」

笹原再次對婦人微笑，點頭說了。

「緣分難得，不應該扯些廢話，你能懂真是太好了。」

「嗯，是呀。」

狹窄的車裡似乎飄出脂粉味，難道這中年婦人開始興奮了？

笹原回頭看著前方馬路，風勢似乎緩了片刻，視野大開，前面三個路口的紅綠燈都看得清清楚楚。

5

川久保篤先回到志茂別駐在所，用地圖確認志茂別畜產的地址，他記得就在舊JR站後站那個倉庫區。

確認電話號碼之後打電話給這家公司。

「我是駐在警察川久保。」他報上名號之後說明有人送失物到駐在所，並問藥師宏和這位員工在不在。

接電話的是中年女性，女員工說：「他剛好回來，要叫他來聽嗎？」

「不用了。」川久保說：「我就在附近，直接過去一趟。藥師先生等等還有工作嗎？」

「沒有，天氣這麼差，我叫大家早點收工，不然可能會在路上拋錨。」

「也對，現在已經到處有車拋錨了。」

川久保掛斷電話再次坐上小警車，大概只剩幾個小時能在町裡東奔西跑了吧。北海道開發局在國道除雪，帶廣土木現業所在北海道道除雪，但是十勝地方的積雪較少，除雪體制也不完善，剛才就已經得知國道除雪工程不斷延後。道道的保養路線較多，除雪機具會被集中派往比較優先的地區，應該已經有很多路線被延後。而郡部裡面應該有部分町道根本沒人力除雪，一旦風雪造成路線或區域封閉，就只能等到天氣放晴才有資源除雪。

市區的町道應該是由民間廠商全力除雪，但是風雪這麼大，就算除雪車剛過去，只要十五分鐘又會積起一堆堆的雪，或是整面的厚雪。町公所在這種情況下，只能將除雪機具集中在優先除雪的路段，但話說回來，頂多再除個兩小時，否則連除雪人員都有危險。公所會指示業者等天氣放晴再開工，天亮之前整個町將孤立無援，每戶人家都像獨居在荒野上的隱士。

天氣好轉之後路線開通的順序，並不一定是國道、道道、町道。不知道為什麼，之前國道二三六還在封閉的時候，往東的道道通常已經通車了。而且更有趣的是，許多繞路用的町道甚至會比國道、道道更快恢復通車。

這次會是什麼情況呢？說不定國道會最晚通車喔。

川久保在猛烈的風雪中開著小警車上國道二三六，正好看到一輛白色小車經過駐在所前方往帶廣那邊過去，駕駛是女性。

川久保希望這位女駕駛只是要去町裡，如果現在要遠行到帶廣，對女駕駛來說門檻太高，一旦卡在雪堆裡可能無法脫身。而且女駕駛通常不會自己準備穿越雪堆用的鋼板，或者雪鍊、鏟子、絞車纜繩這些重裝備，搞不好連厚手套跟膠靴都沒有。總之女駕駛這種時候上路真是危險至極。

川久保經過JR舊站前面，在町道南三丁目路口左轉，再到東一條路口右轉。

右手邊有家公司，附設了很大的停車場，這就是志茂別畜產。這家公司有十輛以上各式車輛，如大貨車和家畜運輸車，目前停車場裡停了六輛貨車，後方還有七八輛員工自用車。

川久保將小警車停到事務所門前，迅速衝入門內。

事務所是老舊的木造平房，辦公室大約二十坪，裡面有很多柱子，或許是由民宅改建而來。這辦公室跟剛才的志茂別開發一樣，放了一座煤油大暖爐，裡面有四名員工。

最前方座位的女員工抬起頭，應該是剛才接電話的人，身穿緊繃的藍色工作服，戴著紅膠框眼鏡。

「警察先生辛苦了。」女員工說：「藥師正在倉庫，馬上過來。」

她看起來並不打算了解駐在警察跟藥師有什麼關聯，就像藥師家的鄰居一樣，都不認為藥師太太離家有什麼奇怪，或許連太太離家的事情都不知道。

川久保改聊天氣，避免對方發現他特別關注藥師。

「沒想到這個季節還會有這麼大的風雪。」

「是啊。」女員工看著窗外說：「好幾年沒這樣了。」

「公司應該很少叫員工提早收工吧？」

「大概兩年才有一次，今天這種天氣，司機真的沒辦法繼續開了。」

此時辦公室後方的門打開，走出一名三十五、六的男子，看來怯懦又瘦削，就貨車司機來說並不多見，比較像是美髮師或學校教職員。

女員工說：「藥師，警察先生找你。」

藥師一時搞不清楚狀況，眨了兩、三下眼睛，應該沒聽說失物的事情。

藥師走向川久保問：「有事嗎？」

川久保說：「有人送失物過來，裡面有張署名藥師的卡片，我想是你的。」

藥師顯得更加糊塗，看起來並不像是有所隱瞞、故意裝傻，只是個老實的糊塗人。

川久保瞥見女員工正往這邊瞧，便笑著對藥師說：「收班之後請來駐在所一趟，這樣就好。」

藥師這才稍微放心點頭。

此時川久保的手機響起，拿起來一看，是客運站雜貨店的女店員來電，這店員之前曾經通報過客運站有人恐嚇取財，之後客運站就成了川久保的重點巡邏之地。

「好，請稍等。」川久保說完對女員工點頭致意，接著離開志茂別畜產辦公室。

他在風除室中請對方繼續，對方說了。

「客運站裡面還有乘客，我不知道怎麼辦。」

「什麼意思？」

「這邊的十勝客運已經停駛了，再等也不會有車出發，可是候車室還有一個人沒走。」

「全站都封閉了嗎？今天應該還會有駕駛想在那裡過夜吧？」

「有這種人我會建議他去住對面的志茂別旅館。」

志茂別旅館的前身是志茂別驛站，當地還沒有鐵路經過的時候，志茂別驛站負責準備路上用的馬匹，還有簡單的住宿，就好像有租車服務的汽車旅館一樣。志茂別驛站在昭和十五年停業，附近的驛馬路線跟著廢棄，之後驛站就改為民營旅館，現在是商務旅館。旅館並不太接臨時上門的旅客，但是今天狀況特殊，聽說可以跟其他房客一起共住和室，度過風雪。

川久保問：「這個旅客不想去住志茂別旅館？」

「怎麼說好呢。」女店員支吾起來：「是小女生，感覺好像有什麼隱情。」

「町上的女生？」

「對，我不認識，但聽過她的名字。」

「你是說她離家出走？」

「感覺是這樣，我不是說離家出走都不對，但也該挑個好日子吧。」

「怎樣的女生？」

「應該是叫佐野美幸，媽媽開一家居酒屋的樣子。」

「我去看看，她還在候車室裡？」

「對，就坐在長凳上不走，我想關暖爐回家了。」

看來女店員是有家歸不得。

川久保收起手機，離開事務所的風除室。

客運站前圓環已經積雪十五公分以上，雪地上有幾道胎痕，但已經是三十分鐘之前的痕跡了。

川久保把小警車停在圓環邊，走進客運站，立刻就見到一名十七、八歲的少女，身穿白色羽絨衣配紅色毛線帽，披著紅色毛線圍巾，還有一條牛仔褲。身邊放著一個鼓鼓的大旅行袋，肩上扛著小包，一見到川久保臉就僵了。

川久保看看雜貨店，小攤子的鐵門已經拉了下來，旁邊有張摺疊椅，坐在椅子上的店員站起身來。店員是四十多歲的婦人，記得丈夫是町裡農協的員工，姓柳沼。

柳沼起身對女孩使個眼色，看來就是她了。

川久保點頭走向女孩身邊，女孩沒有化妝，但有雙大眼睛和漂亮的五官，應該很容易吸引男性目光。

川久保坐在女孩對面的長凳上，對她說話。

「你是佐野美幸小妹？」

少女回答：「是，我是。」

「你在等車？」

「對。」佐野美幸回答：「我要去帶廣。」

「聽說風雪太大，十勝客運停駛了，你知道嗎？」

「我知道，但是我媽在帶廣住院，我得去探病。」

「住院？她身體不好嗎？」

「對，做過檢查之後要延後出院。」

「但是今天沒辦法去帶廣，客運停駛了。」

佐野美幸別過頭，在候車室裡東張西望，似乎牆上有寫著什麼好答案。

「可是我一定要去。」

「風雪太大了，要不要等明天？客運已經停駛，車站也要關門了。」

「是，我知道。」

「要不要先回家？」

美幸頓了一下才回答：「好，我先回家。」

「美幸是高中生？」

「今年畢業了。」

「這樣啊，家裡還有誰？」

美幸又頓了一下。

「有，我爸爸。」

「我送你回去吧。你家在本町？」

「對，不過沒事啦，我自己回得去。」

美幸抓起身邊的旅行袋起身，她並不高，一百五十公分左右，對川久保敬禮之後走向門口。

美幸的態度不對勁，看起來是對眼前擔心的警察百依百順，但卻拒絕任何對話，只是搬出一些標準答案，川久保覺得剛才完全算不上溝通。

為什麼？

川久保看著佐野美幸的背影沉思。

不良少年通常會抗拒與大人溝通，他們厭惡大人、不相信大人，所以避免任何有意義的對話。

他曾經聽少年組的警探說過，最近警察如果糾正不良少年的危險、不當行為，對方就會這麼說。

啊，我沒事啦。

如果少年反抗權威，警察就能繼續接話，而且應對招數多得是。但是只說我很好，代表對方完全不打算對話。少年組警探碰到這種人，反而特別想要好好教訓一頓。

啊，我沒事啦。

佐野美幸不過是剛高中畢業，稚氣未脫的女孩，但剛才不就這樣對川久保說話？

美幸打開候車室的門，冷風瞬間灌了進來，美幸先停在門口戴好毛線帽，頭也不回地走向圓環對面，消失在風雪中。

柳沼起身說：「警察先生，讓她就這樣回去好嗎？」

川久保不明白柳沼的意思，不就是她抱怨美幸在候車室裡，沒辦法打烊回家嗎？

川久保問：「她是要回自己家裡，你不也這麼希望嗎？」

「看她那樣應該是離家出走吧？都想離家了怎麼還會回家？」

「也是你說離家出走要看日子吧？」

「我只是說客運停開的日子，跑來客運站也沒用。」

「你是說應該讓她離家？」

「剛才聽你們講話，我才知道她媽媽住院。」

「說是帶廣的醫院，延後出院了。」

「如果她媽媽住院，又是另外一回事了。」

「為什麼？」

「她說的爸爸其實是媽媽再婚的繼父，代表家裡只有她跟繼父兩個人。」

川久保再次想起美幸的長相，雖然稚氣未脫，但只要化個妝，經過社會的洗禮，應該很容易吸引男性目光。

接著他聯想到不好的事情，當警察立刻就會想到這種事，真感傷。

「難道……」川久保呢喃。

柳沼望向窗外說：「如果她媽不在家，現在就不該回家了。」

川久保望向柳沼，希望獲得一些解釋。

柳沼回頭看著川久保說：「我曾聽說她媽媽再婚對象的八卦，她不該跟那傢伙獨處。」

川久保還沒聽完就衝出客運站。

猛烈的風雪中已經看不見佐野美幸的身影，川久保在積雪上尋找腳印，圓環外側人行道上有一對新腳印，不是川久保自己的。這對腳印走國道二三六（在市區俗稱為中央通）離去。

川久保跟著腳印走去，但在路口就追丟了。腳印不再走人行道，或許上了車道。

左右張望，還是見不到佐野美幸。

一個人會這麼快就消失無蹤？風雪這麼大不至於吧。

看看車道上的胎痕，發現有一道新胎痕通往帶廣方向，像是大型自用車或小貨車。剛才那對腳印與這道胎痕交錯後消失，胎痕曾經靠在馬路邊，應該是暫時停在路邊。

川久保確認左右兩邊的雪地都沒有腳印，是有可能被風給吹散，但也可能是佐野美幸搭上了那輛大汽車或小貨車。難道剛好有她認識的駕駛路過？這是個小地方，不無可能。

定睛細瞧通往帶廣的車道，什麼都看不到，大風雪中的能見度只有兩百公尺，連紅色車尾燈都見不到。就目前的情況來說，國道二三六這前後一兩公里，應該都沒有車輛通行。

川久保責怪自己的失誤，希望不要引發比離家出走更糟糕的結果，希望佐野美幸能抵達媽媽住的醫院。

他不禁想起自己的兩個女兒，下星期就要回札幌老家見妻女，上次見面是二月老婆過生日，已經過了六個星期。雖然女兒們這六個星期應該不會出什麼狀況，但晚上還是打個電話回家吧。

*

佐野美幸再次端詳駕駛的臉。

這輛小吊車的司機是二十五、六歲的年輕男子，留長髮但沒染色，有個大鼻子和國字臉，算不上帥哥但感覺很可靠。是說開吊車的年輕人不可能不懂社會規矩，有一定的生活能力看起來當然可靠。

「怎麼了？」青年用眼角看著美幸：「我臉上有髒東西？」

美幸也喜歡他的嗓音，繼父的嗓音聽起來低能又好色，但這年輕人的嗓音成熟、溫暖又誠懇。

「沒事。」美幸回答。

美幸在小吊車髒兮兮的副駕駛座上往前看，能見度只有兩百公尺，如果沒有路邊的標線，車子兩三下就會衝出路面。

青年說：「我可以載你去帶廣，但是在那之前要先去一個地方送東西，可以嗎？」

「嗯。」美幸說：「當然可以，沒關係。」

暖氣似乎總算暖了起來，美幸感覺一陣暖意走遍全身。

青年說：「好幾年沒看過十勝這一帶在這個季節還有這麼大的風雪，不知道雪有沒有鏟乾淨喔。」

「連客運都停駛了。」

「大概三年前我去弟子屈町工作，就被風雪困在那裡四天，而且當時還是四月底快要黃金週的時候呢。」

「啊，我記得那年的事情。」

「今天的風雪應該跟那次差不多，剛才公司也打電話來，叫我別硬撐。」

美幸試圖了解青年話中的意思，難道是委婉表示他不想送美幸去帶廣？

美幸沉默不語，反而是青年慌了。

「啊，別擔心，我一定會送你去帶廣啦。」

「不好意思。」

「是說你剛剛突然衝到我車前面，嚇我一跳。」

「因為我不得不走。」

「今天能見度不好，我差點沒發現你衝出來，要是晚一點踩剎車，我就要去住交通監獄啦。」

「真的很不好意思。」

「你幾歲了？」

美幸誠實回答：「十八歲。」

「高中畢業了？」

「畢業典禮剛過。」

「你媽媽在帶廣做什麼的？」

「生病住院。」

「辛苦你啦。」

「聽說她的病情突然惡化，我一定要去。」

「天氣這麼差，我可能會比較安靜，專心開車。如果我沒說話，你別擔心啊。」

「好的。」

「看你挺老實的。」

「會嗎？」

「希望天黑之前能趕到。」

「我不是非常急，請不要太勉強。」

「了解。」

青年伸手打開收音機，是當地的中頻電台，由男主播與女主播合作主持的長青節目，會時而插播報交通資訊。

此時正好在報氣象。

男主播說十勝地區已完全籠罩在炸彈低氣壓之下，將會帶來破紀錄的大風雪。

美幸瞥了青年一眼。

青年臉色有些憂心。

*

坂口明美幾乎要貼在擋風玻璃上看路。

風雪太強，雨刷根本來不及清理擋風玻璃上的積雪，可能是因為雨刷膠條太老舊，撥雪撥不動了？光是從市區開到這裡來，雨刷除雪的面積就愈來愈窄，現在只剩下十公分見方的面積可以看路。看來真沒辦法繼續開下去了。

馬路右邊總算看到她要找的民宿餐廳招牌，招牌大概三分之二塊榻榻米大，設計得挺好看。綠屋頂的招牌寫著片假名和英文，分別在中央的上排與下排，而招牌輪廓就像一棟尖頂小屋。

然而目前招牌蓋滿了雪，只露出部分片假名字樣，幸好之前看過很多次，才能認出這塊招牌。

總算抵達綠屋頂了。

經過招牌五十公尺左右是大門門柱，明美開著自己的小車右轉進入綠屋頂停車場，眼前是仿石砌的對稱式兩層樓建築。

停車場右邊停了三輛轎車，地上已經積了不少雪，但應該還能開車，明美就把自己的車停在三輛車的右邊。

下車一看才發現左邊正好是菅原的車，他引以為傲的國產高級跑車，有最新款的大螢幕導航，最高級的車內音響，真皮座椅，以及不知道哪裡弄來的成田山交通安全護符。

明美看著民宿門口，調整呼吸。

菅原有沒有發現車子到了？如果站在餐廳窗邊往國道看應該會發現，但目前窗邊沒有人影。

明美從副駕駛座拿起一個大袋子放在大腿上，從袋中拿出手機，是不是應該告訴菅原她到了？但她完全不想進去。

撥打菅原的號碼，才響一聲就被接通。

「明美，怎麼樣？」菅原問，嗓門壓得有些低，或許旁邊有其他人。「到了嗎？」

「嗯。」明美冷冷地說：「我剛到，在停車場。」

「這麼慢，我還怕你遇難了。快進來吧。」

「你能不能出來？」明美建議：「我就住當地，熟人多。」

「我出去幹嘛？風雪這麼大，進來喝點熱的吧。這裡有燒柴暖爐，熊熊烈火很溫暖喔。」

「我也有重要的事情要跟你說。」

「不是已經說好了嗎？今天就是最後一面，見過就結束啦。」

「我只是想再搭一次菅原的車，到遠遠的地方去。」

「今天不能開車啦，穩死的，別開車了快進來吧。」

明美也覺得沒錯，她自己在這種風雪中開車都像在賭命一樣恐怖，短短十分鐘就有好幾次完全看不見前方，嚇掉她半條命。這麼大的風雪，可能連當地男駕駛都覺得害怕，要不是下定決心，她今天絕對不會開車來這裡。

但是她不能在這家民宿餐廳執行那個計畫，必須把菅原帶到沒有人煙的地方，不需要在荒野之中，只要是遠離當地的任何一家賓館就好。

「我不要在這裡。」明美再說一次：「既然是最後一面，希望菅原能帶我去其他地方。」

「我知道是最後一面啦。」

此時耳邊風聲突然怒吼起來，明美的小車附近捲起大片雪花，所有車窗都是一片白，整個民宿停車場都陷入雪盲狀態，甚至有車子被捲到空中飛的感覺。

這種天氣可能真的無法開車，從路上的積雪來看，這一帶的道路應該全都封閉了。

菅原說：「你看到那陣風沒有？我們先撐過這場風雪，兩個小時就會緩下來了。」

或許吧？當地人應該知道這個季節的壞天氣有多壞，會持續多久，該怎麼應付。其他方面不敢說，但天氣應該相信菅原的判斷，明美無論如何都不想跟菅原在那輛跑車上一起遇難喪命。

「好吧。」明美說了掛斷手機。

看來要稍微調整一下計畫了。

＊

警車停在購物中心停車場，甲谷雄二警部補下了車。

停車場大到可以停三百輛車，但目前還不到二十輛，而且全都擠在購物中心門口附近。購物客碰到這麼大的風雪，當然希望盡量把車停在門邊，不可能故意停得遠遠。

所以那輛宅配小貨車格外顯眼，它就遠遠地、孤零零地停在那裡，擋風玻璃上積滿了雪，車上看來沒有人。

甲谷縮著脖子，拉低毛線帽，身邊的下屬新村巡查跟甲谷一起觀察這輛小貨車，並翻開警察手冊。

新村說了些什麼，但風聲太強聽不見。

新村只好大喊：「車牌號碼沒錯，是贓車！」

甲谷說：「應該是犯案用的車。」

甲谷頂著強風走到小貨車兩公尺前方。

小貨車附近的雪地上有腳印。

目前停車場的積雪大約五公分深，上面有腳印，邊緣被風吹散了些，裡面又積了一點薄雪。代表大概十分鐘前小貨車附近有人走動，但是應該無法採集鞋印。

腳印有兩組，從小貨車通往五公尺外的位置，那裡應該停過一輛轎車，地上沒什麼積雪。而且有一道胎痕延伸出去，從停車場通往外面的三十八號線，看來搶匪是在這裡換車。

甲谷發現另外一對腳印走向購物中心，他推測這人從小貨車走向轎車，但沒有搭上轎車，而是穿越停車場前往購物中心。

兩名搶匪分頭逃走？

甲谷訝異地觀察腳印，尤其是剛才停過轎車的位置，果然只有一個人搭上轎車，另一個人走向購物中心之後就沒有回來。

另一個人還在購物中心裡？還是停車場裡準備了另一輛車？

假設搶匪分頭逃走，理由是什麼？為了混淆警方？還是一個當地人配一個外人？這搭檔的關係並不穩？

甲谷想起剛才有人報案肇事逃逸，開宅配小貨車搶劫的兩名搶匪，不是開銀色轎車往芽室方向逃走了嗎？確實有兩個人下了小貨車，但是其中一對腳印走向購物中心，難道搶匪其實是三個人？可能轎車上本來就有一個人。

甲谷在風雪中環視停車場，被撞到的車在哪？難道車主根本沒發現自己的車被撞就開走了？

新村一頭霧水地望著甲谷。

甲谷說：「聽說有人報案，轎車上有兩個男的。」

新村點頭：「是這樣沒錯，報案說有兩個男的。」

「兩個人下了小貨車，其中一個走去購物中心。」

新村也顯得不解：「小貨車上有一個人沒有上轎車？」

「還是轎車裡有車手待命？」

「代表搶匪是三人組？」

甲谷沒有回答新村的問題，走到小貨車的駕駛座旁邊，從雪花的縫隙往車內瞧，車上沒有鑰匙。接著戴上手套握住門把，一拉就開了。

甲谷迅速確認車內狀況，儀表板上有幾疊收據，副駕駛座下面好像堆了零食紙盒，沒有任何帽子或制服。

搶匪還沒換裝？還穿著宅配制服？

甲谷回想起在德丸徹二家裡看過的監視影像，戴眼鏡的中年男當時戴著制服帽，穿著很像制服的防寒衣，但看不出來是不是這家宅配的制服跟帽子。足立等人的供詞也不確定是不是制服，搞不好只是類似制服。通常貨車司機不會在車上準備另外一套衣服，代表這車是在送貨途中被搶匪偷走，而中年搶匪的帽子跟上衣應該是事先準備好的。

另外一個年輕人沒有戴帽子，身上衣服也不像制服。

其中一個人前往購物中心難道是為了換裝？這家購物中心裡應該有賣服飾專櫃才對。

新村說：「如果一共有三個人，為什麼其中一個人沒去搶劫現場？是熟人嗎？」

「動手的兩個人裡面，有一個沒搭上轎車。」

「他沒必要上車，代表是當地人？」

「猜不出他的企圖，或許有一個還在購物中心裡。」

「要叫支援嗎？」

「還不用。」

甲谷帶著新村走向購物中心門口，風勢轉強，短短三十公尺都得彎腰低頭才走得動。

甲谷走到門口的自動門才有辦法站直，這裡已經沒有強風，自動門剛好打開來，走出一對中年男女，女的戴著白色塑膠手套。兩人根本不管甲谷與新村就往外走，甲谷只好靠邊站。

男的停下腳步，眨眨眼睛。

「喂，我車是不是停這裡？」

女的也停下腳步說：「就這裡啊，不是嗎？」

「不見了。」

男的目瞪口呆，左顧右盼，一看到甲谷突然露出狐疑的眼神。

女的說：「不見了，你鑰匙沒拔？」

男的對女的說：「這種天氣沒事幹嘛熄火啊？」

女的有點擔心：「被偷了？」

甲谷看了新村一眼，上前對男的說：「我們是帶廣警察署，你的車被偷了？」

新村在一旁掏出警察手冊給對方看。

男的說：「警察？效率這麼好喔？」

「你車真的被偷了？」

「剛停在這裡，可是不見了。」

這裡並不能停車，但甲谷沒打算糾正。

「幾時停的車？」

「大概十五分鐘之前吧？我想說很快就出來了。」

甲谷指向購物中心裡面：「我們進去談談吧。」

這對男女面面相覷，擔心自己是不是惹上了什麼麻煩。

6

川久保篤開著小警車回到距離客運站兩百公尺的駐在所，迅速衝進屋內。

拍掉防寒衣上面的雪花，看看有沒有電話或傳真，然後打開電視。

轉到當地電視台剛好是氣象報告，炸彈低氣壓在道東地區造成強烈風雪，根釧地方的阿寒橫貫公路、美幌山口、清里山口、釧北山口已經封閉，國道也是肝腸寸斷。下午一點起，JR根室本線所有列車停駛，帶廣、釧路、中標津、女滿別等機場也都封閉。十勝地方的道東道與帶廣廣尾汽車道全面封閉，狩勝山口、日勝山口也禁止通行。

日本人習慣將這種大風雪低氣壓稱為「炸彈低氣壓」，看來要有繼續增強的心理準備。

電力跟電話沒問題吧？

川久保從窗戶的雪花縫隙往外看，強烈風雪不僅會中斷交通，還可能扯斷電線，雖然當地民眾主要的暖氣來源都是煤油爐，但還是需要通電轉動風扇。一旦停電，暖氣也會停滯，只好在陰暗寒冷之中顫抖，小孩和老人家可受不了。

就算搬出老式的煤油暖爐，也可能因為換氣不當造成一氧化碳中毒，或者不小心引發火災。而且風雪這麼大，消防車也無法趕到郡部來。

至於電話，現在有手機應該不怕毫無音訊，但是在這種大風雪之中，訊號應該會比較差吧？像地區警用無線電在這種時候也是毫無用武之地。

身體暖和一點之後，川久保脫下厚重大衣打電話給帶廣警署，向總機報告自己是志茂別駐在所的川久保巡查部長，請總機轉接組織犯罪對策班。

馬上有名中年男子接電話，說是吉村。

川久保再次報上名號，說今天在志茂別駐在所轄區內發現一具可疑女性屍體，並從屍體遺物中找到一張足立兼男的名片。

川久保說：「名片上的行號是十勝市民共濟，我記得這是帶廣那邊的地下錢莊吧？」

吉村把錢莊名字重複一次之後說：「對，是德丸組經營的地下錢莊。」

接下來吉村突然無聲無息，川久保還以為電話斷線，過了兩秒都沒反應。

「喂？」

「喔喔。」吉村總算回神，口氣有點心慌。

「怎麼了？」

吉村說：「其實今天德丸組組長的家裡被人搶，你這通電話嚇到我了。跟搶案有關嗎？」

川久保也大吃一驚。

「搶劫？」

「對，有兩個人看準組裡大多人都不在，帶槍衝進組長家裡搶劫，還殺了組長的老婆。」

「何時的事？」

「沒多久，應該還不到兩小時吧？刑事課全都出動了，包括我們的領隊甲谷，現在刑警室裡面只剩我一個留守。」

強盜殺人在帶廣警署轄區算是大案子，竟然還發生在這種大風雪之中？

川久保問：「那個被殺的老婆是中彈？」

「對，還有一個小弟受傷，但是傷勢不重。」

「對方搶了現金？」

「保險箱裡值錢的東西都被搶了，但是不知道搶了多少錢，還搶了些什麼東西，也聯絡不上德丸。」

「這個足立兼男當時就在現場？」

「當時他留守，搶匪闖進屋裡把他綁起來丟在地上，後來是他報的案。這個足立怎麼了？」

「也沒有，我只是想知道足立在地下錢莊負責什麼業務。」

「跑腿，德丸組的錢莊只要接到客人電話，就會送錢到賽馬場或小鋼珠店借給客人，足立就是負責送錢跟收錢的跑腿。」

「也是組裡小弟？」

「對，是其中一個。你說你找到足立的名片？」

「對，就在屍體身上的錢包裡，不知道跟死因有沒有關係。」
「你覺得這是凶殺？」
「不，目前不清楚死因，但遺體已經送往帶廣，帶廣市立醫院會驗屍。」
「是你發現遺體？」
「對，但是人已死亡多時，有一半變成白骨了，我沒辦法判斷死因。」
「身分查到沒有？」
「應該是我們轄區裡的主婦。」
「沒有完全確認？」
「還沒，正要去問那個先生。」
「有沒有犯罪嫌疑？」
川久保慎重回答：「我是覺得有點不對勁，但是也不清楚。只是遺體身上有暴力團成員的名片，應該要有這方面的想像比較好。」
「別說暴力團了，正常人也不會殺人之後還留下自己的名片啊。」
「我知道，抱歉打擾了。」

「驗屍結果何時出來？」

「送到醫院就會開始驗屍，傍晚應該就有個大概了。如果有犯罪嫌疑，請署裡刑事課找足立去問話。」

「我知道，只是現在沒有人力同時辦這件事。」

川久保追問一件事：「搶案還沒有發布通緝嗎？」

「刑事課才剛出門，目前什麼都不知道。」

川久保才剛把話筒放回話機，電話又響了起來，他拿起來一聽，是廣尾警署地域課的伊藤課長。

「警署無線電幾乎都不通了。」

川久保問：「你已經呼叫很多次了？」

「對，方面本部宣布緊急動員，帶廣警署轄區內發生凶殺案，兇手開兩輛車逃走。」

就是剛才聽說的案子，川久保左手拿著話筒，坐在位子上拿起原子筆。

伊藤重複一次緊急動員，然後追加解釋。

「強盜殺人案，兇手共兩人，槍殺一名女性之後逃走，可能還有一名同夥，分搭兩輛車逃走。」

「車款查到了嗎？」

「一輛是銀色轎車，車上有兩名男子走三十八號線往西逃走，車款與車牌不明，車體可能有新撞痕。另一輛是白色豐田可樂娜，贓車，平成十年出廠，車牌號碼是……」

川久保抄下車牌號碼，伊藤又說：「搶匪之中一個是戴眼鏡的中年男子，犯案時身穿類似宅配制服的服裝，另一個是二十多歲的年輕男子，穿著灰色的薄外套。」

「是外國人？」

「不太可能。」

「另外一個呢？」

「不知道，只知道是男的。」

「目前駐在所前面的二三六還沒有除雪，無法通行。」

「這裡的馬路也都幾乎無法通行，方面本部認為搶匪應該還在帶廣市或附近。發現可疑車輛的時候別大意，對方持槍還殺了人，碰到警察也一樣會開槍。」

川久保突然感覺腰上的手槍沉了起來，他過去的警察生涯中從未在辦案時開過槍，只有在警校的例行訓練裡開槍。雖然他的射擊成績並不差，但還是希望這件案子別用到槍。

「就這樣，小心。」

伊藤掛斷電話。

駐在所的玻璃窗震得更響了些。

*

佐藤章停在紅綠燈前確認導航。

導航顯示他正在帶廣市區南邊，剛才他在三十八號線掉頭往東，在進入帶廣市中心之前右轉，往南走向市區外側。大概五分鐘前經過帶廣動物園的招牌，還看到監獄路牌。

導航顯示這個路口前面幾乎沒有民宅，只有大片農地跟零星的設施，往前直走的右手邊應該有帶廣農業高中。

如果在路口左轉，大概兩公里就會走上二三六。

路面積雪已經有十公分以上，可以看到明顯的胎痕，看來下雪之後好一段時間都沒有除雪車經過。

後方車輛按了喇叭，原來已經轉為綠燈，佐藤章打了左轉方向燈並放開煞車，後方車輛繞過佐藤的車子，想從內側車道超車。

煩死了。

佐藤踩下油門往左打方向盤，後輪感覺有點空轉，他便更用力踩油門。後輪滑了一下，隨即感覺車尾撞到什麼東西，發出一聲悶響。

不妙，佐藤踩煞車回頭看，車尾打滑了？

剛才準備超車的車子就在旁邊，佐藤不巧和那輛車撞上，對方是一輛

Japan Gold的高級轎車，已經停了下來。

看看後照鏡，後方視線範圍內沒有其他車子，被撞車輛的駕駛衝下車來，是個穿著外套的中年男子，留著小鬍子，帶著淺色墨鏡。看這打扮不像是個善良老百姓，或許是八大行業的人。

對方敲敲佐藤的窗玻璃，佐藤降下車窗，風雪立刻灌進駕駛座。

對方看看佐藤的長相，故意壓低嗓門說。

「你知道撞到我嗎？」

「我知道。」佐藤說：「我們好好談。」

「你知道是你撞我吧？」

「我說知道。」

「我這輛新車才跑三千，你怎麼賠我？」

「我們好好談。」

佐藤回頭看看後方，還是沒有任何來車，甚至整個路口都沒有其他車子，但是也不能一直把車停在路口中間，現在不能太過招搖。

佐藤又對男子說：「我們靠左邊停，好好談談。」

男子充耳不聞。

「下車。」

「我知道我撞到你，能不能離開路口再談？」

「把駕照拿出來。」

「我會負責處理。」

「先把駕照拿出來再談。」

「你覺得我會肇事逃逸？」

「被撞的是我喔，快點。」

「我會賠，責任全算我的就好。」

「喂，如果你不下車，就把駕照拿來。」

兩人繼續雞同鴨講幾次，佐藤設法盡快離開這個地方，但對方卻死纏爛打狂跳針。拿駕照？白癡喔？

佐藤沉住氣說：「我在趕路，你說要賠多少？」

「你自己看啊。」

「我真的很趕，你說要多少？」

「應該要二十萬喔。」

「二十萬是吧？好。」

佐藤看看放在副駕駛座上的袋子，打算從裡面掏出二十張萬元大鈔，盡快離開現場。

於是他用左手伸進去隨手抓了一把，應該有二十張以上。

車外的男子顯得有些狐疑，或許這麼大方讓他覺得有鬼。

佐藤數都沒數就把錢遞給男子。

「這樣夠吧？」

男子眨眨眼，狐疑地離開車邊，然後開始緊張起來。

「哎，我不是恐嚇你喔。」

「我知道。」

「你下來看看撞到的痕跡，然後駕照借我，之後交給保險公司處理就好。」

「不用了，我們和解吧。」

「不必啦。」男子挺直身子又退了一步。「你誤會了，我真的沒有要恐嚇你，我只要交給保險公司處理就好。我會記你的車牌，駕照借我就好。」

男子慢慢離開佐藤的車子，走到右前方拿出手機，看來是要用手機拍下車牌，而且應該也拍到駕駛座上的佐藤。

佐藤從腰際掏出手槍藏在背後，下車對男子說了。

「請你收下這錢好嗎？」

「不用，不必了。」

男子轉身，似乎隱約了解自己惹到麻煩人物，但如果他真的了解，就不該蠢到在麻煩人物面前拿手機拍車子。

佐藤對著男子背後開槍，槍聲在風雪中並不特別明顯，男子就跪倒在自己車子的引擎蓋上。

他收起手槍跑向男子，路口依然沒有任何來車，至少一百公尺以內看不到任何人車。

佐藤搶走男子的手機，抱起男子拖行，打開男子轎車的副駕駛座，使勁將男子塞進車內。接著看看左右，自己上了駕駛座，目前沒有任何人發現。

轎車引擎還沒熄火，前方紅綠燈再次轉紅，但現在沒時間管這個。佐藤開動男子的轎車穿過路口，前方沒有民宅，他往前走了十公尺左右就開上人行道。

風雪這麼大，一輛車停在路邊不會太顯眼，如果風雪再大一點，車窗就會蓋滿雪花，甚至半輛車都埋在雪裡，屍體也就不會太快被發現。

佐藤將引擎熄火之後走到風雪中，將鑰匙扔在路邊的雪地上，現在外面已經冷得難以忍受，那男子又害佐藤沒時間穿防寒衣。佐藤聽見刺耳的風聲，一個不小心就會被風吹倒。

佐藤彎腰走過路口，回到自己的轎車旁邊，轎車右後方的車尾燈有碰撞痕跡，但不是很明顯。

他發現自己的手上與衣服上有點血漬，從地上拿雪來擦拭血漬，可惜無法完全擦乾淨。沒辦法，等血漬乾了再刮乾淨吧。佐藤坐上駕駛座，打了個冷顫。

如果走二三六往南，風雪應該會愈來愈小，就算風勢不變，至少雪會變小吧？佐藤對北海道不熟，只能抱持希望。

他慢慢發動轎車，小心穿越路口。

*

增田直哉站在門口旁的窗邊，貼著窗玻璃往外瞧。

剛才似乎有輛房車開進停車場，但沒有任何人進入民宿來。

怎麼了？難道是看錯了，其實沒有車子開來？

太太紀子捧著托盤走出廚房，站在直哉身後。

「怎麼了？」

直哉頭也不回地說：「我以為有客人來了。」

「現在？」

「剛才。」

「搞不好今天客人很多喔。」

紀子又走向餐廳，接著餐廳裡的男客人走來了，這人剛才突然跑來說要住房，房客資料卡上好像寫著姓菅原？三十來歲，感覺有些油條，而且正在講手機。

「快點進來啦。」菅原說。

菅原打算走出門口，看來剛才確實有一輛車開進停車場，難道對方約在停車場見面？菅原打算就這樣出去？

菅原真的走出門前往停車場，風雪吹進民宿大廳。

直哉開始擔心今天能不能修好鍋爐，廠商雖然說下午三點會來修，但不確定馬路還能不能通行。如果馬路封鎖，廠商不能來修鍋爐，客房就不能給客人住。

其實還有一台小的煤油暖爐，有一間客房可以用這台暖爐，但其他客房呢？要房客裹著毛毯等到早上？幸好這場風雪沒有讓氣溫下降太多，最低應該是零下三度。客房那一棟是磚砌建築，內部有隔熱功能，室內溫度可以保持在兩到三度。冷歸冷，有毛毯倒也不至於凍死，只是應該沒辦法請房客付房錢了。

菅原沒多久就回到民宿裡，身後跟著一名女子，穿著連帽防寒衣，帽子拉得很低，還用手遮住嘴邊。

菅原一進大廳就對直哉說：「房間差不多準備好了吧？」

女子還是把帽子拉低，死都不肯鬆手，也不肯看直哉，似乎想隱藏身分。

直哉告訴菅原：「非常抱歉，暖氣還沒修好，廠商應該很快就來了。」

「不進房間沒辦法休息，能不能先把鑰匙給我？」

直哉猶豫起來，現在進客房實在太冷，而這個人應該會叫營運人想辦法處理。再說天都還亮著，留在餐廳裡烤火不是比較溫暖嗎？

但最後直哉這麼說了。

「好的，讓我帶你去房間，但是裡面真的很冷，也沒有水可以淋浴。」

其實是拐彎抹角說你們不能做愛，除非你們喜歡不洗澡就上，上完也不洗澡。

菅原這方面就很老實。

「連淋浴也不行喔？」

直哉從大廳走回櫃檯裡面，拿出一支「鈴蘭房」的鑰匙。這家民宿的房間沒有房號，房名都是北海道的花草樹木，「鈴蘭房」是客房棟一樓最裡面的房間。

「這邊請。」

再看看那女子，還是沒把帽子掀開。

直哉心想這兩個肯定不是情侶，更不可能是夫妻，女的是有夫之婦才會遮著臉，而且跟菅原的關係見不得人。

直哉並不喜歡客人把這裡當賓館，但是客人說要住宿而不是休息，也不好拒絕。

直哉領著兩人前進，大廳後方有扇門通往聯絡走廊，走廊盡頭有另一扇門通往客房棟，客房棟有兩層樓，每層樓各有四間雙人房。

一打開聯絡走廊的門立刻感到渾身發冷，看來客房棟的溫度已經降了不少，而且外面氣壓很低，外面的空氣會以比平常大數十倍的壓力往換氣口裡面灌，代表整個客房棟內部應該接近零度。

走過大約八公尺的聯絡走廊進入客房棟，裡面果然很冷，沒辦法在這裡待太久。就算窩在床上裹著毛毯，應該也沒心情做愛吧。

直哉領著兩人走上客房棟走廊，打開最裡面一間房間的房門，眼前是木框紙門，左手邊有兩張床，右邊牆上有梳妝台。

菅原和女子跟著直哉進房間，菅原明顯大失所望，看來他沒想到房間裡會這麼冷。女子還是沒有露臉，緊緊拉著大衣的帽子。

難不成是本地的人妻？直哉心想如果是要偷情，光明正大反而不會令人起疑，這樣遮遮掩掩的任誰看了都知道在偷情，而且格外想記住她的長相。

直哉說：「其實有暖氣開關可以調整溫度，但是今天暖氣壞了，可能要等到傍晚才會改善。」

「傍晚是吧。」菅原環視房間說。

「是，這裡是浴室，目前也沒有熱水。」

「哇，光聽就冷了。」

「我建議兩位在餐廳等到鍋爐修好。」

「嗯，我們先休息一下。」

好吧。直哉把鑰匙交給菅原就離開房間，當他從走廊回到大廳，又有一組男女走進門口，兩個都是六十多歲。

男的說：「我姓平田，我們訂了房。」

是函館的客人，兩天前打電話來訂房，說他們正在道東兜風。

「歡迎光臨。」直哉親切地說：「好糟的天氣啊。」

老先生點頭：「國道已經沒辦法好好開車，我還擔心到不了呢。」

「今天從哪裡過來？」

「阿寒，這趟開得心驚膽跳啊。」

直哉走到櫃檯裡面對平田說：「請在這裡簽名。」

平田夫妻都穿著休閒外套，先生帶著花呢帽配焦糖色喀什米亞羊毛圍巾，肩上扛著大旅行袋，看來頗有品味。太太戴著毛線帽，外套上披著絲巾，右手拎著小行李箱。

平田在填寫房客資訊卡的時候，直哉說：「非常抱歉，我們現在鍋爐故障，房間還沒有暖氣，但是應該傍晚就會修好。能不能請兩位先在餐廳稍等？」

平田顯得有些失望。

「沒有暖氣啊？」

「已經請人來修理了。」

「能不能先把行李放進房間？」

「請。」

看看房卡，夫妻名字是平田邦幸和平田久美子。

直哉拿了一樓客房「白樺房」的鑰匙，雖然這對老夫妻看來很有精神，但畢竟有了年紀，最好讓他們住一樓免得爬樓梯。

直哉領著兩人走向聯絡走廊門。

身後的平田說了：「久美子，行李我拿吧。」

太太回答：「謝謝。」

直哉帶兩人來到客房棟的房間，白樺房是最靠近樓梯口與聯絡走廊的房間，開了房門之後又對兩人說明剛才對菅原提過的事情。

平田說：「幸好餐廳還有燒柴暖爐，不過還是希望快點修好暖氣。」

「傍晚就會好了。」

「有酒可以喝嗎？」

「有的。」

久美子太太說：「現在就要喝酒？」

平田苦笑說：「開了那麼久的車，總該獎賞自己一點吧？」

「現在還不到三點，別喝多了。」

「知道囉。」

直哉對兩人行禮之後離開房間。

問題是最裡面那對男女。

直哉在走廊上望向最裡面的房間，菅原真的打算在裡面乾柴烈火？既然都要住宿，沒必要猴急吧？在餐廳裡等到鍋爐修好不是更好？

但話說回來，這兩人或許不是來享樂的。至少女方看起來一點都不開心，甚至像是惹上什麼麻煩。如果女方有老公，而且偷情，有難言之隱也很正常。

*

笹原史郎看見後照鏡裡面的紅色警示燈。

警示燈在風雪中慢慢靠近，但看不見車身，只有紅色閃燈。

他迅速瞥了副駕駛座，短短五分鐘前還坐了一個化濃妝的中年婦女，不時偷看笹原，顯得既期待又怕受傷害。現在車上還留著一股脂粉味，他想打開車窗吹散這股味道，但在大風雪中開車還是忍著好。吹散味道卻換來感冒可划不來，還是關著車窗吧。

現在副駕駛座上只剩他的黑色袋子，這隨處可見的尼龍袋裡面放了換裝衣物和大把現鈔。

笹原將袋子推到副駕駛座底下，看起來就像個不起眼的袋子。

此時他發現座椅的椅背上有點血跡，而且有被擦拭過，剛才完全沒有發現。難道袋子底下沾了血？一看就知道這血還很新鮮。

笹原再次看看照後鏡，風雪中的紅色閃燈果然是警車警示燈。

有人在追捕他？

不可能，笹原告訴自己這輛車還沒報案失竊，而且世上已經沒有人會去報案，代表這輛警車追的不是他。或許前方發生了什麼車禍？還是警車要趕去哪個臨檢站？

笹原又從副駕駛座底下拿起袋子放回座椅上，蓋住那道血跡。

警笛聲愈來愈大，警車已經來到五十公尺以內。

剛才笹原開著小房車經過帶廣市中心，穿過JR高架橋下，在大型購物中心前面左轉而來到這裡，國道二三六。

婦人前不久又吵著要下車，應該是因為過了市區，猜不透笹原的企圖。

當時笹原已經沒心力說服婦人，搭檔佐藤章已經槍殺了一個人，代表他也是共犯，一定會遭到通緝，只要被逮住就會被判殺人罪。就算現在多殺一個人，情況也不會變，只要被抓到就是遊戲結束。笹原已經想不到什麼理由去安撫這個婦人，讓她不知不覺協助罪犯逃亡。

所以笹原趁著等紅燈的時候，粗暴地把囉嗦的婦人弄暈，然後轉進二三六的一條岔路，把婦人丟在路邊的防風林裡面。幸好當時前後都沒有來車，能見度又差，想必沒有目擊者。

婦人被丟下車的時候還活著，但是受了傷，外面又是大風雪，想必撐不了太久。順利的話，要等到完全融雪才會有人發現她的屍體，就算警察找到屍體認為有犯罪嫌疑，也很難查到笹原頭上，除非笹原還開著這輛車就被抓。

笹原轉念一想，自己實在太粗心了，竟然在座位上留下血跡。

警車已經來到笹原開的小房車後面，走內側車道，看來沒有打算攔下笹原的車。但笹原還是放鬆油門減緩車速，警車則是保持速度直接超車。

看，就說沒事吧？笹原竊笑，這輛車還沒被通緝，那輛警車也不是為了趕去設封鎖線，說不定是交通課的警車，要去前面處理車禍？

果然沒錯，前面路上停了幾輛轎車擋路，有兩個人正對著警車揮手。

往前開去看見有輛車衝出路面，卡在國道旁邊的邊坡上，應該是在風雪中對撞吧。其中一輛撞車之後就衝出路面了。

剛才在帶廣市內也碰到車禍，應該是視線不佳造成的連環追撞，現在這個則是對撞車禍，規模比較大，應該還有人受傷。

警車停在那兩名揮手男子的面前。

一名警察從副駕駛座下來，拿出指揮棒指揮後方來車停下。

笹原就停在警察面前，後面接著傳來救護車的警笛聲，看看後照鏡可以發現風雪中閃著紅色警示燈。

警察走向笹原的車，笹原降下車窗，心想他只是路過車禍現場，應該不需要檢查駕照吧。

強烈風雪灌入車內，笹原不禁皺起眉頭。

中年警察對笹原大喊：「對向車道能見度很差！你等一下！」

目前的能見度確實只有五十公尺左右，想開上對向車道必須非常小心。

警察往後看看之後又對笹原說：「你要去哪裡？今天車禍很多喔。」

警察看來並不是在端詳笹原，甚至沒看著笹原的眼睛。

笹原隨口說了個印象中的地名。

「我要去廣尾，路應該還通吧？」

「難說喔。南邊已經有地吹雪的情況發生，到處都有雪堆，能見度又差，你要小心點啊。」

「好的，我知道了。」

警察離開笹原的車，退到路上揮舞指揮棒，笹原按照指示開上對向車道，離開車禍現場。經過的時候他瞥了一眼，另外一輛肇事車是大型四輪傳動車，引擎蓋左邊凹了一塊，損傷算不上嚴重。

笹原加速駛離車禍現場，心想就算往南邊天氣比較好，但這輛小車在大風雪裡還是不太妙，還是開大型四輪傳動車才恰當。

但話說回來，笹原對北海道東部並不熟悉，三月底的東京都快要可以賞櫻花，這裡竟然吹著暴風雪，真是作夢都想不到。挑錯車不是他的問題，只是無法預測的意外，他已經隨機應變度過許多危機，無論接下來要發生什麼問題，都只能用洪荒之力來解決。再說目前除了那個白癡不小心槍殺一個人之外，也還沒發生什麼大問題。

看看路邊的路標。

他已經離開帶廣市進入中札內村，離廣尾還有四十公里左右，風雪這麼大，四十公里大概要開兩小時。

途中要走天馬街道穿過高山脈南面，一開始是打算從這裡前往日高，但是天氣太差，山口可能已經封鎖，那就要經過廣尾市區，走襟裳岬前往日高。總之他已經報案，警察應該會在帶廣西邊設封鎖線，只要不往西，怎麼走都是康莊大道。

*

坂口明美站在客房窗前盯著菅原。

一陣滴答尿聲之後，他從廁所走了出來，那聲音讓明美體認到自己的身體完全無法接受對方，菅原完全無法讓明美享受性愛的歡愉。

第一次做愛的時候明美就已經感到厭惡，但她以為那是自己對性愛的壓抑所致，或許連暴露、性虐、肛交這些變態行為，也只是心裡不喜歡？或許她並不討厭這些行為，甚至身體本能就渴求這些？所以第一次見到菅原所感到的厭惡，她都當成自己的過敏反應，以為這些厭惡最終將轉為喜樂，創造出與丈夫做愛絕對得不到的高潮。

現在她確定自己是想太多，厭惡絕對不會轉為喜樂，無論怎麼深入探索自己的心靈，都找不到渴求變態性愛的角落。跟這個男的做愛，更是全方位的零幸福。

「怎麼了？」菅原拉起褲子拉鍊說：「不舒服？」

明美冷淡搖頭：「只是冷而已。」

「真的有夠冷。」

菅原雙臂環抱，打了個大寒顫。

「這種天氣真的好想用明美的身體取暖喔。」

他說著就走向明美伸手要搭肩，但明美一個閃身坐到椅子上。

明美心平氣和，避免激怒菅原。

「真的，我穿了這麼多還是好冷。」

菅原的臉色像是被潑了盆冷水。

「看來只好忍到鍋爐修好囉。」

你是要忍什麼鬼啊？明美沒有說出口。

菅原走到窗戶底下的暖氣管邊，伸手試試溫度，甚至貼上去摸。

「馬的，真是冷斃了。」

他沒有穿防寒大衣，而是像牛郎一樣的黑西裝，領帶已經鬆開，肯定比明美更冷。大衣是放在車上還是放在餐廳裡？

菅原忿忿地說：「看來還是應該去餐廳，那裡有燒柴暖爐，比這裡溫暖多了。」

「這樣啊？」

「我們去餐廳喝咖啡，等鍋爐修好吧。」

「有沒有其他客人？」

「沒有，就我們而已。」

「我可是當地人。」

「你擔心什麼？又沒做什麼虧心事。」

明美暗自咒罵菅原，一個主婦趁先生不在家跑來賓館找男人，還有比這更虧心的事情嗎？這傢伙難道不清楚主婦搞外遇要背負多沉重的風險嗎？

明美抬頭對菅原說：「喝完咖啡就分手，我直接回家，我們說好了喔。」

「不要啦，我想讓最後的回憶更深刻。」

「回憶應該斷得乾乾淨淨才美，拖泥帶水就不美了。」

「什麼意思？」

菅原歪頭看著明美，以莊稼漢來說他的五官還算端正，但是眉毛粗鬍渣多，留長髮又顯得亂，連在這麼冷的房間裡，看到他的長相都嫌悶。但是菅原應該對自己的長相很有信心，相信他是女人們的菜，還經常照鏡子。

明美問：「能不能把我的照片都刪掉？」

「明美的照片？我沒有啊。」

「你不是給我看過？」

「又沒有拍到臉。」

「就算沒拍到臉還是我，是不是存到電腦裡了？」

「我沒有電腦啊。」

「所以全都在手機裡？」

「對啊。」

上鉤了，果然照片不只一張，當初看的只是相簿封面，應該還有很多不堪入目的照片，比方說清楚拍到臉，或是全身赤裸什麼的。

明美追問：「所以有很多張？」

「沒有啦，就那一張而已。」

「你剛才不是說全都在手機裡？」

菅原苦笑，看起來有點卑鄙，可能是想到資料夾裡藏了什麼不雅照才會這樣奸笑。

「不是什麼大不了的照片啦。」

「請你刪掉。」

「等等就刪。」

「現在，馬上。」

「你是在囉嗦什麼啦。」菅原的口氣開始有些煩躁：「我們先去餐廳喝咖啡，等房間暖和了再說吧。」

現在確定資料全都在手機裡，那就沒什麼好猶豫了。

菅原彎著腰走向房門，明美從手提包裡掏出一把用毛巾包著的大魚刀。

應該反手拿還是正手拿？怎麼拿比較好使力？

猶豫片刻之後，她解開毛巾正手拿著大魚刀。

就在明美起身的那一刻，菅原正好回頭，嚇得瞪大眼睛。

「怎樣啦！」

明美用雙手緊握刀柄，並將刀柄頂住肚皮，就往菅原衝去。

菅原往旁邊跳開，西裝外套似乎被勾了一下，但沒有割到皮肉。

菅原撞上門邊的衣櫃，轉身面對明美，明美高舉大魚刀往下刺，菅原連忙彎腰，刀尖刺到衣櫃門彈了一下。菅原用頭猛撞明美的肚子，明美被撞飛到後方牆上，跌坐在地。

明美企圖拿穩菜刀，但菅原壓住明美的身體，並扭住明美的右手腕。矮小的明美根本無法對抗菅原，她努力揮動手上的大魚刀想砍菅原，可惜砍不到。最後手腕痛得受不了，放開了手上的大魚刀，菅原立刻抓起刀丟到床上。

明美心想完蛋了，渾身虛脫，此時菅原就騎在明美肚子上，雙手控制住明美的雙手往上拉，像兩人雙手擊掌。明美突然想起之前和菅原相好的光景。

菅原貼近明美的臉。

「嚇死我了。」

真意外，菅原似乎不怎麼生氣，或許他不覺得明美說想分手是認真的。

明美氣喘吁吁地說：「能不能，就，這樣結束掉？」

菅原點頭：「我不是說今天最後一面嗎？為什麼要亮刀呢？」

「因為我覺得你不想分手。」

「我沒那麼不識相。」

「把照片刪掉。」

「什麼都沒拍到啦。」

「你有給我看過。」

「明明沒拍到臉啊。」

「你一定有上傳網路。」

「哪有，我沒那個興趣啦。」

這個人信得過嗎？他拍照應該不是只用來收藏，而是用來威脅我吧？這麼說來確實可能還沒上傳，照片一旦曝光就不能威脅人了。但是這個人的話可信嗎？

明美問：「那你為什麼要拍？」

「當作我們的回憶啊。哎，你真的想殺我？」

明美猶豫片刻之後回答：「哪有，我沒那個興趣。」

「就是說啊。如果明美殺人，自己也會完蛋，划不來啦。」

是嗎？明美前不久覺得斬草除根之後完全沒什麼好煩惱，怎麼會划不來？只要殺了這個人再逃走，警察應該不會逮到她吧？她覺得自己比社會上那些笨蛋殺人犯聰明得多，一定能存活下來。她具備充分的智慧與精力，就算被警察拘留審問，也一定能脫離困境。

但現在明美知道自己太天真了。剛才怎麼會覺得殺人是實際的解決方法？應該是誤以為除了殺人之外別無選擇。實際上在成為殺人犯之前，應該還有其他解決方法，比方說向先生招認挨罵，外遇曝光被人嘲笑，這些應該都比殺人進監獄要輕鬆得多吧？明美確實犯了錯，但有嚴重到必須殺人才能挽回嗎？被人講閒話，跟先生離婚，都還算可以忍受的懲罰吧？有必要再扛上一條罪大惡極的殺人罪嗎？

明美嘆了口氣，放鬆身子，感覺什麼都不重要了。走到這一步，她只是個被死纏爛打的被害人，意見根本就不重要，而只要承認自己是被害人，總能想到下一步該怎麼走。

菅原的表情也緩和下來。

「我真的嚇到了。你可以放棄了吧？我懂你的心情，所以我們去餐廳喝茶等房間暖起來好不好？喝點小酒也不錯，我覺得明美現在太緊張了，放鬆點，別用力，回歸自然吧。」

明美覺得菅原真是個蠢蛋，淨說些沒頭沒腦的屁話是想安撫誰？難道是想說服人家相信他？

「哎，答應我不要再做這麼危險的事情了。我們去餐廳喝點茶，相親相愛度過這最後一天吧。風雪這麼大，喝點燒酒也不錯喔。」

被壓住的明美別過頭說：「好吧，就這樣。」

「太好了。」

菅原離開明美起身，立刻回頭東張西望找大魚刀，刀子應該是掉在床上。

菅原走到床邊拿起刀，又回頭東張西望，明美跟著看過去，原來是在找剛才用來包魚刀的的毛巾。毛巾就掉在房間地毯上，菅原撿起毛巾把刀子包得又緊又密，在刀刃底下打了個結，就跟明美剛開始的包法一樣。

菅原喃喃自語：「明美啊，外行人拿刀太危險了，搞不好會傷到自己喔。」

明美慢慢從地上爬起來，剛才似乎已經耗盡她所有力氣。

菅原拿著刀環視房內，看到明美的手提包，但應該不會想把刀放回去。猶豫片刻之後，菅原從桌上拿起自己的手持包，很像是男同志常拿的一款名牌包。菅原打開手持包收起刀子，得放對角線才勉強塞得進去，最後拉起拉鍊，手持包看起來鼓得很奇怪。

菅原抱著手持包，突然發現不對勁。

原來是西裝袖子被劃開了一道。

「原來被勾到了，好驚險喔。」

應該是菅原格檔的時候被刀刃劃到，但是沒有受傷。

菅原對明美露出做作的微笑。「我不想害明美吃上傷害罪，而且我相信命運跟緣分，我們不會鬧翻的。」

明美哼了一聲，隨便他怎麼說吧。

「來，我們去喝點熱的。」

明美扶著牆壁站起來。

這間房間確實太冷，憎恨與殺氣都凍僵了。應該先暖暖身，養精蓄銳，繼續思考該怎麼脱離這個險境。

＊

西田康男走進辦公室，暖爐旁邊已經擠了五個司機。

平時要到下午六點才會有這麼多人回辦公室，但是今天社長下令不要硬撐，如果客戶住太遠，明天再送貨就好。所以大家趁馬路還沒封閉的時候連忙趕回辦公室，西田也是剛從附近公司的停車場鏟雪回來。

西田雖然是總務人員，但在大風雪的時候也得去開推土機。十勝地方的中小企業大多是一人多用，今天西田並不打算抱怨，因為苦日子就到今天為止了。

西田走向自己的座位脫下防寒大衣，駕駛陌生的推土機讓他流了點汗，最好快點換衣服。

他注意到白板旁邊的地圖，這是全版報紙大小的町內住宅區地圖，地圖上刺著許多紅色大頭釘。天氣惡劣的時候，司機們會把路況回報給辦公室，辦公室再依此回答其他司機的問題，而紅色大頭釘就代表此路不通。

西田走到地圖前面看看哪些路不通。

公司裡最資深的司機走到西田旁邊說了。

「西北邊的路幾乎都不能走了，町裡除雪進度不夠快。」

資深司機指著大頭釘說，町道西七線以西完全無法通行，西町的西面與北面也已經封閉，只有往本町和二三六這兩個地方可以通。至於道道，町西面的南北向五十五號從上札內以北全面封閉，四二二號路上出現雪堆，無法通行。七一六與二三十八從町上往西北過去都沒有除雪，目前只有國道可以通車，但是從西町路口以北有很多雪堆。

司機說：「帶廣土木現業所跟開發局每次都認為雪量不大，結果只要碰上好幾年一次的嚴重彼岸荒，除雪車就不夠用。現在只能優先幫帶廣附近的馬路除雪，所以沒多久町南面就走不通了。」

西田搬到町上也有一段時間，經驗告訴他東面町道的雪災會比較輕微，而且東面地勢不容易形成雪堆，町公所還有跟不少廠商簽約，情況緊急會優先除雪。就算國道無法通行，東面町道通常還是開通的。

西田說：「這麼多地方都封閉了，今天也不用上工了吧。」

司機點頭說：「搞不好還會出車禍，是該告訴所有員工收工了。」

女職員橫井博子桌上的電話響起，辦公室裡所有司機都往那邊瞧。

橫井拿起話筒接聽，然後點頭。

如果是社長打來的，真希望橫井強調今天上工太危險。

橫井聽了大約三十秒的電話，然後掛上話筒對司機們說。

「社長打來的，說今天可以收工了。」

司機們全都鬆了口氣，不停點頭。

西田走向自己的座位，看看牆上時鐘，差不多兩點四十分。社長上午說三點之前看情況，但是這個炸彈低氣壓如此凶猛，提早收工是對的。

一名年邁的司機在西田旁邊說：「你聯絡一下還在路上的人快點回來，如果有人還在帶廣，就留在那裡過夜吧？」

「社長也是這樣說。」橫井說了又伸手拿話筒。

目前還有三名司機沒回到辦公室，一個在帶廣那邊，一個在池田那邊，這兩個要回辦公室未免太過危險。剩下一個應該在町裡，只要聯絡一下就能馬上回來。

西田忍著不去看那座保險箱，然後對其他員工說了。

「我去社長家門前鏟最後一次雪。」

橫井看都不看西田一眼，說了：「不要太晚喔，我也想回家了。」

想回去就快滾啊。西田心想，但沒有說出口。

問題是等辦公室關門之後，他該往哪邊走？風雪應該會持續到明天中午，往南走風雪應該比較小，但是年邁司機剛才說了，開發局正集中在帶廣一帶除雪，所以町南面可能會封閉到明天下午。所以如果要走國道應該往北走，才能確實遠離辦公室。

過了帶廣之後該去哪兒？日勝山口應該會封鎖到明天下午，狩勝隧道也差不多，從足寄走阿寒橫斷道路更是荒唐。或許明天整天都沒辦法上路？就算往釧路方向走，之後該怎麼辦？在國道跟鐵路通車之前，還是出不了帶廣市區。

能自由活動的時間應該只到明天早上八點半，橫井進辦公室為止，或者說到她打開保險箱為止。到時候她才會發現鈔票不翼而飛，無故曠職的西田肯定第一個被懷疑，橫井報告社長之後報警大概要花三十分鐘，警察大概要一個小時來問證詞、採證，接著就是發布通緝。

也就是說一定要在明天上午十點之前逃出通緝範圍。

應該沒辦法。

西田突然懦弱起來，這裡明明有唾手可得的兩千萬現金，他卻無法離開這個地方。

但轉念一想，不對，只要今天能夠趕到帶廣就可以花錢。今天晚上好好爽一下，總比什麼都不做要更有意義吧？

決定了，西田暗自點頭。

我要走國道二三六去帶廣。

*

川久保篤巡查部長接起電話，對方是當地信用金庫的分行行長勝又先生。

勝又的口氣很緊張，難道有人搶銀行？川久保繃緊神經。

川久保動和勝又行長談過幾次話。「那個，可能有詐騙。」行長說，「要人家匯款的詐騙，我們行員怎麼講都講不聽。」

川久保問：「被害人已經提款了？」

「還沒。」勝又今年剛好五十，就像其他金融機構的主管一樣一板一眼。

「這是我們的老主顧，想匯一大筆錢給某個帳戶，但是感覺不太對勁。」

「什麼意思？」

「要轉進去的帳戶不清不楚，但是客戶有隱私權，我們不能過問太多。警察先生應該可以問個清楚吧？」

「這位客戶幾歲？」

「七十歲的婆婆。」

「她說要轉帳給誰？」

「說是跟孫子有關，但是不太清楚。」

「我馬上去。」

兩年前川久保曾經在釧路方面本部上過課，講解匯款詐騙的狀況與手法，但他想不到這個小地方也會有人被騙。詐騙集團一定是亂槍打鳥，碰巧打電話釣到町裡的肥羊。

川久保開著警車來到當地信用金庫的訪客用停車場，裡面只停了一輛白色小汽車，這就是那位婆婆的車嗎？如果是，那位婆婆能在這麼大的風雪裡開這輛車過來，手腳肯定俐落。還是說被詐騙集團唬得團團轉，急得顧不了天氣？

走過停車場來到信用金庫門口，自動門打開來。

大廳裡沒有任何客人，應該是風雪太強的關係。

一名年輕女職員見到川久保立刻走上前來。

「分行長正在待客室處理。」穿著深藍色背心的女職員說：「客戶是山下蜜女士，在町裡獨居，兒子跟媳婦住札幌。」

「她先生呢？」

「去年過世了。」

「有錢人？」

「有幾筆不動產。」

「什麼狀況？」

「說她孫子有麻煩，要快點送錢過去。」

「怎麼樣的麻煩？」

「她堅持不肯說。」

「要匯款到孫子的帳戶？」

「其實不是，分行長就是覺得這點不對勁才會打給警察先生。」

「要匯給哪個帳戶？」

「都市銀行王子分行的個人帳戶，名義是山崎武雄。」

「她孫子目前在哪？」

「應該是在東京工作。」

「匯款金額是多少？」

「兩百五十萬。」

說多不多說少不少，一般人為了救自己的親人，是會想勉強湊出這筆錢。另外詐騙集團的手法之一就是故意設定零頭，有零頭比較有說服力。總之詐騙集團無論用什麼理由騙錢，都不會要求太高金額，也不會要求漂亮的整數。

「讓我跟她談談。」

職員帶川久保進入待客室。

勝又分行長和山下蜜面對面坐在沙發上，山下蜜穿著防寒大衣，脖子圍著絲巾，腳穿膠靴，一看就知道是急急忙忙從家裡跑出來。

山下蜜一看到制服員警就緊張起來。

川久保親切地說：「我是駐在警察川久保，請問你孫子碰上什麼麻煩了？」

「沒事！」山下蜜猛力搖頭：「沒有麻煩，什麼事都沒有！」

「沒有事？不是突然需要一大筆錢嗎？」

「沒有沒有，只是我孫子喔……」

「他是不是住東京？」

「就，發生一點事情，對方不太滿意，我想說可以用錢解決就好了。」

「對方不滿意，是發生車禍嗎？」

「也沒有，只是不太方便跟警察先生講。」

「警察站在民眾這一邊，當然可以幫忙。請問怎麼回事？」

山下蜜移開視線，閉口不提。

川久保坐在勝又旁邊問山下蜜：「你孫子打電話來了？」

「對。」

「他講了些什麼？」

「不能講啦，就常發生的那種事情有沒有？」

「你孫子詳細描述事情的經過了嗎？」

「不是很清楚，他聽起來很慌張。」

「那是誰告訴你的？」

「後來電話換人講，一個律師。」

山下蜜突然發現說溜嘴而閉嘴，或許她想保密有律師這件事。

「想必這位律師說你孫子扯上了犯罪，但是可以和解，不需要鬧上法院是吧。」

山下蜜沒有回答，但從表情看得出川久保猜中了七、八成。

川久保湊向山下蜜，口氣保持平穩。

「電話剛開始是你孫子的聲音嗎？」

山下蜜一聽氣鼓了臉。

「你是說我癡呆喔？」

「當然不是，只是你說聲音很慌張，也沒有講太多，他真的是你孫子嗎？有主動報上姓名嗎？」

山下蜜突然猶豫起來。

「是齁，他好像只說我我我。」

「他怎麼稱呼山下女士？」

「阿罵。」

「孫子平時都叫你阿罵？」

「對喔，不是欸，他平常都叫我奶奶，婆婆的。」

「要不要再打通電話給你孫子？把剛那通電話的事情問清楚點。」

山下蜜看看牆上的時鐘，川久保也跟著望去，已經下午兩點四十五分了。

「今天要轉帳給銀行才行啊。」

「對方說不轉帳會怎麼樣？」

「說我孫子會有麻煩。」

「比方說會被警察抓，還是被公司開除對吧。」

山下蜜沒有回答，但也沒否認，那就是默認了。

川久保指著待客室角落的電話機：「打通電話給你孫子吧。用不了三分鐘的時間。」

山下蜜扭捏地說：「我不知道孫子的手機號碼。」

「對方打了你家裡的電話？」

「對。」

「那要不要打給你的兒子？爸媽應該知道兒子的去向吧。」

「這種事情不好給他爸媽知道。」

「正常人碰到麻煩應該會先求助父母，怎麼會先找奶奶呢？」

「他就……」話說到一半，山下蜜恍然大悟：「對喔，他每次有事也不會先打電話找我，我有七個孫子，他不算跟我特別親說。」

「是不是？讓我向他爸媽問問電話號碼，再讓山下女士親自打電話問他如何？」

「搞不好他沒辦法接電話。」

「如果沒辦法接電話，代表真的是被警察抓了，被救護車載走了，或者只是睡著了。也就是說如果沒辦法接電話，代表用錢根本無法解決，匯款了也沒用，如果只是睡著，那也沒什麼問題。來，打通電話吧。」

山下蜜伸手到假皮皮包裡，掏出一本老舊的筆記本。

分行長勝又說：「請用這支電話，按第一個按鍵打外線。」

山下蜜說：「能不能請你們去外面等等？」

「當然可以。」川久保說了就帶著勝又分行長離開待客室。

一走出待客室，勝又就低聲賠罪：「真不好意思，請你來處理這種麻煩事。」

川久保搖頭：「不會，你的判斷很正確。」

「我還以為是自己多管閒事了。」

「哪裡，這是必要的舉動，你報案的時機很正確。」

川久保手肘靠在一旁的櫃檯上。

剛好有客戶到櫃檯邊與職員說話，是一名五十多歲的婦人，穿著花俏的短大衣。

「他打電話說回不來啦。」婦人說：「帶廣機場封閉，飛機不能起降啦。」

職員說：「今天風雪真的很強，被困在東京應該很頭痛吧。」

「哪會？我看他碰巧找到理由留在東京玩，又不必扛著大把現金在身邊，肯定開心得很。」

「上午是有辦事員到過銀行來。」

「他打算明天直接去日高的牧場買馬，如果他今天拿到這麼大筆錢還留在東京，可能晚上就花光囉。」

「兩千萬都花光？那就太誇張囉。」

「信用金庫的人應該知道大塚三不五時就犯傻吧？上次還說天皇賞賽馬一定能賺一倍，一口氣買了三百萬呢。」

「原來當時領的三百萬是這樣用啊？」

「真的夠傻，難怪大家叫他們志茂別三傻。」

職員換了個口氣，把文件放在櫃檯上。

「這樣就好了，請。」

「謝囉。」

婦人離開銀行大廳，川久保盯著婦人的背影，聽起來她是大塚夫人，代表先生是志茂別開發的社長大塚秀夫？根據剛才不經意聽到的對話，大塚這人花錢似乎相當海派，明天要拿兩千萬的現金買馬？好大的手筆。

川久保還是第一次聽到志茂別三傻這個名號，難道真有這麼一群傻蛋？另外兩個又是誰？

待客室的門打開來，山下蜜顯得十分尷尬，川久保走上前去，山下蜜開口就說：「我打給我媳婦，她說孫子有接電話，跟平常沒兩樣。」

勝又開心地說：「看來是誤會沒錯吧。」

山下蜜顯得堅定多了。

「我還以為自己不會被詐騙電話騙到說。」

川久保說：「詐騙集團花招很多，幸好您有確認。」

「這些人真壞，一定會遭報應。」

「能不能把對方說的銀行帳號告訴我？」

「警察會幫我抓他們嗎？」

「幸好山下女士沒讓他們得逞，但或許有其他被害人，警察會教訓他們。」

「警察先生啊。」山下蜜嚴肅地盯著川久保：「你有兒子嗎？」

「沒有，兩個女兒。」

「如果人家說你兒子性騷擾被抓，是不是會很丟臉，不敢跟別人講？」

川久保謹慎回答：「要我說的話，如果能用錢解決，代表也不是多丟臉的事情了。」

山下蜜對勝又鞠躬道謝，櫃檯裡的職員們看到阿蜜沒事，也安心地微笑。

事情順利解決，川久保向勝又點頭致意，走向信用金庫門口。

不知道志茂別三傻的另外兩個是誰？等等去問片桐老伯好了。

7

川久保篤巡查部長拿著馬克杯走進駐在所勤務室，玻璃拉門碰巧打開，來者正是藥師宏和。

這人是藥師泰子的先生，大約一小時之前兩人在宏和的公司見過，當時就說好要宏和等等來駐在所。

川久保總算鬆了口氣。

「風雪真大，快來暖爐這邊取暖吧。要不要咖啡？」

「不用了。」

藥師說了摘下帽子，拍掉外套上的雪花。

他看來不太主動，沒有攻擊性，有點疑神疑鬼，但不至於畏首畏尾。現在來到駐在所，也沒有顯得非常緊張。

藥師指著駐在所門口的國道說：「二三六已經走不動了。」

川久保看看窗外：「上次除雪車過去已經是三十幾分鐘前的事情了。」

「到處都有雪堆喔。」

「要是遇難就慘了，根本沒人能去救援。」

藥師突然話鋒一轉：「聽說有人送卡片給警察？」

「對，廣尾警署找到的，放在錢包裡面，你最近有掉錢包嗎？」

「我掉錢包？」

「卡片持有人是藥師泰子，應該是你太太吧？」

藥師正對著川久保點頭，臉色有點變化，應該早知道川久保會這麼問。

「如果是國泰民安的泰，那就是我老婆了。錢包掉在哪裡？」

川久保坐在自己的座位上，並請藥師坐上對面的凳子，藥師乖乖坐下面對川久保。

川久保喝了一口自己泡的咖啡之後對藥師說：「其實我也不太清楚，錢包是掉了還是被偷了？」

「這要問我老婆。」

「我也很想直接問本人，但是聽鄰居說她一陣子不在家了，怎麼回事？」

「嗯……」藥師微微抬頭看著天花板：「對外是說回老家去了。」

「對外？」

「如果不這樣講，事實會比較難聽。」

藥師又看著川久保。

從他剛才的口氣聽來似乎另有隱情，而且願意讓川久保隨便問。

「事實是怎麼回事？」

「這是泰子自己的建議啦。」

「所以她怎麼了？現在人在哪？」

藥師低頭自嘲苦笑：「應該是在札幌的殘廢澡（註：一種性服務，意即如廢人般動也不動，由小姐服務從頭洗到尾）工作吧。」

「應該？她沒聯絡你嗎？」

「沒有，當初是說半年就回來，叫我這段時間不要聯絡她，不過她剛走的時候我有收過一封簡訊。」

「你太太是為什麼要去殘廢澡工作？」

「還有其他原因嗎？」

「是什麼？」

「欠錢。」

「你太太欠錢？」

「對，剛開始是迷上小鋼珠，後來輸到找地下錢莊借錢，等人家上門討債我才知道。」

川久保想起屍體的錢包裡有帶廣地下錢莊的名片，那家錢莊的名號看起來有點像消費者運動機構，但是根據帶廣警署的資訊，其實是德丸組旗下的公司。藥師泰子應該就是找那家地下錢莊借了錢。

「借了多少？」

「我想應該只借了一百到一百五十萬，但是利息很高，最後變成要還四百萬。我只是小公司的司機，這筆錢實在湊不出來。」

「我想也是，這筆錢太大了。」

「泰子被我追問之後，說會自己負責解決，地下錢莊叫她去殘廢澡工作還債。」

「你太太幾歲了？」

「三十五。」藥師冷笑一聲：「不是我要自誇，她是個娃娃臉，講二十五歲人家也會信，所以地下錢莊才會想叫她去殘廢澡工作吧。」

「你太太也就答應去了？」

「某天她說是她對不起我，所以要自己賺錢還債，然後就走了。」

「怎麼不兩個人努力賺錢，多花幾年慢慢還債？」

「我發現她欠這麼多錢的時候，一時也是氣昏頭，想說隨便她去給人洗殘廢澡還是怎樣都好，自己還債就好。」

藥師說到這裡突然一頭霧水，眨眨眼睛偏著頭，似乎想確定自己是不是誤會了問題的意思。

藥師問：「你說應該兩個人一起還債，是什麼意思？」

川久保深呼吸之後說了。

「今天有人發現一具不明的女性屍體，身分還沒確認，但是從屍體的遺物中發現了卡片，持卡人寫著泰子女士。」

藥師瞪大了那雙神經質的小眼睛，張大了嘴巴，似乎想像不到有這樣的發展，而那份驚恐並不像是演出來的。

「在哪裡？」

「茂知川的茶別橋下。」

「就在附近啊。」

「穿著紅外套和黑長褲。」

「……對，是泰子離家當時穿的衣服。」

「遺體身上還有錢包，咖啡色的名牌錢包。」

「那也是泰子的東西，所以……」

「所以什麼？」

「所以她沒有去札幌嗎？」

川久保聳聳肩，他也不清楚這個問題的答案。

藥師又問：「是凶殺嗎？」

「你怎麼會這麼想？」

「因為把她帶走的是……」

「嗯？你太太不是自己離家的？」

「不是，是地下錢莊的人來把她帶走，聽說他們已經談好了。當天我下班回家，泰子已經打包好行李，還有兩個男的上門。」

「十勝市民共濟。」

「對，錢莊應該就是叫這個名字，當天來的兩個人一看就知道是黑道，一個大哥跟一個小弟。」

「其中一個是不是叫足立兼男？錢包裡有他的名片。」

「足立？那個小弟好像就這個名字，所以泰子是被殺的？」

「目前還不清楚，屍體已經被送到帶廣醫院，要請你去確認身分。」川久保望向窗外，風雪愈來愈強，天色也暗了下來。「等明天風雪小了再說。」

藥師突然一臉徬徨地站起身。

「他們應該不會殺人啊，殺掉了就沒錢賺啦。」

「你太太何時離家的？」

「去年底。」藥師在駐在所值勤室裡東張西望，應該是在找月曆：「記得是十二月二十日吧？當時還沒發薪水，我錢包裡沒幾個錢。」

「你是何時收到簡訊？從札幌發來的？」

「她一到札幌就發給我了。」

藥師從自己的外套口袋中拿出手機。

如果藥師的手機曾經收過簡訊，是否代表那具屍體不是藥師泰子？還是藥師泰子瞞著先生又從札幌回到志茂別町？

藥師看著手機螢幕說：「十二月二十二日，從札幌發來的。」

「能讓我看看嗎？」

藥師把手上的手機遞給川久保，川久保仔細端詳。

簡訊內容如下。

「我昨天開始在札幌工作，請別擔心，我暫時不會發簡訊給你。泰子。」

發訊日期確實是去年十二月二十二日，下午四點零七分。

「就只有這封簡訊？」

「對，就這封。」

「是她本人發的沒錯？」

「是從她手機發的啊。」

「你有直接打給她嗎？」

「打好多次了，可是都沒人接，而且每個月都只有扣基本費。」

「只扣基本費？」

這代表手機已經被扔掉了，或是被藏在某個地方？她既然是主動去賣身，當然不太希望跟丈夫聯絡，但總會跟親朋好友聊聊吧？事實上泰子卻完全沒有使用手機，是否代表手機已經不在藥師泰子身上？

若換個想法，既然持有人已經不在人世，手機當然也就被棄置不用了。

川久保再次確認：「這簡訊的語氣是你太太寫的沒錯？」

「其實我覺得有點不對勁。」

「哪裡？」

「泰子發簡訊的時候都會自稱泰美眉，不是泰子，所以這封簡訊看起來很生疏，我當時還以為是她覺得愧疚才顯得這麼生疏。」

藥師猛搖頭，臉上滿是混亂與疑惑，看來他總算了解情況有多嚴重。

川久保推開馬克杯，拿出備忘錄。

「能不能從頭到尾仔細說一遍？我想這事情應該不單純。」

藥師宏和說出了來龍去脈。

去年夏天七月左右，藥師發現太太有事情瞞著他。夏天他工作繁忙，每天下班回家都已經晚上十點，卻好幾次發現回家沒見到太太。

藥師第一次發現泰子快晚上十二點才回來，詢問理由說是去帶廣買東西見朋友，不小心就聊了太久，當時藥師毫不懷疑。

但是到了第三次泰子晚歸，信箱裡還有好多封催繳通知書，藥師才發現家裡的水電費都沒繳。這次一問，泰子說是她開的小車撞到人家，不想讓藥師擔心才會挪用水電費賠償，此時藥師已經懷疑泰子去找男人了。

藥師本來就是從手機交友網站認識泰子，這女人相當輕浮，剛認識的時候住在旭川，跟住志茂別的藥師算是遠距離戀愛。

認識一年之後，泰子說自己懷孕了，藥師決定負責結婚，帶去見父母並辦好手續。兩人結婚之後一起住在志茂別，但泰子很快就流產並且無法再次生育。這是六年前的事情，當時泰子二十九歲。

剛結婚的時候，泰子在町裡的便利超商打工，半年之後辭職，後來藥師才聽說泰子跟店長有八卦，但是藥師並沒有追問泰子這件事情。

到了九月，泰子不再晚歸，卻開始沉迷小鋼珠。藥師聽朋友說泰子整天泡在町裡的小鋼珠店，水電費老是沒繳。

十月，藥師和泰子幾乎無話可說，藥師上班的時候，泰子就出遠門跑去帶廣，甚至更遠，而且家事都不做，經常睡過頭。泰子不斷躲著藥師，藥師問泰子有沒有瞞著什麼事，但泰子不肯回應，甚至一被問就抓狂，藥師只要碰到泰子大小聲也就不追問下去了。

町農會豐收節的前一天，錢莊打電話到藥師上班的志茂別畜產公司，說老婆借了錢卻沒還，要老公替她還錢。藥師說不知道有這回事，結果當天他在外面送貨的時候，辦公室整天不斷接到這樣的電話，桌上還放了一張「老婆欠錢不還」的紙條。藥師回家追問泰子，泰子突然開著小汽車離家，直到隔天晚上才回來，而且回來之後也不說這兩天去了哪裡。

到了十二月，錢莊兩度上門來討債，第一次還了六十萬，而且還是藥師向公司借的錢，隔天才轉入指定帳戶。

第二次是兩星期後，有家完全不同名號的錢莊來討債，上門的人一看就是混江湖的。錢莊的名號是十勝市民共濟，討債的金額是四百萬日圓。

上門來的兄弟們說如果泰子還不出錢，可以介紹她去工作，也就是賣身去洗殘廢澡。這些兄弟寫了一張新的四百萬借據，要泰子在指定的店家工作還債，泰子對兄弟們說給她一天時間考慮，兄弟們當天也就先回去了。

那天藥師和泰子完全無話可說，其實藥師已經下定決心，就算找爸媽求救，拿房子抵押，也要還掉這四百萬；但是泰子打死不肯說那年夏天發生了什麼事，那些錢用在哪裡，為什麼債會變得愈來愈多。於是藥師開始生泰子的氣，當晚還不斷冒出離婚的念頭。

隔天藥師從公司下班回家，泰子難過地說決定要聽從兄弟們的建議，去札幌的殘廢澡工作半年還債。如果鄰居們問起，就說她回老家去了，藥師只能點頭答應。

晚上八點左右，那群兄弟上門來，泰子提著兩只旅行袋準備離家。藥師抓著泰子的雙臂，說原因再也不重要了，向爸媽借錢還債就好，拜託別走。

但是泰子搖搖頭說：「是我的錯，我自己解決，你別擔心。」然後就搭上兄弟們的車子離開。泰子離家之後，藥師竟發現自己輕鬆了口氣，畢竟不用再擔心債台高築，泰子也只是暫時分居狀態，只要接受就好，直到今天聽到這則消息為止。

說到這裡，藥師對川久保說：「那天他們一定殺了泰子，然後扔進河裡。」

是這樣嗎？川久保不太贊成這個說法，因為錢莊方面沒理由痛下殺手。

如果錢莊討債太凶殘，確實有時會把債務人逼上絕路；有時候雙方談不攏，也可能會殺死有辦法還錢的債權人。但是泰子這個案例，殺人完全沒有意義。假設是要殺雞儆猴，恫嚇其他債務人，那應該讓屍體盡快被發現，大大炒個新聞，不過這麼一來錢莊也會有人被逮。先不提背景超硬的大黑幫，這種小地方的地下錢莊要動手殺人，實在太划不來了。

川久保問：「地下錢莊的人後來還有聯絡你嗎？」

「完全沒有。警察是不是會抓到殺死泰子的人？」

「還不確定那就是你太太，也不確定是不是凶殺，不過你太太要是真的被殺，兇手當然要伏法。」

「年輕的叫足立，另外一個大哥叫五十嵐。」

「五十嵐啊。」

川久保將人名記在桌上的備忘錄裡。

藥師手上的手機突然響了起來，他拿起手機瞧了瞧。

「不好意思，公司打來的。」

藥師把手機拿在耳邊接聽。

「公所有通知？明天？好，這樣比較好。留宿？就這樣吧。好的。」

掛斷手機之後藥師說：「公所說風雪太大，要請我們支援除雪。」

「現在？」

「現在去町裡稍微清一下，明天早上繼續開工。」

「你們公司有除雪車？」

「有兩部除雪機具，冬天會承接除雪業務。」

「你還提到留宿？」

「公司問我風雪這麼大能不能回家，既然明天早上要除雪，我人當然要在公司才能開工，所以我打算留宿公司。」

「麻煩明天安排個時間去帶廣，確認我們發現的屍體是不是你太太。」

「能不能請警察先生向公司解釋這件事？」

「當然，我會開警車去接你。」

「那我可以回公司了嗎？」

「看你腦袋一片空白，還能上工嗎？」
「工作當然要做，有事做就不會亂想。」
「能不能把手機號碼告訴我？」
「警察先生手機幾號？」
川久保仔細說了自己的號碼，藥師輸入之後就打給川久保的手機。
「就這支。」
「謝謝。」
川久保起身走向駐在所門口。
藥師盯著牆上的町地圖，川久保標出了目前封鎖的路段。
藥師指著地圖說：「國道這裡今天一定會有雪堆。」
川久保站到地圖前面看藥師指的位置，是茂知川上的雄來橋，三橡樹小學生遇難案再往東一點。這裡是日高山脈落山風的風道，綠屋頂民宿剛好也在這個區域裡。
川久保問：「這整區都會有雪堆？」

「沒有，就只有防雪柵欄的縫隙，風會從縫隙吹進來，所以雪會堆很大。」

「大概多長的範圍？」

「從雄來橋往北約一公里吧。」藥師問：「警察先生來志茂別幾年了？」

「今年要過第二個冬天了。」

「那你只看過小的彼岸荒，今年的可不得了，應該是十年難得一見的大風雪，連國道也會封鎖喔。」

「聽說風雪會持續到明天中午，你說說，這種時候是不是什麼活動都會停擺？」

藥師的表情已經不那麼混亂迷惘。

「有些活動不能停，所以公所才要我們支援。」

「比方說呢？」

藥師回答：「像是維持收乳路線暢通。」

「收乳？」

藥師指著地圖下端南志茂別一帶，國道二三六上有一條往東的岔路，通往某家乳製品公司的工廠。

「每天早上八點，工廠的牛奶槽車就會全部出動，要趕上附近酪農九點的擠奶工作。所以我們要更早去除雪，確保牛奶槽車司機都能趕到公司，八點從公司出發。町公所就算延後國道和道道的除雪，也要先把町道清乾淨。只要町道比道道提早兩小時除雪，牛奶槽車就能及時趕到大概五成的酪農戶家裡。」

川久保對這件事情頗感興趣。

「收乳路線是怎麼走的？」

「我剛剛說的路線是這樣走。」

藥師用手指沿著地圖路線畫出除雪路線，首先從東邊離開市區，直走轉上町道東五線往北，到了町道北十二號轉西，到國道二三六線為止。這裡是綠屋頂民宿的南面，有個丁字路口，所以要走北十二號回頭到東三線轉南下，最後回到町到南八線的乳製品公司工廠。

如果加上其他業者的除雪能量，上午八點之前勉強可以把牛奶槽車司機的收乳路徑清過個八九成。

藥師還說有件事情很奇妙，國道往東兩個路口之後無論風雪多大都不會有雪堆，而且通常南北向會有雪堆，東西向卻幾乎沒有雪堆。

藥師對川久保說了。

「不知道明天天氣會怎樣，如果雄來橋那邊有雪堆，走東邊的町道還是可以走很遠。」

「真是只有當地人才知道的情報啊。」

「這種風雪真的不多見。」

「就算風雪這麼大，明天早上七點還是要除雪？」

「不用，天氣這麼差就沒辦法到郊區除雪，如果風雪恢復到今天早上的程度，就會上工了。」

藥師戴起毛線帽離開駐在所。

川久保站在風除室的玻璃門後方，看著藥師的箱型車開出停車場往南離去。

＊

下午三點十五分，西田康男才總算回到辦公室。

公司裡所有司機都已經開著自用車離開停車場，就怕走得太晚，車子會在風雪中拋錨。既然社長有吩咐可以回家，多留無益。目前停車場裡只剩西田的老舊轎車和女職員橫井的小汽車。

西田的工作是總務，在公司裡算是二線部門，不像司機他們可以直接創造業績，所以就算比較年長，還是要扛所有雜務。剛才把停車場稍微鏟過一次，把推土機開回車庫，就已經是今天第三次鏟雪了。

走進辦公室一看，女職員橫井正穿著外套收拾東西，準備回家，而且一看到西田就不高興。

「怎麼拖拖拉拉的？」橫井對西田說：「害我不能回家。弄好了嗎？」

「好了，你回去吧。」

「還不行啊。」

「為什麼？」

「我要最後一個上鎖，還有。」

「畑山哥忘記把手機帶走了。」

橫井從自己的座位上拿起一支藍色手機。

「他早就回家了。」

「他家離市區很遠啊。這樣丟著好嗎？他今天應該沒辦法回來拿吧？」

「放在辦公室裡就好了。」

「可是這種天氣沒有手機打電話，不會很不方便嗎？」

「如果你這樣想就送去給他啊。」

「方向相反好不好？」

「你是叫我去送？」

「啊，不錯喔。」

西田暗自咒罵，你這臭婆娘！到底要怎樣欺負我才甘心？我可是比你大二十歲，為什麼把我看成剛進公司的打工仔？

正要罵出口就看到橫井旁邊的保險箱，還有保險箱裡的那些東西。

於是西田恢復冷靜說：「好吧，我就送去，順便幫你鎖門，連火也幫你熄掉好了。」反正今天也不是第一次被人使喚最後下班。「你就先回去吧。」

藤井一聽笑顏逐開，似乎早就在等這句話。

「喔？這樣好嗎？不好意思捏。」

「風雪這麼大，不能留個女人家看門，我來處理。」

「那就麻煩你送手機，鎖門，熄火囉。」

「好啦。」西田走向自己的座位，裝出心不甘情不願的樣子，橫井肯定看了就覺得心滿意足。她應該覺得對西田頤指氣使相當開心，而西田也願意當個做牛做馬的小員工，就這最後幾分鐘。

橫井走上前把畑山的手機塞給西田，西田接過之後收進外套口袋。

「我先走囉。」

橫井從旁走過，揮揮手。

就算天氣這麼糟，比平時早三小時下班肯定也讓她樂不可支，或許她回家之後打算花幾個小時做某件事放鬆一下，比方說把之前錄的日劇全都搬出來追劇。

而西田也是心花怒放，總算可以獨處了。

西田從窗戶看見橫井的小汽車開走，走到門邊反鎖大門。

然後深呼吸一口氣，走向保險箱。

現金兩千萬，社長準備拿這筆錢去買馬，名義上這些錢都是從社長帳戶裡提領出來，但小小貨運公司的社長怎麼可能賺這麼多？應該要拿來多付員工一點薪水才對。也就是說這些錢並不是社長的個人資產，是公司的錢，員工的錢。而西田又是公司裡最年長，年資最久的員工，這筆錢肯定有一部分是屬於他的。就算不是全部，至少也有一部分是他的。

西田跪在保險箱前面，根據記憶中的號碼轉動撥盤，先右，再左，接著再右，仔細對準號碼刻度。

保險箱裡面傳來細微的喀嚓解鎖聲，西田嚥了口口水，壓下保險箱門的把手，慢慢拉開那門。

*

佐野美幸在副駕駛座上看著那青年從車斗上卸下大木箱。

青年將貨車停在西町邊上某家工程行前面，今天要給工程行送最後一趟貨，青年說貨品是鍋爐。

工程行倉庫前面停了一輛堆高機，駕駛座上坐了一個中年男子，這部堆高機沒有屋頂，男子完全暴露在強烈風雪中，只能板著臉做工。

青年靈活地用吊車將木箱放在堆高機前面的棧板上，堆高機司機用手靠在嘴邊對青年大喊，青年離開吊車控制器，走向堆高機迅速解開吊鍊。堆高機收貨之後後退，青年拿起有線控制器收回貨車旁邊的盒子裡。

青年在整段工作過程中沒有表現絲毫的不滿，明明風雪這麼大，做幾個不滿的表情也不為過，但他只是靜靜地完成工作。動作靈活平順，明顯是個老手。

堆高機開進半開的倉庫門，司機停好之後關起入口的鐵捲門。

青年從外套口袋裡拿出一張紙，似乎是收據，中年司機走向青年接過紙張，用原子筆寫了幾個字，同時向青年講幾句話。青年聽了微笑，回頭看看副駕駛座上的美幸。

看起來像是喊美幸，但聽不見聲音，美幸稍微降下副駕駛座的車窗。

青年回到副駕駛座旁邊對美幸說：「他叫我們喝點熱的，你要去嗎？」

中年司機好奇地看著美幸，幸好這人不是店裡常客，美幸根本不認識。

美幸搖搖頭：「不用了，我想快點去帶廣。」

她不想在風雪裡拋錨，只想盡快離開這個町，但是想到自己受人幫忙，總不好太過任性。

「不過要是大哥想去的話……」

「我也不用，你要借個廁所嗎？」

美幸又搖頭。

青年對中年司機說：「天氣不好，我們馬上走。」

中年司機說：「小心點，國道會封閉喔。」

「我們會設法趕過去。」

「雄來橋那附近也很危險，會有雪堆。」

「了解。」

青年對中年司機揮揮手，坐上駕駛座，邊繫安全帶邊說：「他說我找到一個可愛的助手。」

美幸看著青年說：「是說我？」

「就是你啊，我騙他說不是助手，是我女朋友。」

美幸微微一笑，彼此還不知道姓名呢。

青年發動貨車說：「我姓山口，山口誠，能不能問你的名字？」

「美幸。」

「跟我姊一樣的發音，怎麼寫？」

「美麗的美，幸運的幸。」

「我姊是美麗的美，下雪的雪（註：美幸與美雪在日文裡發音相同）。」

「你姊幾歲了？」

「二十八？不對，二十九了。」

「結婚了？」

「結啦。怎樣？」

「沒事。」美幸說：「只是覺得和我同名的人已經結了婚，很不錯。」

「還有兩個小男生，現在住在札幌。」

札幌，姑姑也住那裡，而且更是美幸真正的目的地。

「山口哥要去札幌？」

「對，我要回札幌，經過帶廣可以讓你在想下車的地方下車。」

「可是狩勝隧道跟日勝山口好像都封閉了。」

「那我也在帶廣過夜好了。」

姓山口的青年換了個話題。

「是說風雪真的好大，想去帶廣都有問題喔。」

沒錯，目前能見度不到一百公尺，車窗外一片雪白，美幸也幾乎失去距離感。山口是個熟練的司機應該不至於迷路，但還是有點擔心。

或許今天到不了帶廣，那會發生什麼事？

美幸偷瞥山口一眼，或許會跟他一起躲進車站或超商？還是貨車拋錨，兩個人就躲在車上過夜？

那倒也不錯，而美幸並不清楚自己為何這麼想。

＊

笹原史郎開著小汽車，終於發現自己完全誤判了當地的天氣。

明明是沿著國道往南走，眼前景色卻像是寒冬中的西伯利亞，風雪從右手邊吹來，眼前淨是一片白茫茫。看來能見度還不到五十公尺，而且前後都沒有其他車輛。剛才他在路邊暫停一下，開到這裡有遇過幾輛車？不過五輛而已。

平常這條路的車流量不小，今天肯定是狀況危急，駕駛們才會放棄上路。開了十分鐘路程，路旁民家與工廠愈來愈少，兩戶農家之間可能隔了五百公尺以上。不對，風雪這麼大，可能只看得到路邊的房屋，實際人口密度應該要更高。

目前路面有十公分左右的積雪，而且有胎痕，笹原盡量跟著前車的胎痕開車，但是他現在開的是小汽車，路上胎痕應該是來自大貨車，輪距相差很多。他只能選擇跟著左邊或右邊的胎痕，另一邊輪胎則要吃雪，害他方向盤老是抓不穩，車尾猛打滑。

有時候碰到一些積雪較厚的區段，應該是地形造成雪堆，如果卡在雪堆裡就慘了。每次撞上小雪堆，笹原就多踩點油門衝過去。

風勢又變得更強，左手邊的路標寫著前面不遠就是橋梁，叫做雄來橋，強風夾帶雪花灌入橋上護欄的間隙，更顯風勢強烈。每道間隙之間的風雪都像利刃般凶猛，笹原不禁放慢速度，緊握方向盤。

但實際上橋面積雪出奇地少，或許是被強風給吹散了。笹原還是小心過橋，千萬不能從橋上摔進河裡。

過橋之後駕駛手感有點不同，感覺車子稍微沉了一點，輪胎轉起來更硬了點，可能是融雪沾在車上了。

笹原再次撞上一個大雪堆，對向車道上的雪堆比整個車道還寬，所以對向來車只能繞到笹原這邊靠邊開，從積雪較少的部分開過去。笹原跟著其他車子留下的胎痕繞過雪堆。

左手邊有塊綠色招牌，上面寫著英文和日文，招牌上沾滿雪花看不太清楚寫些什麼，好像是民宿或咖啡館？

經過一座大門前，往前院裡面一看，風雪之中似乎有建築物的影子，灰色的兩層樓房屋，停車場裡停了幾輛車。

笹原不禁心想，要不要在這裡避難？

但他立刻反悔，天氣這麼差，警察也無法出動，最好趁這段時間盡量遠離現場。他正在往南走，這場猛烈風雪的範圍頂多不超過二十公里吧？只要撐過去就好。

笹原開過了民宿門口。

防雪柵欄的縫隙之間都是雪堆，而且愈往前就愈大，才不過經過民宿三百公尺，車底就一直撞到雪，笹原覺得這樣下去肯定拋錨。

再往前開一百公尺又出現新的雪堆，連前車的胎痕都被埋了一半。

笹原再撞上雪堆之前五公尺猛踩油門，打算一口氣衝過雪堆。

當小汽車撞上雪堆的那一刻，車尾猛然往右打滑，難道車輪被胎痕咬住了？笹原邊踩油門邊往左打方向盤，輪胎突然沒了抓地力，車子往路邊飛去。

要衝出去了！

笹原放開油門往右打方向盤，但為時已晚，車體左邊受到撞擊，應該是撞上了被雪埋住的護欄。車身傾斜翻覆，車頂又是一陣撞擊，最後翻落到邊坡上。

車子停下來的時候，笹原還不太清楚目前什麼狀況，只知道輪胎沒有壓在地面上，車體是斜的。

左右瞧瞧，發現駕駛座這邊朝下，重力朝向自己的右前方，代表笹原是被斜著吊在半空中，多虧了安全帶才沒有摔出座位。

車子應該是沿著邊坡傾斜三四十度，副駕駛座在他頭頂，車門嚴重內凹，窗玻璃也碎了，風雪猛往車裡灌。

笹原想解開安全帶，卻發現腿上不對勁，右腳的小腿脛骨到腳掌之間有股悶痛，還有點黏黏的感覺。

他試圖抬起右腳，突然一陣劇痛。

骨折了？

笹原再次挪動雙腳，發現腳完全被車體卡住，引擎室撞得稀爛，車體的鋼板就像鋁箔紙一樣往內凹折，腳就被卡在彎折的鋼板之間。

感覺愈來愈痛，肯定是骨折，而且還有出血。

我能靠自己逃出去嗎？有沒有人發現我剛才衝出路面？

兩者都沒什麼希望。

笹原看看副駕駛座，裝滿錢的袋子就在他的腰際。

好不容易搶到手竟然出了車禍？

笹原嘆了口氣開始思考下一步，總之一定要擺脫這個情況才有得談，要不要用手機叫救護車？

用左手伸進口袋裡摸索，找不到手機，對了，放在防寒大衣裡，但是剛才把婦人扔下車的時候，防寒大衣順手就丟在後座，現在這個姿勢沒辦法搆到防寒大衣。

他又想到車上哪裡應該有信號彈，但是外面風雪這麼大，就算點了信號彈也不會有任何人看見。

灌進車裡的風勢愈來愈強。

會死嗎？

笹原感覺到前所未有的恐懼，出了車禍又沒有人發現，孤獨地死在路邊，直到風雪結束才被人發現，搞不好要半天，甚至好幾天？

笹原為了擺脫恐懼而開口對自己說話。

「馬的！」

現在只好試著自己逃脫了。

＊

川久保打電話給廣尾警署的同事山野，他應該正在帶廣市立醫院。

對方很快就接了電話。

「喂？」聲音低沉又模糊。

「驗屍結果如何？」川久保問：「或是到目前的狀況也可以。」

「請等等，才剛開始，我先出去。」

十五秒之後，對方說話的音量恢復正常了。

「我在走廊上，目前狀況還不清楚。」

「有沒有外傷？不自然的傷口？」

「這屍體已經死很久了。」

「有沒有找到其他可以辨識身分的東西？」

「有張駕照，名字是藥師泰子。」

「那身分應該是確定了。明天等風雪停了，我會帶先生過去確認遺體。」

「你見過先生了？」

「對，先生說太太跟地下錢莊借錢，決定到札幌的殘廢澡賣身還債。去年十二月二十號，帶廣地下錢莊的人去把太太帶走了。」

「可是發現地點不是札幌，是志茂別町上啊。」

「可能有先回來過，或者去札幌之前就那個了。」

「就哪個了？」

「半途就被殺了。」

「這些人不是有見過先生？都露面了還會冒這種險嗎？」

「驗屍有發現刀傷或勒痕嗎？」

「就說才剛開始啊。不過屍體看來不像有被凌虐過，只有臉被烏鴉啄過而已。」

川久保難以釋懷：「剛才我也打電話把地下錢莊的事情報告給帶廣警署，

接電話的是吉村刑警，聽說地下錢莊後台是德丸組，而且德丸組今天碰上強盜殺人。」

「強盜殺人？」

「今天中午，現場好像有個姓足立的混混。」

「足立兼男？就名片上那個人？」

「對，不知道是為什麼。」

「很少有這麼巧的吧。」

「真的很巧。」

「只要抓住那個足立混混，就方便問這件事情了，我會聯絡帶廣警署。是說會不會是先生幹的？」

「難說，應該同時偵訊先生跟足立比較好。」

「我馬上打給帶廣警署。」

手機掛斷了。

先生藥師宏和有可能牽扯太太的死嗎？仔細想想，他的說詞並沒有任何矛盾，口氣也不像在說謊。當他描述自己的太太，有些部分顯得比較冷淡，或許是因為關係陷入冰點的關係，但光靠這點就下決定是非常危險的事情。現在不能有任何偏見，而之後若是確認帶廣地下錢莊的人確實把泰子帶走，那就是廣尾警署刑事課的事情，輪不到駐在警察上場。

川久保看看牆上的時鐘。

下午三點三十分。

*

完全看不到前面，一片雪白的雪盲。

佐藤章迅速分析狀況，根據車上導航顯示，目前他開的轎車來到國道二三六的雄來橋。

就算前方伸手不見五指，只要過了橋，視野應該會比較開闊，至少會有五十公尺的能見度吧。

幸好橋面上的積雪不多，應該是強風吹掉了，或許能夠硬衝過這裡。就算看不到東西，只要抓穩方向盤別打滑，還是可以穩穩前進。強風可能會把車子吹得往左偏，只要發現偏了就稍微轉向，只要過了橋，就能擺脫伸手不見五指的困境。

但佐藤又更加慎重，問題是橋的長度，假設只有橋上看不見東西，那這橋有多長？從導航來看有二十公尺，搞不好有三十，他能夠在看不見的狀態下開過這三十公尺嗎？

乾脆折返好了？

但往後照鏡看一眼，他就放棄這個念頭。好不容易南下到這裡，掉頭實在很愚蠢。掉頭就是要走回犯罪現場，走回警察總動員的市區，當然只能繼續往前。

佐藤章為了給自己打氣，用丹田的力氣喊了一聲：「走吧！」

他小心地踩油門，眼前已經什麼都看不見，側面感覺有強烈的風壓，轎車突然往左打滑，嚇得他心跳加速。會飄走？會翻車？會摔下橋？

轎車勉強停在橋面上，佐藤方向盤往右打，現在只能盡量走在橋中央。目前沒有對向來車，雪地上也沒有胎痕，就算不小心往右轉太多，頂多只是擦撞護欄。只要放慢速度，應該可以平安過橋而不至於出車禍。因為這橋面上是不會有雪堆的。

過了橋，雪盲也不再發生，眼前是強烈的風雪，但能看見路面和路邊，至少三十公尺以內看得見。

他的轎車目前開在右邊車道，是逆向，路上積雪愈來愈厚。

佐藤稍微往左轉，馬路是緩上坡。

接著把時速拉到三十公里左右，路上的雪堆愈來愈高。馬路右邊似乎有防雪柵欄，但柵欄之間有縫隙，可能是通往農地的岔路。每道柵欄縫隙都形成雪堆，像是一整排的史萊姆。沿路上看到的雪堆都沒有胎痕，看來已經一陣子沒有汽車經過了。

過橋大概一百公尺之後又碰到雪堆，這一堆非常大，就像土石流一樣堵住左右兩線車道。右側車道的部分最高，應該比路面高了三十公分。

衝得過去嗎？

佐藤減速前進，但車子馬上就停住，就算加速也只是往雪裡鑽，後輪不斷空轉。

這雪堆有多寬？有多深？

佐藤從副駕駛座拿起外套穿上，拉鍊拉到頂並戴好帽子。

靠人力能解決多少問題？裝雪鍊可以離開這裡嗎？

他開門下車，風大到站不穩，一般人肯定想站直都有問題。

臉朝下風處，在雪堆上走了幾步，他腳上的短筒靴完全埋進雪裡，雪花也跑進靴子裡面。

深二十公分以上。

他又回到轎車旁邊，車底頂多高十五公分，不可能穿過這堆雪，一開上去輪胎就會懸空。

而且這堆雪寬十公尺以上，就算用鏟子來鏟也要好幾個小時。現在看起來除雪車根本不會經過，只好把車丟在這裡了？還是要躲在車裡等風雪過去？

常聽說駕駛被北海道的風雪困住就死了。如果耐不住冷而發動引擎開暖氣，事情就很嚴重，雪會塞住排氣管造成廢氣倒灌車內，使車裡的人中毒身亡。但如果不開暖氣，能在零度以下的車廂裡度過一晚嗎？

佐藤章回到車上打開收音機，離開帶廣之後訊號一直很糟，什麼都聽不到，現在他尋找當地的AM電台，正好找到一台在報氣象，他便仔細聆聽。

很快就輪到十勝地方的交通資訊。

主播說：「國道二三六號，中札內到廣尾之間全面禁止通行。北海道道，十勝全區，除了部分市區之外所有路線全面封閉。」

馬的！佐藤章怒罵一聲，好死不死就是今天天氣這麼差？

他掏出一根菸叼在嘴上，用點菸器點火。

這下知道再等下去也等不到除雪車，如果不想留在原地，就一定要丟下汽車前往別處。既然道路要封鎖道風雪停息為止，警察也不會追上來，不開車也沒關係，只要有地方能平安躲過一晚就好。

佐藤章操作導航放大畫面，發現附近有家民宿叫做綠屋頂，大概就在兩百公尺之外，這段距離應該可以勉強走過去吧？這種天氣就算沒訂房，民宿也不至於趕人走，想必是個溫暖、安全的躲雪避難所。

明天風雪停了該怎麼辦？回來開這輛拋錨的車？

他搖搖頭，這種麻煩事實在沒意思，向民宿借車就好了。

佐藤章拿起副駕駛座上的旅行袋再次下車，差點又被風給吹倒，他硬是挺住才沒有倒在雪地上。

＊

橡木在鑄鐵暖爐裡燒著。

火花飄舞，堆疊的薪柴冒出熊熊火焰。

坂口明美坐在暖爐前面的座位上盯著火焰發呆，暖爐口加裝了耐熱玻璃罩，民宿老闆三不五時就要拿下玻璃罩添加柴火。

看來這座暖爐平常並不是餐廳的主要暖氣來源，只是冬天給客人欣賞火光的裝飾品，畢竟燒柴爐看起來比暖氣系統詩情畫意，火焰在視覺上也有溫暖效果。暖氣系統沒有視覺效果，但是燒柴暖爐不足以暖和整座餐廳，只有暖爐周圍才比較溫暖，餐廳角落的室溫應該在十五度以下。

燒柴爐後方的紅磚牆上，有一個畫著兔子的小鐘，指針指著下午三點三十分。

坐在明美對面的菅原信也一樣面對暖爐，脫下外套只剩一件襯衫，在這裡只要穿襯衫就夠溫暖了。他的外套披在隔壁的椅子上，外套底下蓋著藏有大魚刀的手持包。

菅原看起來無精打采，他原本應該打算騎在明美身上猛扭腰，但是民宿鍋爐故障，根本沒辦法待在房間裡。目前房間溫度應該是零度上下，無論性欲多強都會軟掉，即使他是種馬也一樣。

菅原似乎發現明美在看他，便回過頭來。

「氣死了，應該快點修好才對。」

明美刻意酸上一句：「乾脆退房怎麼樣？我打算回家休息了。」

「國道已經不能走了，哪裡都去不了喔。」

「那就只好乖乖等鍋爐修好啦。」

菅原聳聳肩：「明美是不是有點苛薄啊？」

「哪有？」明美回答：「這才是正常，之前不也這樣？」

「你之前好溫柔，好愛撒嬌喔。」

聲音太大了，隔壁桌就是剛才抵達的老夫妻，他們在鍋爐修好之前也沒辦法待在房間裡。老夫妻進餐廳的時候向明美他們打招呼，老先生親切地說天氣真是太差了，但老太太看了明美他們就有點遲疑。明美稍微可以感受到那股尷尬，老太太一眼就看穿菅原和明美並非夫妻或情侶。

菅原剛才的音量肯定被老夫妻聽見，就算老太太猜得到，還是不該多提這段交往經過。再說這些話不是應該留到臥室裡說嗎？怎麼會在大庭廣眾之下提呢？明美又轉頭面對暖爐。

「氣死了。」菅原又說了一次。「房間不能住，想走走不掉，如果今天還跟客人收錢一定會遭天譴。至少請我們喝酒吃飯吧？」

明美面前有杯花草茶，已經喝完了，菅原點的咖啡只喝到一半，老夫妻喝著剛才點的熱可可。

一名女子從暖爐左邊通往廚房的推拉門走出來，就是老闆娘，雖然明美沒見過，但都是町裡居民，對方可能見過明美，明美看著暖爐避免跟老闆娘對上眼。

老闆娘幫明美這桌加水。

菅原問：「暖氣真的傍晚能修好嗎？」

老闆娘愧疚地說：「真抱歉，廠商說三點要來還沒來。」

此時屋內某處響起電話鈴聲，應該是市內電話，響個兩聲就停了，隨即有名男子大喊：「來不了？這樣我怎麼做生意啊？」

應該是老闆的說話聲。

老闆娘立刻捧著水壺回到廚房。

過了三分鐘，老闆來到餐廳裡，看著餐廳裡的四個客人說了。

「有關鍋爐呢，廠商說今天實在來不了，風雪大到去了隔壁人家就回不來。真的很抱歉，今天是本民宿開幕以來第一次緊急狀況，能不能請各位客人在餐廳裡待一晚？只要待在暖爐旁邊應該撐得過一個晚上。」

菅原幼稚地嗤之以鼻。

「說什麼屁話？如果不能住人，一開始就要說清楚啊。」

老闆對菅原鞠躬道歉：「真的很抱歉，今天不會向各位收住宿費，而且免費招待各位吃喝。」

「當然要免費啊。吃完之後呢？要我們睡地板上？」

「我會從客房裡拿毯子跟棉被來。」

「打地鋪喔？」

「真的很抱歉。」

「早點說修不好，我還能跑得掉。」

「真是麻煩您了。」

老闆再次向菅原深深一鞠躬。

隔壁桌的老先生站起來說：「碰上十勝地方幾十年難得一見的大風雪，回去有好故事說囉。」

老闆回答：「如果暖氣沒壞，風雪是可以當個好故事。」

「怕什麼？死不了的。」

「我會盡量打理這個地方，讓大家可以休息。」

「風雪明天就會停了吧？」

「應該中午就會停。」

老先生走向正門邊的窗戶說：「久美子啊，外面馬路都看不見了，只能勉強看見一點招牌囉。」

老太太也起身走向窗邊看風景。

菅原氣呼呼地起身問：「喂，廁所該不會結冰了吧？」

老闆說：「應該不至於。」

「至少要有乾淨廁所可以用吧。」

菅原走向餐廳右邊的大廳，老闆也回到廚房裡。

菅原一走，明美立刻掌握機會繞到他的座位上，拿起菅原的外套四處摸，他的手機應該還有自己見不得人的照片，一定要趁現在找到手機刪光照片，只要照片從世界上消失，就可以用其他方法解決跟菅原的關係。

外面口袋似乎有手機，明美伸手進去掏出來一看，是支黑色手機。

明美拿著手機起身，打算收進自己的包包裡，此時身後突然傳來聲音。

「明美？」

回頭一看，菅原露出那熟悉的奸笑。

「不能偷玩人家的手機喔。」

菅原看起來很開心，是因為上完廁神清氣爽了，還是慶幸自己阻止手機被偷？

菅原伸出手，明美只好乖乖把手機交給菅原，菅原接過手機並拿起椅子上的手持包，收進包包裡。

「我知道你在想什麼。」菅原說：「想太多了啦。」

明美默默坐回座位，這是今天第二次犯錯，第一次是沒能殺死菅原，第二次是偷手機失手，這下兩件事都沒機會了。還有什麼方法可以擺脫這段關係呢？

菅原拿著手持包再次走向大廳。

窗邊的老先生說了：「這下可糟了，大風雪裡有人走過來囉。」

明美望向老夫妻，老先生看著窗外，似乎有人從外面的國道二三六往這裡走來，老太太也訝異地盯著外面橋。

菅原回到餐廳的時候，傳來正門打開的聲音。

「不好意思！」是男子的喊聲。

「來了！」老闆應聲。

明美不經意地望向大廳，老闆領著一個年輕男子進餐廳，長髮上沾滿雪花，外套也是一片雪白，看起來二十好幾，身強體壯。穿著鬆垮長褲，人造皮鞋，揹著黑色的旅行袋。

老闆指著餐廳裡面對年輕男子說了。

「只有這裡的暖爐有暖氣，不介意的話就請坐吧。」

「可以啊。」男子氣喘吁吁地說：「我差點就死了。」

「這種天氣，遇難不意外啊。」

「能不能給我點熱的？像熱咖啡？」

「本民宿請客。請教大名是？」

「我不住房也要問姓名？」

「有名字才方便稱呼。等等再請您填張資料卡。」

「山田明。」

「山田先生是吧？請坐在暖爐附近。」

老闆走進廚房裡。

男子把餐廳裡看了一圈，坐在暖爐左邊的座位上。

明美和男子對上視線，男子眼神緊張，甚至有點凶狠，或許是因為剛才拚命穿越風雪的關係吧。

明美看看菅原，新上門的客人讓他有點緊張，或許也感受到了這年輕人來者不善。

她避開兩人的視線，盯著眼前的空茶杯。

接下來該如何是好？

*

西田康男發現前往帶廣的計畫是個錯誤。

沒想到國道上雪堆這麼多，他第一次見到像今天這麼嚴重的彼岸荒，搞不好跟傳聞中三橡樹遇難案當時一樣強。所以今天可能也有某個地方發生像那樣的遇難案？

路面上已經沒有胎痕，可能是被風吹散或被雪埋住，也可能是十五分鐘內沒有任何車輛經過。所以就連職業司機，都認為無法在這場風雪裡開車。

西田開著自己的老轎車心想，這好歹也是四輪傳動車，或許馬力不強，但十公分左右的積雪應該還過得去。問題是雄來橋那一帶屬於日高山脈落山風的風道，每年寒冬季節經常形成雪堆，可以高達四五十公分。如果今天也有這樣的雪堆，絕對不可能抵達帶廣。

現在還可以回頭，怎麼辦？

西田瞥了副駕駛座底下的旅行袋一眼，裡面塞了兩千萬的現鈔，他從辦公室保險箱裡拿出錢來，鎖上辦公室就先回家，收拾點細軟隨即離開。反正命也不長了，最後這段日子當然是盡情享樂，他不打算找新工作，也不必聯絡任何親友。他的行李沒幾樣東西，就只有幾天份的換洗衣服和盥洗用具，至於衣服鞋子手表什麼的，到時再買就好。是說剛才他不經意想帶上鬧鐘，想想真是可笑。

不行，西田搖搖頭，難得幹了這麼大一票怎麼能退縮？現在只能往前走，掉頭回到志茂別市區會讓自己灰心喪志，考慮放棄，搞不好還把這兩千萬放回保險箱，明天又回到辦公室繼續上班。他並不太相信自己的意志力。

前方是由左往右吹的風雪，三十公尺外似乎有一道模糊的白牆，這麼大的風雪很難掌握距離感，不知道那道白牆是什麼。另外一堆雪？還是密度比較高的風雪？

放慢速度往前走，原來是個雪堆，馬路左邊的防雪柵欄就到那裡為止，所以風雪直接堆道路上，左側車道已經有三十公分以上的積雪。對向的右側車道積雪比較少，但應該也有十公分。這是目前碰到最大的雪堆。

西田踩離合器打二檔開上對向車道，打算繞過這個雪堆。

他小心地走右側車道，開了五公尺突然碰到一條淺溝，是一道歪掉的胎痕，在雪堆中斷突然往右彎，然後就消失了。

車子在這裡突然輕巧起來，雪的阻力減少了。

幸好右側車道有一條長長的胎痕，只要沿著這胎痕往前走，應該可以穿過雄來橋。

輕鬆越過雪堆之後，西田突然發現一件事。

壓出這道胎痕的車子跑哪裡去了？如果是往帶廣方向過來，至少沒有越過那個雪堆。

西田停下車，難道有人衝出路面了？

回頭一看，已經看不見胎痕急轉彎的部分。

當作沒看到算了？這種天氣開車上路，不管發生什麼事都要自己負責。我也會接受往後發生的所有事，不把責任推到別人頭上，這個衝出路面的人也應該有這種心理準備。

西田想踩下油門，但辦不到。

嘆了口氣，拉起外套拉鍊並戴上手套，下車的時候心想，只要看看就好，什麼都別做。

一下車差點被風吹走，西田不禁抓緊路邊護欄，風勢這麼強，車子很容易就會被吹翻，或許那輛消失的車也是如此。

西田一步一腳印走在胎痕上，往前五六公尺就碰到胎痕往左急轉彎，而且前方的護欄被撞歪了。

西田靠近護欄，雙手搭在護欄上往外瞧，馬路外面是邊坡，大概三四公尺高，邊坡底下有輛翻覆的白色小轎車，正確來說是車頂朝斜下，車體貼在斜坡上，車頭朝馬路這邊，應該是衝出護欄的時候車頭轉了向。車體的左側邊朝上，副駕駛座的窗玻璃碎了，車頭也撞得稀巴爛，乍看之下沒有人在車上，是逃出來了嗎？不對，附近沒有任何人的腳印，應該還被困在裡面。

整輛車還不到全毀的程度，裡面的人或許沒事，如果這人能逃出來就幫個忙，如果逃不出來就匿名叫輛救護車吧。

西田跨過護欄慢慢爬下斜坡，愈遠離路面風勢愈小，強風直接掠過他的頭頂。

他蹲下來從副駕駛座的車窗觀察車內，駕駛還在，是個臉尖的中年男子，身上已經積了雪，雪花幾乎蓋滿了胸部以下。男子雖然閉著眼，但胸膛仍有起伏，所以還活著。

西田大喊：「你還好嗎？還活著嗎？」

駕駛睜開眼睛，緩緩轉頭過來，他一臉訝異，似乎不敢相信眼前的光景。

「還好嗎？出得來嗎？」

「沒辦法。」男子開口，聲音很小，看來要說話都有困難。「我腳，不行了。」

「你受傷了？」

「好像是骨折，而且還被卡住，動不了。」

「叫了救護車沒有？」

「沒辦法打手機。」

「我來，我馬上叫。」

「附近，有農家嗎？」

「怎麼了？」

「借輛曳引機什麼的，把車拉上去比較快。」

沒錯，天氣這麼惡劣，救護車少說要花一小時才能趕來這裡，甚至根本來不了，要有除雪車開路才能讓救護車過來。

再說這男人傷的這麼重，想必需要急救，還是得打個一一九。

西田想起雄來橋附近有間民宿，也是距離這裡最近的民家，或許會有除雪車。但是除雪車要誰來開？風雪這麼大，老闆會一口答應開來嗎？西田記得老闆的長相，三十多歲的男人，感覺有點油條，可能會拒絕幫忙，叫西田去找公家機關處理。

西田說：「先報警好了，警察或許能找到除雪車，或是找自衛隊幫忙之類的。」

「不行。」男子搖頭。

「為什麼？」

「我被吊照，不想惹到警察。」

這理由也太蠢了，西田說：「救命要緊吧？再說我打了一一九，警察一樣會來啊。」

對方不發一語，閉上眼睛，痛苦地緊閉嘴唇。

「總之我去附近看看，或許可以借到曳引機，順便打個一一九。」

「好吧。」男子無力地回答。

「你叫什麼名字？」

「鈴木志郎。」

「鈴木先生住哪兒？」

西田是希望留個聯絡方式好應急，但男子沒有回答，只是看著西田說：

「能不能幫我拿這個袋子？」

副駕駛座上有個黑色尼龍袋，西田伸手用力拉了起來，頗有份量，似乎放了一整套的旅行用品。

男子說：「這是我的吃飯傢伙，但是電池在零度以下會壞掉，資料也會不見，你能不能幫我帶走？」

所以裡面是什麼精密儀器？

「好啊。」

「幫我放在溫暖的地方吧。你叫什麼名字？」

「我姓西田。」

「當地人？」

「在附近的志茂別町上班。」

「西田先生，麻煩你啦，我撐不過多久了。」

「我知道，我馬上找人來幫忙。」

男子的表情突然緩和不少，西田還以為他要哭了。

男子說：「風雪這麼大，多謝你肯幫忙啊。」

「應該的。」

西田從車窗拉出袋子揹在肩上，爬上邊坡。

馬路上風雪強勁，西田攀著護欄回到自己的車上。

答應他實在有夠蠢，我才剛犯了罪要逃離現場，卻答應一個素昧平生的人要找人來幫忙。只要見死不救，直接離開就好啦。

西田回到車上，把男子的袋子放下，袋子裡的東西摩擦到他的腰際，感覺很像他今天剛弄到手的東西，好幾個重量不重，跟磚塊差不多大的方塊，或許還有些毛巾、衣服之類的。西田把袋子放在副駕駛座上，坐上駕駛座。

總之先去綠屋頂民宿，應該離這裡五百公尺左右，到那裡說有人出車禍，請老闆開除雪車來，剩下的就交給老闆處理，自己前往帶廣。問題丟給老闆，看他是要自己救人，還是等救護車，說難聽點甚至可以見死不救。

此時能見度更糟了，西田已經進入茂知川流域的風道。

看這天氣，雄來橋北邊應該也有不少雪堆，代表他很可能跟那個鈴木志郎發生一樣的車禍。

或許他不該前往帶廣。要在民宿過夜嗎？

不行，西田搖搖頭。

明天上午八點半，現金遭竊的事情就會曝光，如果在民宿過夜，警車一出動就完蛋了。無論如何都要前往帶廣。

眼前路邊有微微的光點，應該是民宿的招牌，往招牌右邊看去，風雪中有淡黃色的燈光，像是幾扇窗戶，但建築物的輪廓根本看不清楚。平常應該會看到仿石砌的灰色建築跟綠色屋頂才對。

西田減速往右轉，有條岔路通往民宿門口，民宿前面的停車場停了五六輛車，車上全都堆滿了雪。停車場右邊角落有輛推土機型的小除雪車，最靠近門口的車位停了一輛跑車，西田把自己的破車停在跑車旁邊。

8

駐在所的傳真機吐出一張紙，川久保篤拿來一瞧，是廣尾警察署交通課傳來的交通資訊。

開發局帶廣開發建設部通知，

十五點三十分，

中札內市區南面，國道二三六與東三條線路口封閉。

廣尾市區北面封閉。

風雪期間完全禁止通行。

國道二三六從廣尾市區外到幕別町忠類本町、浦幌町，禁止通行。

國道三十八從南富良野到浦幌町，禁止通行。

十五點三十分，帶廣土木現業所通知，

轄區內北海道道全面中止除雪作業。

川久保拿著傳真走到牆邊的地圖前面，總之現在所有路都走不通了。土木現業所通知中止除雪作業，代表現在天氣差到連除雪都有危險。

除了市區之外，今天郡部無論發生什麼事情，警消都無法幫忙，只能等惡劣天氣過去。或許自衛隊還有辦法出動，但北海道知事應該不至於宣布天災，要求自衛隊出動幫忙。

川久保放棄在地圖上標示無法通行的部分，因為全都不通了，標示也沒用，乾脆標示能通的部分還比較有意義。

桌上的警察電話響了。

川久保回到桌邊接起電話。

「志茂別駐在所。」

對方說：「我是帶廣警署的甲谷，負責掃黑。」

聽來是中年男子，口氣還算客氣，但隨時都可以轉為脅迫，組織犯罪對策班的人就該有這種口氣。

「我是川久保巡查部長。」川久保報上姓名階級。

「剛才廣尾警署的山野探員打電話給我，說你們今天找到一具遺體，目前正在驗屍。」

「對，在濕地裡找到的女性遺體，我也有參與收屍過程。」

「身分已經確認了是吧。」

「根據屍體身上的物品跟現場狀況，應該就是我們町上的主婦藥師泰子沒錯。我已經找先生問過話，太太去年十二月離開町上，說要去札幌工作就沒有聯絡了。」

「聽說屍體身上找到足立兼男的名片？」

「陪同驗屍的刑警是這樣說的，十勝市民共濟金融公司的名片。」

「其實足立兼男是暴力團的人，今天還成了強盜殺人案的被害人。」

「這我剛才聽了你們的村刑警說過一點，已經發布通緝了。應該是同一件案子吧？」

「沒錯，兩名歹徒闖進豪宅，槍殺了組長的老婆，帶廣署正在追緝。」

「這件案子跟藥師泰子的案子有關係嗎？我沒有特別查過先生藥師宏和的背景，但是他看起來像普通老百姓。」

「這先生怎麼描述太太失蹤的過程？」

川久保回想方才聽過的內容，簡單敍述概要。

甲谷聽完之後開口說道。

「先生提到五十嵐的名字？那他說的話應該不假。」

「五十嵐也是德丸組的人？」

「這人比足立還惡劣，組裡有這種人，老大肯定頭痛。」

「那為什麼女人沒到札幌，死在半路上呢？」

「要看驗屍結果，然後好好盤問足立跟五十嵐。」

甲谷說到這裡頓住，川久保問：「我幫上忙了嗎？」

「啊？喔。」甲谷這才回過神。「那當然，只是我們這件案子有點不對勁，我老搞不懂是哪裡不對勁，剛才總算是有頭緒了。」

「想到搶匪是誰了？」

「還不是很確定，但是應該有找出關聯。」

「天氣這麼差，搶匪或許還在帶廣附近吧。」

「很有可能，謝了。」

甲谷說完就掛電話。

川久保放下話筒望向窗外，窗玻璃已經沾滿雪花，完全看不見外面景色，只透出微弱的陽光。窗框在強風吹襲下微微顫動，駐在所後方斷續傳出猛烈風聲，就像涵管裡面吹起強風一樣。風雪正穿過建築物之間的縫隙，偶爾傳出物品毀壞的聲音，鐵皮掀起，堅硬金屬器物互相碰撞，就算現在駐在所前面出車禍，他也不敢馬上出門救援。

他看著窗戶想起甲谷的話。

甲谷聽了藥師泰子死亡的相關經過之後是這麼說的。

「剛才總算是有頭緒了。」

這是指今天帶廣的強盜殺人案的哪個部分？搶匪刻意搶劫暴力團老大家裡的原因？搶匪得知暴力團成員大多不在的原因？還是搶匪大膽與凶殘的緣由？

川久保心想，至少今天找到的女性遺體不要跟她先生有關係，所有責任都落在帶廣暴力團的頭上，他會睡得比較安穩。希望最後事情能這樣落幕。

＊

西田幾乎是連滾帶爬地跑向民宿正門。

他想拉開木門，但強大的風壓就像有人從裡面拉住，很難拉得動。才剛擠進門縫裡，門板就猛撞了他屁股一下，然後轟地一聲關上。目前風速應該是每秒二十五公尺以上，再強一點人就站不住了。

西田拍掉身上的雪花，對著裡面大喊。

「不好意思！有人在嗎？」

前方櫃檯裡面立刻有個男人探出頭來，應該是老闆，三十多歲穿著白色愛爾蘭毛衣，很有鄉村民宿老闆的感覺。根據西田聽說的消息，這老闆喜歡幾分時髦，刻意打造城市人會喜歡的鄉村風情，但應該是附近酪農戶的孩子吧。去了大城市之後回故鄉，拿爸媽的部分土地來蓋民宿。

西田盯著老闆說：「附近有車禍，車子衝出路面，裡面有人受傷，能不能請你去救他？」

老闆顯得為難。

「大概在哪兒？」

「離這裡五百……應該四百公尺吧？」

「風雪這麼大，根本沒辦法開車啊。」

「我懂，所以救護車也來不了。」

「人被卡在裡面？」

「好像無法動彈。」

「我這裡沒有救難工具，也沒辦法急救。」

「能不能把車拖上來就好？」

「這需要重機具。」

西田轉身往後看說：「停車場裡有除雪車吧？那應該拖得起來。」

「那輛小車還不到一百匹馬力，沒辦法從雪地裡把車拖起來。」老闆搖搖頭。「風雪這麼大，光是出門都有危險，最好還是打一一九，請用我們的電話吧。」

西田只好放棄，看來沒辦法請眼前這個人幫忙，再說像現在這麼大的風雪也不可能在戶外工作，連走路都有危險。

「借電話用用。」

老闆走到櫃檯後方搬出市內電話機。

西田拿起話筒，深呼吸之後撥打一一九。

對方接聽起來說：「喂，這裡是中札內消防署。」

是中年男子的聲音，這一帶所有一一九電話都會轉接到中札內村的廣域消防組合本部。

西田說：「志茂別發生車禍，車子衝出路面，駕駛受傷了。」

「請問您是？」

西田猶豫片刻之後才回答：「我只是路過。」

「請問貴姓？」

「西田。」

「從哪裡打電話報案？」

「附近一家叫綠屋頂的民宿。」

「請問電話號碼？」

對方應該知道報案人的號碼，問這個問題是怕亂打電話，所以西田把貼在電話機上的號碼念了出來。

「車禍大概多嚴重？」

「車子衝出路面，車體有點毀損，駕駛被困在車內，腳好像受了傷，而且車窗破了，風雪會吹到車裡。」

「車上只有一個人？」

「是。」

「意識清醒嗎？」

「清醒。」

「可以從路上看到車禍位置嗎？」

「沒辦法，被雪堆擋住看不見。」

「有什麼明顯路標嗎？」

「什麼都沒有，離民宿大概四、五百公尺，往帶廣方向的左手邊。」
「目前當地路況如何？」
「風強雪大，路上積雪，很慘。」
「其實呢……」電話那頭的消防人員話鋒一轉，口氣相當無奈：「現在救護車都在外面，而且道路封閉回不來，可能要花點時間。能請您在現場等候嗎？」
「要我等？我也有事啊。而且要是真的等在外面，就換我遇難了。」
「了解，謝謝您的通報。」
西田掛上電話，向老闆道謝。
「風雪太大，救護車不知道能不能趕來。」
「我想也是。」老闆說：「來了也會跟著遇難吧。」
西田再次鞠躬，走向正門。
老闆見了訝異地問：「您要去哪兒？」
「帶廣。」西田回答：「我很急。」

但是西田才走出正門一步就被強風吹倒在地，他勉強跪趴在地上爬回自己的車，不過五公尺就快要了老命。如果正對著強風連呼吸都有困難，甚至無法睜開眼睛。

他勉強爬進駕駛座，打開雨刷，連擋風玻璃上的雪花都撥不掉，因為雪花已經凝結成冰。雖然他一直用暖氣吹著玻璃，但融雪速度比不上積雪速度，而雨刷撥不掉雪花，就絕對無法上路。

真的能開到帶廣嗎？

西田想起副駕駛座上的黑色袋子，自稱鈴木志郎的男子把袋子交給他保管，就怕溫度太低，電池沒電會讓資料消失。但是從外面碰撞的觸感來看，應該是好多個硬梆梆的方塊。

要不要把袋子寄放在民宿裡？

西田將袋子拿來放在大腿上。

那感覺讓他聯想到某樣東西，自己的旅行袋裡也有那些東西。

仔細端詳之後發現袋子並沒有上鎖，西田用手拍了拍。

沒錯，裡面的東西跟他身上的東西很像。

西田猶豫之後拉開拉鍊，裡面有一團針織毛衣，他伸手往毛衣裡面摸出了一樣東西。

不出所料，是一捆日本銀行萬元大鈔，但是並非只有新鈔，還有用橡皮筋綁成一捆的舊鈔，總計十捆鈔票，應該有兩千幾百萬，甚至更多，比他剛才從辦公室保險箱裡拿出來的還多。

再往袋子裡摸，只剩下換洗衣物和盥洗用品，沒有任何筆電或電子儀器。這是哪來的錢？自稱鈴木的男子不想報警，說是駕照被吊銷，實在鬼扯。搞不好這是犯案所得？他是個罪犯？

西田努力想搞清楚狀況。

鈴木把袋子交給西田保管，說是怕資料消失，但這是謊話。他是不希望趕去救他的警察和消防員發現這筆錢，單純處理車禍就好。如果被發現他涉嫌犯罪，就會被抓起來清查身分，所以就算西田可能發現袋子裡有一大筆錢，也要把袋子交給西田保管。

鈴木也問了西田的身分，西田回答自已在志茂別上班，或許鈴木打算只要存活下來，日後就能回收這筆錢。

西田並不打算侵占這筆錢，只要鈴木能得救，他當然會還錢，只是不知道該怎麼還。

西田下了車，用工具刮掉擋風玻璃上的冰，車窗總算透出縫隙。

總之先往帶廣去吧。

西田倒車轉向，開出民宿停車場，只要能通過雄來橋就好，那應該是最大的難關，能過得了橋應該就到得了帶廣。

但他心裡清楚這只是天真的願望。

才剛上國道二三六，願望就粉碎了。離開民宿不到一百公尺就碰上雪堆，根本不可能衝過去，所以也無法繼續前進。

西田在雪堆前勉強掉頭，既然天氣這麼差，即便沒訂房，老闆應該也會讓他留宿吧。沒客房也沒關係，能睡走廊也行，只要能躲過這場風雪就好。

五分鐘之後，西田又回到綠屋頂民宿的正門，只揹著自己的旅行袋，鈴木的袋子則放在車上。

一進大廳就看到訝異的老闆。

西田說：「不好意思，路不通了，能不能住一晚？」

老闆說：「當然可以，但是暖氣壞了，能不能請您在餐廳打地鋪？」

「哪裡都好。」

老闆領著西田走進餐廳，暖爐附近的座位上已經坐了男女共五名客人，全都回頭盯著他瞧。

西田走向暖爐對客人們說：「抱歉突然來打擾，國道不通了。」

所有人都同情地看著西田，當然他沒有仔細端詳每個人的表情，只是一個印象，應該不會錯到哪裡去吧。

＊

甲谷雄二警部補在帶廣警署二樓的刑警室，用紙杯喝著咖啡。

咖啡是剛才從一樓自動販賣機買來的。

目前刑警室裡有三十多位刑警，還有同樓層生活安全課的探員。

帶廣警署在北海道警察組織裡算是B級單位，有兩課負責刑事案件，一課負責生活安全，由一名次長指揮這三課。帶廣是個地方小城，犯罪率不高，只要發生大案子，兩個刑事課和生活安全課就會全體動員辦案。

甲谷所屬的組織犯罪對策班，只是刑事一課裡面的一個小隊，而且他底下只有兩個人，畢竟警署規模不大，沒辦法獨立出一個部門。

前不久每個小隊都為了這件案子努力工作，現在已經做好被害人筆錄，完成現場蒐證，也向附近鄰居問過話，偵辦第一階段完成了。所以案件輪廓逐漸明顯，接著署裡所有人要分享資訊，分配每個人員往後的工作。

輪休的探員已經被緊急召回，有些探員被風雪所困，好不容易才趕來警署，準備參加緊急會議。

其中一個探員在會議室門前大喊。

「集合！要開會了！」

甲谷對隔壁座位的新村使了個眼色，拿起紙杯走向會議室。

次長吩咐刑事一課主任先說明案件概要。

「德丸組長宅邸強盜殺人案」這是主任取的名字，主任根據白板上的圖和現場幻燈片來說明案件經過，目前沒有新事證，跟甲谷在現場查到的一樣。

損失金額依然不明，警察已經打電話聯絡過宅邸主人德丸徹二，他說頂多只有一千萬。這說法可能是為了掩飾逃稅事實，不可輕易相信。

被害人德丸浩美正在帶廣市立醫院進行驗屍，但是市立醫院中午還收了另外一具不明屍體，浩美的驗屍結果應該要等到深夜。

德丸浩美的死因應該是被手槍槍殺，子彈一發擊中她的胸口，手槍為半自動手槍，現場發現一枚九釐米彈殼。

目前現場尚未發現搶匪的指紋。

說到這裡，主任放出監視攝影機拍到的強盜殺人犯，一個是戴眼鏡的中年男子，應該是主嫌。

另一個是長髮年輕男子，拿著手槍，應該是他槍殺德丸浩美。

次長詢問所有探員：「誰有看過這兩個人？」

現場毫無反應。

主任坐下，次長點名甲谷。

「甲谷，把德丸組的情報告訴大家。」

甲谷放下紙杯起立，走到白板前。

「被害人的先生是德丸徹二，德丸組組長，有兩項前科。之前待過帶廣黑道土建公司十誠組，但十誠組二十年前已經解散，他繼承十誠組部分資產成立德丸組，十五年前跟富田組的富田康治成了拜把兄弟，德丸組就此加入指定暴力團稻積聯合旗下。可以說是函館兼正會、札幌只野組的兄弟組織。德丸組的地盤主要是帶廣賽馬場，JR根室本線南面一帶，主要業務是拆除工程，產業廢棄物處理，賽馬黃牛，地下錢莊，而且經常向帶廣賽馬場拿取好處。德丸組和帶廣的賽馬界關係良好，每次輓曳賽馬傳出舞弊都會扯上德丸組，但從沒有成案過。」

這部分是帶廣警署探員的一般常識。

甲谷接著說：「德丸組約有十五人，不包括旗下公司的幹部。今天是稻積聯合第四代幫主交接典禮，德丸徹二昨天就帶著主要成員前往熱海慶祝，只留三個人看守事務所跟住家。搶匪應該是得知這件事情才決定動手。」

刑事一課主任詢問甲谷：「德丸他們何時回來？」

甲谷回答：「原定是後天，但是有可能提前回來。」

「有可能是內賊嗎？」

「目前我想不太可能，問題是搶匪怎麼知道宅邸沒人，而且保險箱裡有很多錢，這部分可能是有人洩漏情報，或者是德丸的熟人所為。如果我們能負責偵訊，會從這方面慢慢下手。」

「聽說有贓車情報？」

「是，德丸組報案之後不久，三十八號線上的購物中心就有一台轎車失竊，購物中心停車場也發現疑似犯案用的宅配小貨車，還有報案資訊說某輛轎車在停車場中撞擊其他車輛逃逸。」

「所以搶匪分乘兩輛車逃走？」

「可能有三人以上，兩個搶劫一個車手。」

甲谷又補充：「巧的是今天在志茂別町發現了一具不明的女性屍體，可能是迷上小鋼珠而找地下錢莊借錢的主婦，從主婦身上的遺物找到德丸組小弟足立兼男的名片，他就是今天被綁在現場的被害人。足立在地下錢莊負責討債，除了強盜案之外，這部分應該也可以好好追查。」

次長示意要甲谷回座，然後有些激動地對著眼前的探員們說：「今天風雪這麼大，交通全面中斷，從時間來看，歹徒應該還沒離開我們轄區。不幸中的大幸是，方面本部沒辦法派出統籌官，所以明天才會成立搜查本部。」

次長頓了一下，看看所有探員再繼續說：「本案不需要驚動本部，明天風雪停息之前，我們就能自行解決。希望各位以逮捕歹徒為目標，這場風雪看起來會妨礙偵辦，但也困住了歹徒的手腳。歹徒還在轄區裡，各位請全力緝捕。接下來由各課課長分配搜捕範圍，調度人力。」

次長指示清查轄區內所有旅館、賓館、飯店、二十四小時三溫暖、網咖等設施，雖然帶廣市郊區的所有幹道都封閉了，但要清查市區內的飯店應該還是辦得到。

一課長詢問次長：「要公開監視器影像嗎？」

「要，凶狠的歹徒殺了一個人，公開影像才能避免歹徒繼續犯案，有定格影像就好。」

「還有，探員們可以帶槍嗎？」

「要帶。」

「記者會呢？」

「等等在這裡開。」

次長語畢起身準備離開，所有探員也跟著起立。

甲谷對次長發言：「次長，我有個請求。」

次長停下腳步看著甲谷，甲谷說：「能不能讓我調查德丸組的足立？」

次長不解傾首：「他不是被害人嗎？」

「是，但是我覺得從他身上下手，可能會查出什麼東西。目前不知道能不能抓到搶案歹徒，但是我應該能問出些重點。」

次長說：「好，動手。」

「我跟新村兩個。」

「沒問題。」

次長再次點頭，就離開會議室。

＊

綠屋頂民宿裡的增田直哉剛掛斷電話。

東京的上班族打電話來取消訂房，說他人在釧路，但是風雪太大無法抵達。

直哉說沒關係，上班族問取消要收多少錢，直哉又說天氣這麼差不用收錢。反正鍋爐也壞了，就算對方來住房也不敢收房錢，就算對方不知道也不能趁機占便宜。

直哉迅速盤算起來。

目前餐廳裡有六個客人，三十多歲的男子菅原沒訂房就跑來，還帶了一名女子。函館的平田老夫妻有訂房。一名年輕長髮男子山田明車子拋錨，突然跑進來避難。還有個見過面的當地男子，西田。

幸好廚房的瓦斯桶還能用，咖哩包也還有剩，就讓客人吃咖哩飯吧。就算風雪吹上一整天，也不怕沒東西可吃，可惜不能照常做生意收錢就是了。

正門突然又吹進風雪，直哉抬頭一看，是一對年輕情侶彎著腰衝進來，男的二十多歲，女的看來才十幾歲，兩個人全身都是雪，應該在風雪裡走了好一段路。

男的走上前說：「我們沒訂房，但是貨車撞上雪堆拋錨了，能不能借住一晚？」接著他指著女孩說：「如果房間不夠，至少讓她有地方住好嗎？」

青年身邊的女孩眨眨眼，仰頭看著青年，似乎很訝異青年會這麼說。

直哉說：「不巧客房的暖氣壞了，大家只好在餐廳裡過夜。」

「那也行，我們差點就沒命了。」

「你的貨車在哪裡？」

「從這裡過去快到茂知川那邊，有輛轎車被埋在雪堆裡。」

「那輛車的車主可能在我這邊避難喔。」

「另外我還在路邊發現一輛翻覆的小汽車，靠志茂別那邊，車上的人到這裡來了嗎？」

直哉想起那就是西田說的車。

「往這裡回頭走四百公尺左右？」

「對，朝這裡的右手邊，翻在邊坡下面。」

「剛剛有人發現那輛車，也叫了救護車。」

「人救出來了嗎？」

「沒有，救護車還沒來。」直哉看到女孩冷得直跺腳，說了：「餐廳裡有燒柴暖爐，請去取暖吧。」

青年也對女孩說：「去取暖吧。」

女孩問青年：「誠哥呢？」

「我辦個住房。」

直哉說：「請寫姓名地址，今天晚上不收錢。」

「真的？」這個叫誠的年輕人顯得很訝異：「還可以吃飯？」

「粗茶淡飯是有。」

青年簡單填寫住房資料卡。

山口誠與友人。

山口的住址在札幌。

大廳與餐廳之間的門突然打開，西田走了出來，應該是聽了剛才山口說的話，顯得有些擔心。

西田問山口：「那輛翻在邊坡上的車子，是不是白色小汽車？副駕駛座的車窗還破了？」

正在填卡片的青年山口說：「對啊，已經被雪埋掉八成了。」

「埋掉了？」

「對，所以我才擔心。如果裡面還有人，應該沒救了。」

西田盯著直哉，眼神中似乎帶點責備，還是直哉多心了？剛才西田希望直哉可以開除雪車救人，但就算開出去了應該也無濟於事。

西田最後別過頭，難過地說：「那是救他的最後機會了。」

青年山口看了西田一眼，然後帶著女孩進餐廳。

＊

川久保篤巡查部長看著牆上的時鐘，拿起警察電話的話筒。

時鐘指著下午四點十分。

「是我。」地域課長伊藤說：「交通課來了聯絡，中札內消防本部收到車輛衝出路面的報案，報案人不是出車禍的駕駛，而是路過的男子。從綠屋頂民宿用市內電話打一一九，車禍現場在雄來橋南邊。」

川久保說：「那是管區裡面，而且是風道，很危險。」

「駕駛被困在車內，還有意識，消防本部通知無法派出救護車，道路封鎖，僅有的兩輛救護車也還沒回到本部。」

「風雪就是這麼大。你那邊呢？」

「差不多，國道已經設了封鎖線，消防本部一直問廣尾警署能不能出動除雪車，如果能先把車吊起來，應該就能急救傷患了。」

「派得出去嗎？」

「不行，我們問過廠商，所有廠商都說開發局已經宣布禁止通行，不能派車出去。」

川久保等著伊藤下一句話，他應該是想對志茂別駐在所下達某些指示。

伊藤說：「志茂別距離現場差不多三公里遠吧？你能不能想點辦法？」

「有四公里。」川久保說：「這裡的風雪可能比廣尾還嚴重。」

「能不能找到除雪車出動？」

「我會問問町裡有重型機具的廠商，現場正確位置是哪？」

川久保拿著話筒走近牆上的地圖前，上面有大頭針標出禁止通行的路段。

伊藤說：「國道二三六雄來橋往南七、八百公尺，綠屋頂民宿往南四、五百公尺。」

地圖上畫了紅線，聽剛才藥師宏和所說，那條路比國道或道道更有機會通車，因為南北向的國道二三六離綠屋頂民宿一百公尺左右，會連接町道北十二號，也就是說車禍現場位於丁字路口往南三、四百公尺。

伊藤繼續說：「翻車地點從志茂別駐在所看是右邊，車禍車輛是白色小轎車，車上只有一名駕駛，受了傷。」

「附近有路標嗎？」

「我沒問，如果路邊有護欄，應該是被撞凹了。」

「車禍幾時發生？」

「報案時間是三點四十三分。」

大概三十分鐘前，那麼車禍發生時間可能更早，如果駕駛受了傷，現在還活這嗎？是該擔心這個問題，在這樣的風雪中如果失血，體力會迅速流失，現在已經是生死關頭了。

伊藤說：「我想派人支援，但是沒人可派，麻煩你了。」

靠自己一個人能做什麼呢？川久保還是回答：「是，我打聽完除雪車之後就前往現場，如果無法救出駕駛會再請警署指示。」

車禍現場在駐在所轄區內，無論有沒有支援都只能先去再說，前提是到得了現場。

川久保掛斷電話走向風除室，想看看外面風雪有多大，目前已經很難進行戶外活動，但上面說要到現場，還是要想辦法辦到。

風壓讓門板變得沉重，川久保用了全身的力氣才把門往外推開，風雪立刻砸在川久保身上，甚至讓他手上的門把脫手，狠狠地砸回門框上。

現在已經看不見馬路對面，川久保低著頭走向小警車，但才走一步就站不穩，想要保持身體平衡卻更加歪斜，最後就被風吹得跌倒在地。

川久保心想不成，現在根本沒辦法值勤，連走路都有問題。如果想把車禍車輛吊起來，得出動好幾個壯漢，彼此還要用繩索綁住身體。

川久保趴在地上，伸手扶住牆壁才勉強站起身，臉皮被雪花打得陣陣刺痛。

他想開門回駐在所，但怎麼也拉不開，門板被強風吹得動也不動，川久保硬是扳開一條縫，用雪靴插進去才能撬開門。

用力擠進風除室之後，門板立刻把川久保給撞飛。

他喘了口氣拉開風除室內側的拉門，走回座位。

要先打電話給志茂別開發，兩小時之前也麻煩這家公司去拖吊衝出路面的車輛。

電話響了六聲都沒人接聽，代表辦公室已經沒人了。

接著打給志茂別畜產，這也是町裡指定的除雪廠商，擁有除雪車，藥師說今天晚上要在公司過夜，那或許有機會出動除雪車。

接電話的正是藥師。

「志茂別畜產。」

川久保說：「我是駐在所的川久保，剛才辛苦了。」

「啊，不會，小事情。怎麼了？」

「有車子衝出路面，救護車又不能出動，我想能不能請你那邊派除雪車，我的小警車會跟在後面。」

「警察先生喔！」藥師不禁慘叫：「現在能見度不到十公尺，連除雪車都會衝出馬路啊。」

「也是。」藥師說的一點沒錯。「我只是問問，謝謝。」

掛斷電話之後，川久保又打給轄區警署。

「沒辦法。」川久保告訴伊藤：「除雪車沒辦法出動，我要等風雪停了才有辦法去現場。」

「那也沒辦法，不能讓你跟著遇難。好吧，等候指示。」

「是。」

掛斷電話之後，川久保想起衝出路面的駕駛，他現在是什麼狀況？是不是受了傷，又痛又流血，在清醒狀態下慢慢讓寒氣奪走他的生命？

抱歉了。川久保望著窗外搖頭，他無法出動救人，人類在偉大大自然面前實在太過無力。

＊

坂口明美再次觀察餐廳裡的情況。

餐廳裡原本有兩排各四張桌子，現在分成五張桌子圍繞在燒柴暖爐旁。五桌共有八名客人，面對暖爐左手邊開始第一桌是函館的老夫妻，姓平田，先生稱呼太太久美子。

第二桌是明美自己和菅原信也，第三桌是穿著迷彩垮褲的長髮青年，剛才對增田說自己叫山田明。這青年看起來好像喜歡跳街舞，在北海道並不算多見，但大城市應該多得是這種人。

第四桌是一對年輕情侶，男的理短髮，像是藍領工人，女的看起來才高中剛畢業，聽說名字是美幸。兩個人稍微保持距離，或許交往時間還不算長。

最後一桌離得稍遠一些，一名清瘦的老先生客氣地喝著熱可可，聽說姓西田，應該是在志茂別町上班的人，

通往大廳的門打開來，老闆增田雙手抱著寢具回來，他已經跑了好幾趟，忙著把寢具搬來餐廳，今天晚上所有客人都得在這裡打地鋪了。搞不好增田

夫妻也要睡在這裡？既然鍋爐壞了，這裡就是唯一有暖氣的地方，明美倒是很開心，這下不用跟菅原獨處了。

暖爐左後方的雙開門被推開，老闆娘增田紀子戴著厚手套，捧著白色琺瑯咖啡壺，餐廳裡立刻傳出一陣咖啡香。

紀子說：「想喝咖啡的客人請說。」

眼角瞥見山田明有動作，似乎想來一杯。

但是眼前的菅原搶先一步。

「老闆娘，來一杯。」

山口明開了口又閉上，瞪了菅原一眼。

菅原並沒注意到山口明，還是悠哉地對老闆娘說話。

「拿鐵大杯喔。哈哈。」

老闆娘不解傾首：「啊？我們只有普通咖啡而已。」

「開玩笑啦。」菅原對老闆娘微笑：「假裝星巴克。」

明美想起來了，當初在交友網站認識菅原，第一次到帶廣的購物中心約會，菅原也是對她這麼笑。這個職業笑容是為了降低女人的戒心，掩飾菅原殘暴的個性，實際上眼神中總有某道光芒，評估獵物的光芒。也就是說菅原下個目標，就是民宿老闆娘？

明美轉頭看看增田老闆，他正忙著把搬來的寢具堆在角落。

老闆娘問：「還有人要咖啡嗎？」

平田先生舉起手：「可以給我一杯嗎？」

「好的。」

增田紀子給菅原續杯的時候，山口詢問增田老闆：「這一帶的馬路明天幾點會開通？」

增田回頭說：「要看風雪什麼時候停。」

「這狀況很常見？」

「我從小到大沒見過這麼嚴重的彼岸荒。」

「我的貨車拋錨在雪堆裡，會不會妨礙除雪？」

「這是天災，開發局會懂啦。」

山田明問：「我們要被關到國道二三六有人除雪為止？鍋爐廠商能不能抄什麼近路來修鍋爐啊？」

「如果風雪小一點或許是有近路，我去拿地圖來。」

增田離開餐廳片刻之後回來，手裡拿著一大張紙，那是町地圖。增田把地圖攤開在窗邊座位上。

山口走向地圖，其他男客人也跟上來，菅原也不例外，明美心想菅原會不會留下手持包，可惜菅原把包包帶走了。

明美只好跟著菅原走到地圖桌邊。

增田指著地圖說：「這是國道二三六，雪堆最嚴重的地段就在雄來橋附近，而我們民宿在這裡。以今天的風雪來看，不要說這附近，可能整個十勝地方都一樣慘。」

山田明問：「你說有近路？」

增田指著地圖說：「我們民宿南邊有一條町道。因為風向的關係，這一帶南北向的馬路容易形成雪堆，東西向的就不會。然後離開二三六往東走一公里左右，也不容易有雪堆，積雪也不多。無論雪有多大，通常都是町道比較早開通。只要風雪變小，不需要等國道二三六除雪，就可以走町道去忠類本町或是豐頃。」

增田用手指從志茂別町市區東邊往南邊劃，接著再往東。

山田明表情嚴肅。

「到了那個豐頃之後會通往哪裡？」

「三十八號線，上了三十八號線就可以到釧路，就算風雪這麼大，豐頃跟釧路應該不太會積雪，馬路也會比較早開通。」

「那這條町道什麼時候開通？」

「如果是一般風雪，應該早上七點就會有除雪車經過，但是今天風雪大，如果明天早上風雪平息，應該是九點會開通。」

「這裡離町道多遠？」

「不到一百公尺。」

「一百公尺？所以還是要等到二三六除雪才能走這條路？」

「一百公尺不長，勉強可以用我們家的除雪車搞定，如果你明天急著要去釧路或廣尾，我會幫你開路。」

「可是我的車在雪堆裡。」

「那還是得等開發局的除雪車來。」

山田明煩惱搔頭。

山口說：「那我也得等到開發局除雪了。貨車被埋在雪裡，而且我要去帶廣。」

菅原轉向明美說：「我們慢慢來，反正沒有特別急。」

山田明又瞪了菅原的背影。

菅原指著餐廳角落問增田：「能不能看電視？那應該不是電腦螢幕吧？」

角落的小櫃子上有個液晶螢幕。

增田說：「那是電視。」

菅原走向電視，用遙控器打開電源。

剛才看地圖的客人們轉向聚集到電視前面，明美有點在意山田明，他一個人回到自己的桌子坐下，神色有些緊張。

菅原站在電視前面不斷轉台，最後轉到女子站在衛星雲圖前面報氣象。氣象中心人員正好向觀眾敬禮，講解結束。

接著轉回當地電視台的攝影棚，出現一名打扮比較隨興的女主播。

女主播說：「這裡是十勝電視台，我們看到這個低氣壓終於轉為超級炸彈低氣壓，目前道東完全壟罩在它的暴風和暴雪圈之內。飛機航班和JR車班等公共運輸全面停駛，大多數道路也都禁止通行。」

畫面切換為風雪中的市區，應該是帶廣市，汽車開著大燈和霧燈緩緩走在大馬路上，能見度應該一百公尺左右，但是天色還很亮，應該不是現在的景象。

女主播說：「炸彈低氣壓緩慢從北海道南邊往東邊移動，下午三點，低氣壓中心位於襟裳岬東南方，明天中午應該會抵達根室南方。目前觀測到最大瞬間風速為每秒三十二公尺，在低氣壓離開之前，上路請務必小心。」

畫面上出現北海道地圖，標示出主要幹線與山口的封閉資訊，可以發現十勝地方、根釧地方、網走北見地方全都籠罩在猛烈風雪之中。

明美心想，說上路務必要注意，但現在天氣惡劣到根本無路可走，連出門活動都有危險。明天應該會發現不少人罹難身亡吧？她才在北海道定居第二年，每次碰到暴風雪，當地一定會有幾則罹難新聞，今天死的可能不只一兩個。

鏡頭一轉回到攝影棚，有個明美很眼熟的男主播。

主播正好從旁邊接過一份稿，他瞥了一眼之後抬頭播報。

「最新消息，今天下午一點左右，帶廣市內某戶民宅遭到兩名歹徒闖入，將家中人員捆綁之後搶走保險箱內財物逃走。兩名歹徒逃走之前開了一槍，三十八歲的德丸浩美中彈身亡。

目前警方已經啟動緊急警戒，全力緝捕歹徒。」

鏡頭一轉，出現一個模糊的低彩度畫面，似乎是監視攝影機的影像，影像下方打上了字幕。

「疑似闖入被害民眾家中的歹徒」

一個人是戴眼鏡與工作帽的中年男子，雖然正對鏡頭，但有張沒特色的大眾臉。眼鏡可能也是變裝用的無度數眼鏡，看來並不想暴露長相。

接著畫面上又出現一個人，應該是另外一部攝影機的畫面，這次就清楚多了。一名年輕男子斜對著鏡頭，留長髮，臉上沒有幾兩肉，長相就像一般時下年輕人。

明美心頭一驚，這張臉？

不是只有明美吃驚，餐廳裡的人全都僵住，彷彿空氣突然凍結一般。

這張臉，這頭長髮，不就是民宿裡的客人，而且正在這餐廳裡？

真的是他？

但是明美沒有勇氣回頭，如果他的長相跟電視上一樣怎麼辦？

所有客人似乎也都這麼想，渾身僵硬不敢妄動，連頭都不敢回。

監視攝影機的影像消失，新聞主播再次面對鏡頭。

「重複一次，今天下午一點左右，兩名持槍歹徒在帶廣市內犯下強盜殺人案，警察正在緝捕歹徒，目前仍未逮住。警方公開監視錄影器畫面，呼籲民眾小心注意。」

監視攝影機影像再次出現，跟剛才的畫面一樣，戴著帽子和眼鏡的中年男子，以及長髮年輕男子。明美屏氣凝神盯著畫面，不會錯，這人就在現場，就在被風雪封鎖的民宿裡，就在這餐廳裡，應該就在明美身後一、兩公尺遠，身上還帶著手槍。

畫面轉回攝影棚，主播一臉不悅。

「又是暴風雪，又要擔心強盜，好悽慘的三月啊。接下來回到札幌。」

就在此時，身邊突然響起劇烈聲響，以及金屬撞擊聲。

明美不禁尖叫，或許在場所有人也都脫口尖叫，除了一個人之外。電視機前的客人們忍不住回頭。

明美也跟著回頭。

那個自稱山田明的年輕人正拿著手槍抵住增田紀子的頭，並從後方扭住紀子的手臂。咖啡壺掉在紀子腳邊，木製餐椅翻倒在地。

年輕人大聲怒吼：「別吵！全都到角落去！」

所有人毫不猶豫，快步擠到電視機前面，平田夫妻最裡面，旁邊是山口和美幸，美幸緊抓著山口的手臂。前方是西田、菅原和增田，明美夾在菅原與增田之間，驚恐地轉身。

山田明用紀子當人肉盾牌：「你們猜得沒錯，別動，只要乖乖的，我不會對你們怎樣。所有人都在這裡了？還有沒有別人？」

增田老闆舉起雙手說：「都在這裡了。平時我女兒會在，不過今天去爺爺家。」

「所以不在？」

「不在，所有人都在這裡了。」

「所有人把手機放在那張桌子上。」

增田紀子臉色鐵青又扭曲，怕得抖個不停。

「那個女的。」山田明盯著明美說。

是說我嗎？明美左右瞧瞧之後小心開口：「我嗎？」聲音像蚊子叫一樣

小聲。

山田明說：「那張桌上有個籃子對吧。」

明美跟著山田明看過去，附近一張桌上有個放筷子和紙巾的籐籃。

山田明說：「把所有手機放進去，如果動歪腦筋我就開槍，不是隨便講講喔。」

明美知道山田明不是唬人的，她從來沒這麼近距離看過這麼激動的人，簡直就像煉鋼熔爐一樣火燙，如果太靠近會被燒得皮開肉綻，彷彿滾燙鐵銑四射，要把明美燒成蜂窩。這個人千萬惹不得，只能乖乖聽話。

明美對山田明說：「我的手機在包包裡。」

她作勢望向放包包的椅子，山田明示意要她拿來，她不敢直視山田明，膽怯地走向自己剛才的座位拿起包包，掏出手機高舉給山田明看見，然後回到一旁的桌邊把手機放進籃子裡。

山田明說：「老闆，換你。」

增田老闆欲言又止，或許想說他沒帶，但隨即發現手機繩就掛在脖子上。

增田只好拉起手機繩，繼明美之後把手機放在籃子裡。

接著是菅原，菅原伸手到褲袋裡掏出一支銀色手機。

明美訝異眨眼，他的手機不是放在手持包裡嗎？那支時髦的最新款黑色手機？原來他還有其他手機？

菅原把銀色手機放在手上給山田明看看，放進籃子裡之後回到角落。

接著瘦弱的西田怯懦地走出來，他還穿著防寒外套，伸手從口袋裡掏出一支藍色手機，不知為何注視了那支手機幾秒鐘。

「快點。」山田明怒斥，西田像是拿籌碼下注一樣把手機放進籃子裡。

接著山口走上前，把手機放進籃子裡。

山田明對美幸怒吼：「你呢？」

女孩為難地看著山口。

「聽話，乖。」山口小聲說。

女孩只好從揹著的袋子裡掏出一支粉紅色手機，山口接過手機放進籃子。

平田先生像是捧著熱湯一樣小心翼翼地把手機拿去放進籃子，正要回來的時候山田明說了。

「你老婆的手機呢？」

先生回頭說：「她沒有手機，只有我有。」

「真的？」

久美子太太死命地解釋：「我真的沒有手機，就只有我老公一支手機！」

山田明詢問槍口下的增田紀子：「那你的呢？」

老闆娘哭喪著說：「在廚房，廚房的餐具櫃。」

山田明對增田老闆說：「我數到三去把手機拿來，來不及就開槍打你老婆。」

增田說：「等一下！未免太……」

「一……」

增田連忙衝向通往廚房的雙向門。

「二……」山田明說。

增田撞開雙向門回到餐廳，手裡拿著金屬紅的手機，他的速度快到差點撞翻桌子，急忙將手機放進籃子，臉色嚇得僵硬緊繃。

山田明看看所有人之後問：「所有人都拿出手機了？沒有了？」

大家默不作聲，沒有人知道別人是否還藏著手機，唯有明美知道現場還有人藏著一支手機。

山田明說：「老闆，把那些手機丟進火爐裡。」

增田瞪大眼睛，但無法反抗，只好拿起籃子走近火爐，打開玻璃罩之後把手機連籃子扔進火爐，發出喀拉喀拉的聲響。

增田回到客人之中，山田明又說：「放心，我不會亂來。」

看來他也冷靜了一點，口氣不像剛才那麼火爆。

「風雪一停我就走，只要你們不搞鬼，我就不亂來。要是你們搞鬼的話……」

山田明用槍口抵住老闆娘的太陽穴轉啊轉，老闆娘輕聲尖叫。

「就有人要白白送死。我不是開玩笑，懂嗎？」

客人們面面相覷，增田、西田與平田最後都看著山田明點頭。

「懂不懂！」山田明怒吼一聲。

菅原連忙點頭：「懂懂懂！」

山口也點頭兩次。

山田明問增田紀子：「電話在哪？」

老闆娘回答：「在櫃檯，二樓也有。」

「兩條線路？」

「沒有，二樓是分機。」

「過來。」

山田明扭著老闆娘的手臂前往大廳。

剩下的客人面面相覷，臉色蒼白。

平田先生小聲說：「他應該是要弄斷電話線，而且又沒有手機，這下不能對外聯絡了。」

增田瞥了窗外一眼說：「反正風雪停了警察才會出動，在這之前那傢伙也逃不了。」

窗玻璃外面已經堆滿了雪，根本什麼都看不見，只能看見透出一點光，天色應該已經暗下來了。而不停顫動的窗玻璃，顯示出外面風雪有多強。

菅原說：「所以風雪一停，那傢伙就會被逮囉？」

山口說：「他剛才也聽過除雪情報，知道怎麼在警察趕到之前逃走。」

菅原說：「那就得叫警察在他逃走之前趕到了。」

此時山田明用手槍抵著增田紀子走回來，男人們全都噤聲。

山田明隨口說了。

「大廳變冷了，溫度計才三度，是不是壞掉？」

沒有壞，目前室外應該是零下二、三度，入夜應該會降到零下七、八度。既然民宿暖氣壞了，除了有暖爐的餐廳之外，所有空間的夜間溫度應該會慢慢接近室外，所以今天晚上想過夜就只能待在餐廳。

山田明說：「再來把你們的車鑰匙都交出來，全部！」

客人們看著山田明，想知道他是不是認真的。

山口說：「我的貨車被埋在前面，鑰匙在車上。」

山田明瞪大眼睛：「留在車上？馬的你唬我？」

「真的，我走了之後搞不好會有除雪車過來，鑰匙留在車上人家才能移車繼續除雪，所以我沒拔。」

山田明聽了也覺得有理。

「其他人呢？」

平田從褲袋裡掏出真皮鑰匙圈，上面有好幾支鑰匙，然後將鑰匙圈放在山田明旁邊的桌上。

「這裡除了車鑰匙還有其他鑰匙，如果沒了我就回不去，能不能別丟進暖爐裡？」

山田明說：「我暫時保管而已。」

菅原也拿了自己的鑰匙圈上前，那鑰匙圈和手持包都是法國名牌製品。

接著是西田，他的鑰匙圈上只有車鑰匙。

山田明問增田：「你的呢？」

增田回答：「在櫃檯，我去拿。」

「只有一輛？」

「還有我老婆的。」

「還有除雪車吧？」

「對。」

「全都拿來，備用的也要。」

明美從包包裡拿出自用車的鑰匙放在桌上，接著增田回來，拿了五、六個鑰匙圈放在桌上。

「那輛四輪傳動車是誰的？」山田明問眾人。

增田回答：「Range Rover 是我的。」

「你的？開民宿這麼好賺？」

增田搖頭：「不好賺。」

「有沒有能從外面上鎖的房間？有的話就把你們鎖在那裡。」

增田搖頭：「沒有，全都可以從裡面打開。」

「沒有地下室？」

「沒有。」
「二樓呢？」
「是我們的住家，但是今天暖氣壞了。」
電視音量突然變大，原來是進了一段熱鬧的廣告，山田明板起臉。
「電視關掉。」
西田聽話拿起遙控關掉電視，山田明又說：「總有備用的暖爐吧？拿去二樓就好。」
「有一台煤油小暖爐，但是二樓有三個房間，光靠一台暖爐暖不起來。」
「緊急情況，你們全都擠在一個房間就好，客人們應該沒意見吧？」
「會很冷。」
「有牆有屋頂，冷不死人的。」
「九個人要擠一個房間？」
「太多？要不要幫你們減幾個？」
增田也不再爭論了。

「我去準備暖爐，大概要花十五分鐘才會暖起來。」

「告訴你，電話線已經切斷了，就算二樓有分機也不能打，網路也連不上喔。」

增田點頭之後離開餐廳。

山田明說：「肚子餓了，有沒有得吃？」

增田紀子轉頭說：「我可以做點東西，請放開我。」

山田明看著明美說：「你叫什麼？」

明美驚訝地回答：「我姓坂口。」

「老闆娘要煮飯，坂口你過來，如果其他人亂來，我就開槍。」

明美看看其他客人，尤其是菅原，她該如何是好？菅原會救她嗎？

結果菅原轉頭裝傻。

明美回頭對山田明說：「請不要動粗，我會聽話。」

「只要其他人不亂來，我就不會怎樣，過來這邊。」

山口明指著剛才年輕情侶坐的那一桌。

明美下定決心走到桌邊坐下，面對其他客人。

「對，這樣就好。」

山田明放開增田紀子，增田紀子走到電視機前的眾人身邊，立刻掩面跪倒在地，應該是嚇到忍不住哭了。平田久美子蹲在她身邊抱住她。

山田明說：「別哭，煮飯來，我肚子一餓就會抓狂，懂嗎？」

平田沉穩地說：「請等等大家冷靜下來好嗎？」

「哭什麼哭？當我妖魔鬼怪喔？」

山田明說了，似乎也發現自己的玩笑話並不好笑。

「是說也沒多紳士啦。」

「再等一下就好。」

「好吧，男的到電視機旁邊坐下，擠一、兩張桌子就好。」

山田明揮舞手槍，剩下的男人們緩緩移動。

客人們剛才坐的位置上還留著外套和包包，男客們一邊看著山田明，一邊移動自己的行李。

明美看著其他客人，對身邊的山田明小聲嘀咕。

「LV手持包裡面有手機。」

此時西田也看著明美，或許西田聽到了這句話，但他什麼也沒說，只是拿起自己的破舊旅行袋。

菅原走到自己剛才的位置拿起手持包。

山田明突然走向菅原抓住他的左手，菅原嚇得差點跳起來，手腳胡亂抽動，像是被通了電一樣。

山田明用槍指著菅原：「放開。」

菅原臉色鐵青，放開了手持包。

「我是不是問過有沒有手機？」

山田明說了打開手持包，把裡面的東西都倒在桌上，有一支黑色手機跟一條毛巾。

山田明拿起手機給菅原看，菅原悶不吭聲。

接著山田明握住毛巾，發覺不對勁而改抓毛巾邊角，結果毛巾鬆開來，一把大魚刀就掉在桌上。

山田明瞪大雙眼。

「好樣的！」山田明說：「你偷藏手機跟刀子？」

菅原連忙辯解：「誤會啦！你搞錯了！真的不是我！」

「過來。」山田明揮舞手槍，指向餐廳出口。

「等一下，真的是誤會！不是這樣！」

「過來我再聽你解釋。」

山田明的口氣比之前更硬更冷。

菅原被山田明威脅，只好哭喪著臉走向門口，途中還轉頭試圖解釋，但是槍口就頂在背後。

增田此時正好回來。

「暖爐點著了，可是房間還很冷。」

說著，他發現山田明跟菅原不太對勁。

「怎麼了？」

山田明說：「我們要談談。」

「這位客人怎麼了？」

「不誠實。」

山田明把菅原推出餐廳，氣氛更加緊張，相較之下剛才從電視上看到強盜殺人犯的報導，如今感覺不過是和煦的春日風光。

明美偷偷問西田有沒有聽到她剛才說話？知不知道是她告密？

西田沒有看明美，只是半開著嘴，拚命忍住恐懼。

外面傳來風聲，應該是正門打開了。

接著是一聲爆響。

明美嚇得停止呼吸，山田明對菅原開槍？殺人了？下手這麼狠，這麼快？他們離開才不過十秒鐘，山田明根本不聽菅原解釋，毫不猶豫就開槍了？

平田久美子驚呼一聲，撲倒在丈夫懷裡。

9

川久保篤巡查部長還是很擔心剛才那起車禍，就算他今天無法去救人，至少也還有其他方法吧？白天有接到另外一起車禍報案，剛好附近農家願意出動曳引機拯救駕駛，駕駛被救出來之後應該會在農家過夜。

他想起轄區打來的電話，中札內消防本部接獲報案，報案地點是綠屋頂民宿。報案民眾說是路過，代表是民宿客人發現車禍才打市內電話報案？

翻開駐在所的陳年電話簿，找出綠屋頂的電話號碼，按下按鍵。

沒有鈴聲，只有連續的嘟聲。

不是電話中，也不是空號，而是線路斷了才會有這種聲音。發生什麼事了？

風雪吹斷了電話線？是哪邊斷了？民宿那邊，還是志茂別駐在所這邊？

川久保掛斷之後撥打一一七，立刻傳出該有的人聲與電子音效。

「現在時間，下午四點四十分二十秒。」

這裡的電話沒斷，代表是民宿那邊的電話線斷了。那裡是町道北十二號線，雄來橋附近，一旦電話線斷線，明天中午之後才能修好，電信公司不可能在這麼大的風雪裡修電話線。

川久保坐在座位上嘆氣。

電話斷線沒關係，現代人還有手機可以打，問題是電力。如果停電，大部分煤油暖爐都無法使用，電熱器也不能運轉，無法換氣，這比停話嚴重得多。就算運氣好沒凍死，也會凍到眼淚都結冰，只能祈禱別停電了。

＊

通往大廳的門打開，山田明回來了。

明美屏氣凝神地盯著山田明，右手拿著手槍，雙眼閃著異常光芒，滿是凶殘與狂熱。

山田明走回自己的座位，看看所有人之後說：「應該沒有手機了吧？」

增田問：「剛才那位客人怎麼了？」

「你想知道？」

「是。」

「躺在門外面，不會再回來了。」

平田久美子聽了摀嘴驚呼。

明美心想，那我呢？該哭嗎？想哭嗎？會慌嗎？

她害一個男人中彈身亡，這並不是她的本意，只是想趁機從菅原手上搶回手機。碰到這出乎意料的結果，明美捫心自問，我可以忍受嗎？實際上一點都沒有想哭的感覺。

山田明不耐煩地說：「懂了吧？我說到做到，絕對不准有人說話不算話，但是只要你們乖乖的，我就不會動你們。明天風雪一停我就閃人，大家最好不要再起衝突囉。」

所有人都毫無反應，增田紀子還蜷縮在地上，平田久美子伏在丈夫懷裡，或許是在抽噎。年輕的美幸緊貼在山口身邊，緊抓著山口外套的下襬，隨時都可能哭出來。

大家不出聲也不敢動，想到剛才外面發生的事情就心驚膽顫，嚇得不知所措。每個人都不敢出聲，就怕接下來又有人會中彈，又有人會送命。

山田明自己也是呼吸急促，胸膛上下鼓動。

燒柴暖爐裡發出柴火崩塌的聲響，是該補充柴火的時候，增田走到火爐邊打開爐門，明美看見了火爐裡的景象。剛才扔進去的手機早已不見蹤影，想必是燒熔成一堆廢物掉進爐膛中了。增田往火爐裡添了三塊橡木柴，用火鉗調整位置。

西田突然起身。

「你想怎樣？」山田明問。

西田回答：「剛才那個人不是倒在地上？給他蓋條毯子不過分吧？」

說完不等回應就走過餐廳，餐廳角落堆著剛才增田搬來的寢具。

西田走著詢問增田：「老闆，能不能借用一條？可能會弄髒就是了。」

增田愣了一下才回答：「啊，好，我跟你去。」

兩人拿了一條毯子離開餐廳。

山田明問增田紀子：「飯呢？你要哭整晚喔？」

平田久美子離開先生，拿手帕擦擦臉，上前一步。

「我幫她做，可以嗎？」

「你做？」

「或許沒有專家那麼好吃就是了。」

美幸看了山口一眼之後開口：「我也來幫忙。」

山口瞪大眼睛，美幸對他說：「我有在媽媽店裡幫忙，多少會一點。」

明美也問山田明：「我能不能也去幫忙？」

山田明搖頭：「你是人質，要留在這裡，其他人敢亂來就開槍打你。」

「要一直待在這裡？」

「對，你不爽？」

此時西田與增田回來餐廳，臉色明顯不舒服，像是看了什麼無比醜惡的東西。

增田紀子抬頭看著丈夫，增田搖搖頭。

應該是說人已經死了，想不到其他解釋，大家也都猜到了。這下就他們所知，山田明今天已經殺了兩個人，一個是電視上說的強盜殺人，一個是剛才的菅原。或許山田明不是妖魔鬼怪，但以明美的標準來說已經不是人了。

明美有點同情被殺的菅原，菅原今天下午原本該被她殺死，但是明美太笨，差點自己丟掉性命。菅原慶幸明美完全失去理性，讓自己撿回一條命，但應該趁機重新檢討自己與明美的關係才對。結果菅原並沒有檢討，甚至想都沒想過，結果還是丟了一條命。可憐，現在覺得菅原真是可憐，或許不值得同情，但明美就是覺得他很可憐。

山田明覺得餐廳氣氛沉重，不耐煩地說了。

「快點，女的煮飯，男的關去二樓房間。」

增田問：「男的都到二樓？男女要分開？」

「女的有用處，男的礙眼。為了大家好，你們可別下來啊。」

增田憂心地看著太太紀子。

平田膽怯地開口：「能不能讓我們夫妻在一起？晚餐做好之後，我跟太太都去二樓，不要留在這裡。」
「喂喂。」山田明說：「講什麼好聽話？你知道現在什麼狀況嗎？」
「所以我才更擔心……」
「隨便啦。」山田明似乎懶得控制場面，嘆了口氣說：「老人家怕冷對吧？你們留在火爐這邊就好。」
「謝謝。」
「謝個屁啊。」
明美又問山田明：「我一定要待在這裡嗎？我還是想幫忙做飯，保證不會跑掉，就只是做飯而已。」
此時山口說：「能不能讓她走？人質我來當，就坐你旁邊，綁住我手腳也沒關係，如果出事就開槍打我吧。」
山口身邊的美幸目瞪口呆，山口微笑對美幸說：「別擔心，乖乖聽他的就好。」
山田明揚起嘴角：「哎喲，逞英雄啊？我都是來真的喔。」

「我知道。」山口說：「別對女人動粗，讓她們自由活動吧。」

「你懂你的立場嗎？還敢要求我？」

「只是拜託你。」

「聽起來不像拜託喔。」

「我已經拜託了，還是你想這樣耗到早上？」

「馬的，你知道開槍殺人是什麼感覺嗎？我現在超不爽喔。」

「如果一定要殺人，就殺我吧。」

山田明舉槍對準山口的頭，在場所有人都屏氣凝神。

看來山田明確實無法控制自己的情緒，聲音有點顫抖。

「我才不聽你拜託！誰管你想怎樣！我只答應一件事，只要有任何人逃出去還是聯絡外面，我馬上打你！保證打你！」

山口面不改色地點頭。

山田明又說：「不要猜我手槍還有幾顆子彈，九釐米彈匣有十五發，可以跟漫畫裡的警察一樣掃射。要是有什麼狀況，你就想像有一支三分螺絲會插進你腦袋瓜裡！」

接著他問增田：「有沒有牢靠的繩子？拿來。」

增田問：「幹什麼用？」

山田明作勢看了山口一眼。

「他自願當人質，用繩子把他的手腳綁在椅子上。」

增田聽了又離開餐廳。

美幸緊靠在山口身上，山口環抱美幸，拍拍她的肩膀。

明美從旁看著山口，心想在場所有男人之中，山田明最該擔心的就是山口。感覺山口手即使上沒槍，還是可以趁機出手打倒山田明，山口看來渾身是膽，而且有不少打鬥經驗。山田明目前最想控制住山口，而山口自願被綁起來當人質，這個建議還不賴。山口既然自己提議，山田明也沒必要抱怨。

但是這下又出現新的問題，如果山口被綁住，山田明趁機攻擊女人們該怎麼辦？這下根本沒人可以幫忙，只能乖乖認山田明擺布。話說回來，原本狀況是所有男人都要被關在二樓，一樣可能會發生這個問題就是了。

明美暗自下定決心，如果山田明對增田紀子或美幸不軌，還是動手毆打平田久美子，自己就要挺身承受。她不確定山田明會不會對自己有衝動，但至少可以讓山田明分心片刻。只要消除山田明的火氣，讓他冷靜下來，明美也沒什麼好抱怨。說起來也是因為明美自己思慮不周，才會被困在這間民宿裡，她根本沒資格獨善其身。不過是承受一個罪犯的衝動，比起明美與菅原之間的孽緣根本不算什麼。自從與菅原發生關係的那一刻起，明美就覺得自己已經一文不值，就算再扛個罪犯的侵犯也不會更低賤了。

「請問……」身後傳來增田的聲音：「這繩子可以嗎？」

增田拿來一捆倉庫、漁船使用的白色尼龍繩，整捆直徑有三十公分左右。

山田明對增田說：「把他綁起來，雙手反綁在背後，腳踝也要綁，然後整個人綁在椅子上。」

山口半開玩笑說：「早知道就先上個廁所。」

「尿褲子吧你。」

「虧我還想對女生耍帥說。」

山田明看看美幸，美幸羞紅了臉。

原本明美還不太懂這對男女的關係，現在懂了。美幸看來非常信任山口，但不至於黏著他，兩人年紀有點落差，交談語氣也有些生疏。如果他們開著貨車一起來民宿過夜，發生關係是很合理的事情，但看起來兩人還不到情侶關係。現在明美懂了，兩人才剛開始交往，差不多要變成情侶，至少不會是今天才認識吧？

山田明抱怨：「小朋友扮家家酒喔？」

山口自己拉來一把椅子放在後面，增田站到山口身後捆綁他的雙手，山口毫不抵抗。

增田綁住山口的手腳之後，讓山口坐在椅子上，把整個人綁在椅背上。這下山口成了人質，坐在山田明左邊看著他。

山田明對西田說：「你跟老闆去二樓，進去就別出來。」

西田點頭，增田對山田明說：「能不能在這裡吃過晚餐再上去？大家應該都餓了。」

山田明皮笑肉不笑：「你們跟殺人犯一起吃飯，吞得下去嗎？」

「不吃也不行啊。」

明美心想，現在吃起來氣氛或許不是很和樂，但至少可以吃點東西，填飽肚子應該能消除一點恐懼。

明美起身說：「那我去廚房幫忙。」

增田紀子也起身，用手帕擦著臉說：「我也沒事了。」

平田久美子說：「我們四個人來做飯吧。」

明美轉念一想，那她的任務就是安撫山田明，讓大家平安度過今天晚上。

她轉向山田明，盡量擺出自然的微笑。

「要喝點什麼嗎？不一定要咖啡。」

山田明嗤之以鼻：「別想灌醉我，我今天不睡了。」

明美當作沒聽見：「啤酒？還是要葡萄酒？」

「啤酒。」山田明說：「飯前有什麼小菜沒有？」

「我去弄。」

「你會幫我倒酒嗎？」

「你不嫌棄就好，但是請不要對大家動粗。」

「我不是說了不會亂來嗎？」

明美等四名女性正要走進廚房，山田明從後面喊了一聲：「別想拿菜刀打歪主意啊。刀傷可不好處理，我不想把狀況搞得更糟啦。」

明美走過廚房的雙向門，不禁要想她剛才殺人未遂真是太好了，謝天謝地，光是想到房間裡血流成河的光景就心驚肉跳。

明美不敢相信，前不久怎麼會以為只有殺人才能解決問題？為什麼會有這麼愚蠢的想法？怎麼會以為那是合理的結論？彷彿整個靈魂都變質了。

＊

德丸組的小弟足立兼男，走進帶廣警察署二樓偵訊室。

甲谷雄二警部補瞪了足立一眼，示意要他坐在桌子對面，站在一旁的新村巡查環抱雙臂，或許是因為有點冷。這間偵訊室的暖氣溫度確實不夠高，加裝鐵網的窗玻璃被風吹得嘎嘎作響，換氣口不斷灌進冷風，整間警察署都相當寒冷。

足立顯得不解。

「我是被害人啊，應該沒有任何嫌疑吧？」

「沒有。」甲谷坐在足立對面：「我想問你另外一件案子。」

「不是今天的案子？」

「坐吧。」

足立憂心地坐下。

「風雪這麼大，如果沒有要緊事能不能改天再問？不然我回不去了。」

「別擔心，想過夜，這裡要多少房間都有。」

「不要吧？你說其他案子，難道還會比今天凶殺案更嚴重？組長的老婆浩美大姊都被殺了，我們是被害人，快點抓兇手啊。」

「你們浩美大姊正在帶廣市立醫院的太平間，巧的是那裡還有另外一具屍體。」

「啊？」

甲谷邊說邊觀察足立的反應。

「不明屍體，從遺物判斷應該是叫藥師泰子的女人，這名字你應該有印象吧？」

足立眨眨眼，似乎一頭霧水，但沒多久就瞪大眼睛，應該是想起來了。

「你想清楚再回答，撒謊我會知道，而且馬上以殺害藥師泰子的嫌疑逮捕你。」

「請等一下啦！」足立慌亂地說：「記得記得，我有印象！」

「你們什麼關係？」

「就，我們旗下金融公司的主顧。」

「不要講好聽話，你們騙人家借高利貸對吧？」

「只是借錢而已。」

「跟你什麼關係？」

「那個……」足立清清喉嚨說：「我載那女的去過事務所，兩次。」

甲谷吩咐新村：「把他說的話記下來。」

新村走向偵訊室裡另外一張小桌坐下，翻開筆記本。

甲谷問：「哪時的事情？」

「去年，秋天吧？不對，冬天剛開始。」

「從哪裡載到哪裡？」

足立說了一家帶廣市南端的大型小鋼珠店。

「事務所打電話通知我，我開車去載人。」

「你說的事務所，就是十勝市民共濟？」

「是。」

十勝市民共濟是地下錢莊，由德丸組若頭的左右手原口敏夫掌管，根據局裡的情報，這一年來賺錢的手法相當惡劣。

甲谷又重複一次，好讓新村記錄。

「你是十勝市民共濟的員工，跟藥師泰子有接觸，只跟她見過兩次，從小鋼珠店把她載去事務所，沒錯吧？」
「啊，去討債的時候也見過。」
「討債，是去女人家裡討？在哪？」
「志茂別？」
「幾次？」
「兩次。」
「最後見到她是何時？」
足立反問：「那女的什麼時候死的？」
「你幾時殺她的？」
足立聽了猛搖頭：「我才沒有殺她！」
「那她怎麼會死？」
「我哪知道？」
「說，最後見到她是何時？」
「你剛說不明屍體，是在哪裡發現的？」

「就是你最後看到她的地方。」

足立盯著甲谷，應該想推測甲谷是在唬人，還是真的已經查清楚了。

甲谷說：「你真笨，這不就是等於承認你在那裡殺人？」

「沒有沒有，我沒殺人。」

「你到底最後見到她是何時？是不是去討債，她說再寬限幾天，你氣得教訓她？揍她？」

「沒有，真的沒有，而且當時不是只有我一個。」

「五十嵐推說是你殺的。」

足立一聽晴天霹靂。

「騙人！大哥騙人！」

五十嵐這名字是剛才聽志茂別駐在所川久保巡查部長說的，剛好用在這個關頭。去年十二月二十日，這名德丸組組員曾經和足立一起帶走藥師泰子。

五十嵐昌也還在帶廣農業高中念書的時候，就已經是出名的壞蛋，曾經進過旭川的少年鑑別所（註：少年收容所），後來高中輟學，有段時間加入關東的暴力團當小弟。二十一歲的時候犯下傷害罪而被起訴，判決三年半徒刑，服完刑出獄之後回到帶廣，成為德丸組的一員。這人粗魯沒禮貌，聽說連德丸組都為他頭痛，但是虎背熊腰，身高一百八十二公分，體重上百公斤，是個好用的打手。德丸應該是看上這副好體格，才會帶五十嵐去熱海參加稻積聯合的交接典禮，換句話說五十嵐像是德丸的活動配件。

看來搬出五十嵐的名字很有用，甲谷又說了。

「如果你不說，我們只好相信五十嵐說的。」

「大哥幾時講的？他不是跟組長一起待在熱海？」

「等他回來，我們也會請他來坐坐。現在問題是你，你是不是殺了藥師泰子？去年十二月二十日，你們去志茂別的藥師家把人帶走，然後在哪裡殺她？」

「沒有，真的！我沒有殺她，五十嵐大哥亂講！」

「那就說真話。」

足立呼吸急促，眼如銅鈴，可能嚇到快缺氧了。

「說不說？」

足立張嘴點頭。

甲谷吩咐新村：「去買罐茶來。」

新村開心地瞥了足立一眼，離開偵訊室。

甲谷看看手表，下午五點四十分。

*

綠屋頂的餐廳裡，所有人即將用完餐點。

坂口明美在座位上觀看四周，自稱山田明的殺人犯坐在面對暖爐的右邊，增田夫妻與其他客人在電視機附近，擠兩張靠窗的四人桌吃飯。

山田明命令在場所有人不准交談，所以這二十分鐘內餐廳內鴉雀無聲，電視也沒開，只能聽見窗外的風雪，以及暖爐內劈啪的柴火聲。

咖哩飯、通心粉沙拉以及洋蔥湯，算是粗茶淡飯，但今天晚上就算端出山珍海味，應該也是食之無味。主餐只要有辛辣的咖哩飯就好，增田紀子建議拿咖哩包加熱就上桌，避免讓山田明餓太久而發火，其他女的也都同意，然後做些通心粉沙拉和洋蔥湯來配。

大家要在民宿裡撐過今晚的風雪，而且鍋爐故障，晚上需要一點東西暖暖身子，所以女子組做了三明治當消夜，還燉了牛肉馬鈴薯濃湯。現在開始燉的話，到半夜十二點就可以吃了。

美幸與山口坐在離暖爐最遠的位子，山口還被綁在椅子上，美幸用湯匙餵食山口，只有他們才吃到一半。

明美看看左手邊的山田明，不知道是因為吃飽，還是喝光了一瓶啤酒，看來情緒和緩許多。吃飯前他就像顆炸彈，隨便碰一下就會爆炸，明美在用餐期間盡量溫柔服侍山田明，應該也有助他緩和情緒。

山田明吃下盤中僅剩的通心粉，對著正前方的美幸說：「不要吃得那麼辛苦好不好？」

美幸停下手裡的湯匙說：「可是山口哥沒辦法吃飯。」

「鬆開他的手，讓他自己吃，但是你要過來我這邊。」

意思是美幸也要加入當人質。

山口對美幸點頭：「就這樣吧，我自己吃，幫我鬆綁。」

西田起身上前，幫山口鬆開手腕上的繩索。

山口搓揉著自由活動的手腕說：「我還以為手要壞死了。」

美幸慢慢起身，走到山田明左邊坐下，隔了一個人的距離，雙手夾在兩腿之間。

增田紀子問山田明：「你要甜點嗎？我們有蘋果。」

山田明開心地說：「有模有樣喔。再來點咖啡吧。」

明美問山田明：「啤酒要嗎？」

山田明搖頭：「我知道你的打算，咖啡就好。」

「我沒打算什麼。」

「那你喝。」

「我不喝。」

「喝吧，還是你想喝葡萄酒？」

明美想了想，或許她確實需要喝點酒，她為了讓山田明放鬆到這個程度，自己已經緊張到胃痛了。

「那我就來點葡萄酒。」

增田紀子起身走向廚房，平田久美子也跟了進去。

山口誠雙手一被鬆開，三、兩下就把剩下的晚餐吃個精光。

此時室內燈光突然暗了下來，停電？但還沒完全變黑，燈光又恢復了。

增田老闆說：「風雪這麼大，最好要有停電的心理準備。我去準備蠟燭。」

山田明笑說：「火爐邊的燭光之夜，今天晚上很浪漫喔。」

聽在明美耳裡真是諷刺，身邊有殺人犯，不到十五公尺外有具屍體，真是有夠浪漫，世上應該沒有多少人經歷過這麼浪漫的夜晚，或許連山田明也是第一次用上浪漫這個詞。

山口問山田明：「能不能上個廁所？」

如果山口要上廁所，就得把他從椅子上放開。

西田看著山田明想知道如何處理。

山田明說：「風雪這麼大是逃不了，不過要是你想亂來，這個女生會死喔。」

「我懂。」山口說：「我跟大家都很冷靜。」

山田明吩咐西田：「椅子上的繩子鬆開，但是腳一樣綁著。」

西田走到山口的椅子後面解開繩結，山口雙腳還是被綁著，只能像僵屍一樣跳去大廳後方的洗手間。

明美看著山口的背影，心想只要他保持冷靜不逞英雄，其他人就不至於送命，所以忍到明天早上就好。只是明美自己將要面對丈夫的追問，為什麼會被扯入這樣的狀況，而這才是她要吃苦頭的時候。會離婚？會分居？會被輕蔑懷疑一輩子？對明美來說，活過今晚比撐過往後的人生輕鬆多了。

＊

川久保篤看著天花板的日光燈，突然整個暗掉。

他以為要停電，但起動器又閃爍起來，日光燈恢復光亮。

看來肯定要停電了。剛才閃那一下代表某處電線已經斷線，電力公司立刻切換供電線路才沒有持續停電。

但是應該有某個地方已經完全停電。

很遺憾，駐在所並沒有供電線路圖，不知道哪裡電路斷線，也不知道哪裡在停電。

看看牆上的鐘，已經晚上七點。

整個町完全停擺，如果還有人在工作，應該只剩少部分的酪農，而且也差不多要收工了。

川久保走到窗邊看看室外溫度計，零下四度，真的很冷。這種冷不像一月的零下二十度，就算停電也不會害人凍死，問題是這場大風雪。風雪大到完全凍結人類社會活動，名符其實的暴風雪。

川久保回到暖爐邊，給暖爐上面的水壺加水，看來遇難和車禍的數量不會只有今天下午四點那一件，明天有得忙了。

*

足立兼男說了。

「如果女的死了，應該就是我跟五十嵐大哥去接她那個晚上。」

足立總算願意招出藥師泰子的死因。

甲谷對一旁坐小桌的新村使個眼色，提醒他別漏記，新村點頭。

甲谷對足立說：「如果女的死了？聽起來好像不關你們的事。實際上你們當晚就殺了她對吧？」

「拜託聽我說啦。」足立哭喪著臉：「我們真的沒殺，只是出了怪狀況，我也一頭霧水啊。」

足立描述的經過如下。

藥師泰子似乎迷上小鋼珠，已經被合法的金融機構列入黑名單，欠了一屁股債又借不到一毛錢，這種人當然會找上地下錢莊。她找上了號稱能幫助多重債務人的十勝市民共濟，打電話說想借錢的時候，已經在各家金融機構欠了將近三百萬。藥師第一次到事務所借錢，原口一眼就覺得她最後會去殘廢澡賣身，因為泰子年紀三十五歲，卻有張可以號稱二十五的娃娃臉。原口答應借三百萬給她還債，但是加上諮詢費、手續費和利息，換來一張四百萬的借據。

藥師泰子畢竟是無收入的家庭主婦，當然無法還錢給十勝市民共濟，足立和五十嵐曾經去藥師家討過兩次債，都只拿回一點小錢。他們也找當貨車司機的藥師先生談過，但先生也還不出錢。

十二月的那一天，原口吩咐足立和五十嵐昌也去志茂別接藥師泰子，說藥師泰子已經答應去札幌的殘廢澡賣身。把人接來之後，當晚要讓她好好體會如果逃跑會有什麼下場，然後隔天會有札幌的殘廢澡業者來接人。原口已經跟組旗下的連鎖殘廢澡談好，要把泰子賣過去。

兩人到了志茂別的藥師家，藥師先生無所適從，但想要靠自己還錢，不過女人說要自己負責還錢，就上了足立的車。實際上在殘廢澡賣身半年左右，就可以還清四百萬的債務，只要夫妻倆咬緊牙關都還忍得過去。當泰子上車的時候，足立拿走了她的手機。

車子一離開志茂別的藥師家，坐後座的五十嵐就開始恐嚇泰子，興高采烈地說著晚上要叫泰子做一大堆性服務，說是賣去殘廢澡之前的教育訓練，泰子聽到都哭了。

五十嵐不以為意，硬要泰子在車上幫他口交，足立從後照鏡偷看，結果被五十嵐痛罵：「開車看前面！混蛋！」

後座傳來五十嵐脱褲子的聲音，當時車子正好要過雄來橋，五十嵐用力壓著泰子的頭，突然傳出嘔吐聲，接著車裡滿是一股酸味。

五十嵐大罵：「馬的！你給我亂吐！」

泰子說：「讓我下車，拜託讓我下車。」

足立從後照鏡看著五十嵐，五十嵐嘖了一聲，吩咐停車。

車子已經過了雄來橋，足立停在國道二三六的路邊，打開後座車門鎖。

泰子一下車就彎腰嘔吐。

五十嵐也跟著下車，他的褲子已經褪到腳踝，四角褲沾滿了泰子的嘔吐物，只好氣呼呼地脫掉長褲。

下一秒，泰子突然往橋上跑去。

「跑了！」五十嵐大喊。

足立馬上下車追趕泰子，泰子的身影在橋上的路燈下有些朦朧，她從右側人行道往橋上跑，但是足立才追了幾秒鐘，泰子的身影就消失了。

足立眨眨眼，跑到橋上的人行道。

泰子不見蹤影，不在橋上，也沒有出現在任何路燈之下。

足立在泰子消失的位置附近停下，隔著護欄往橋下看，橋下應該有水，但天色太暗看不清楚。

五十嵐趕了上來，足立說女人不見蹤影，可能跳河了。

兩人在橋邊四處尋找，用車上的手電筒往河裡和河岸找，過了二十分鐘都找不到，期間還有幾輛車經過。駕駛們應該覺得可疑，但沒有人停車詢問原因。

「就跟原口他們說女人趁機逃了。」五十嵐說：「千萬別說車上發生的事啊。」

兩人回到帶廣向原口報告，原口抱頭懊惱，因為他已經付了錢給札幌的店家了，原口只好立刻帶著兩人去找組長報告。

一行人在事務所簡單交代經過，組長氣得臉色鐵青，要是女人的屍體被發現可不得了，說她自己跳河可沒有人相信。

組長問五十嵐，女人跳河之前發生了什麼事？五十嵐說沒有，組長又問足立，足立也說沒有。

組長發現五十嵐的長褲髒了，命令他脫下長褲，當時事務所裡大概有十個兄弟在。

五十嵐在兄弟們面前心不甘情不願地脫下長褲，裡面沒穿內褲，之前停車的時候已經把被吐髒的內褲給丟了，但是長褲裡面還是髒兮兮。

組長氣得叫五十嵐轉身挺起屁股，然後就用竹劍狠狠地打，五十嵐先用手撐著牆壁忍耐，但吃了七、八記之後就暈了過去。

「你沒腦袋啊！」組長怒斥：「害我們組危險啦！」

如果泰子還活著，警察可能馬上就到，如果屍體被發現，先生就會去報警。無論哪條路，警察都會查到組裡來。

足立想起剛才拿走了泰子的手機，並提出這件事，原口一聽便說：「等等傳封簡訊說她人在札幌。」

足立奉組長命令，隔天一早就去雄來橋附近找人，如果找到屍體就適當處理一下。

足立照做，但找不到泰子的屍體，或許還活著？為了保險起見，原口傳了簡訊給藥師先生。

這就是足立口述最後一次見到藥師泰子的經過。

「相信我吧。」足立最後說了：「我真的沒動她一根寒毛啦。」

「我們會知道。」甲谷回答。

甲谷想起駐在警察川久保的話，屍體發現地點是茂知川岸邊，雄來橋的下游，所以足立的供詞有一定可信度。問題是整個經過是否可信？或許足立他們是在橋上威脅藥師泰子，或許他們在車上對泰子施暴，泰子做出激烈反抗，然後就被足立或五十嵐給整死了？話說回來如果泰子欠債又被賣到殘廢澡這部分屬實，是不至於要人命才對。

甲谷還有另外一件最在意的事情，他問足立。

「後來五十嵐怎樣了？組長既然帶他去熱海，是不是重視他甚於你呀？」

「才不是。」足立回答：「原口大哥說要是藥師泰子的案子曝光，五十嵐要負全責，所以把他留下來。不過五十嵐大哥在屁股傷勢痊癒之前，也是一直講組長壞話，說被趕走也沒差。」

甲谷心想如果自己是德丸組長，確實會看出頭腦簡單的五十嵐還有點用，火併的時候可以當敢死隊，不然就是替組裡出馬嚇唬人。反正這種人也沒有其他用途，就算看了火大，總有一天還是能回本。

但是五十嵐又怎麼想呢？被迫在所有兄弟面前露出屁股，讓組長狠狠修理一頓，腦袋這麼簡單的人應該覺得格外丟臉，或許惱羞成怒開始痛恨德丸？

甲谷問：「五十嵐除了組裡兄弟之外還認識哪些人？跟帶廣其他組的兄弟熟嗎？札幌或旭川呢？」

足立被這麼一問顯得有些意外。

「對喔，聽說他在茨城那裡有個大哥，他因為藥師泰子那件事被教訓之後，有說如果被趕出組，就要跟那個大哥聯手闖江湖。」

「你知道那個大哥的名字？」

「不知道。」

「哪個組的？」

「好像不是幫派，是在福井監獄認識的大哥，還聽說他們倆個曾經在千葉船橋幹了一票大買賣。」

「有說是什麼買賣嗎？」

「好像是闖進有錢人家裡搶劫，不對，還是搶運鈔車，搶地下錢莊辦公室？每次他講的內容都不太一樣，我都當他在吹噓。」

「船橋的大買賣是吧。」

甲谷看看時鐘，晚上七點四十分。

足立說：「我可以回去了嗎？」

甲谷起身說：「風雪這麼大，出門就死定了。我是為你好，留下來過夜吧。」

「我不要待拘留室。」

「那乾脆聊整個晚上？這種天氣沒辦法給你叫豬排蓋飯，不過泡麵多到可以賣你喔。」

足立嘆了口氣站起身。

「可以撒尿吧？」

甲谷目送足立離開偵訊室，對新村說：「去查查船橋有什麼還沒破的案子，可能跟今天的很類似。」

新村問：「大概什麼時期的案子？」

「五十嵐是五年前二十五歲的時候回來帶廣，之前在福井監獄服刑，所以應該是五年到七年前的案子。」

「怎麼推測的？」

「今天的搶案有內賊牽線。組裡人大多去參加交接典禮，保險箱裡有很多錢，不知道這些情報就不可能動手。而且歹徒敢搶暴力團老大的家，肯定不是外行。或許不是黑道，但一定是有經驗的人。」

「為什麼說不是黑道？」

「如果都是道上兄弟，就算組不同也不會搶人家老大的家，被發現的風險太高了。」

「所以是五十嵐串通朋友幹的案子？」

「有可能，五十嵐跟組長有仇，所以才選了有完美不在場證明的日子，唆使某人動手。」

「應該要找法務省確認，當時五十嵐在福井監獄的獄友是誰。」

「今天晚上是沒辦法了。」

「船橋的案子應該很快就能查出來。」

「我去煮泡麵，要吃點熱的才行。你要嗎？」

「我去煮吧。」

「不必，你去查案件資料就好。」

甲谷走向刑警室的備料櫃，裡面總是堆滿了人家送來的泡麵，但是每種泡麵的數量參差不齊，他只希望自己喜歡的口味還有剩。

＊

餐廳裡的桌椅大都被推到角落，火爐左前方鋪了五床棉被。棉被附近擺了一排椅子代替牆壁，牆壁另一邊（也就是火爐右前方）擺了張桌子，坐著山田明和明美，現在餐廳裡就像畢業旅行的學生通鋪。

搬動桌椅和鋪棉被是男人們的工作，同時也從大廳後方的倉庫裡搬來大堆橡木柴，柴火堆滿了火爐旁邊的木箱，連木箱旁邊都堆了一堆，有這麼多木柴，就算猛燒一整晚也不怕用完。

女人們則是準備床單和毯子，明美和其他女人們一起打了地鋪，山田明則是穿著防寒外套，握槍放在腿上盯著一切經過。

「好了吧。」山田明確認。

增田老闆看看餐廳內部說：「這樣應該可以撐到早上，不會凍死了。」

「你跟那個老頭去二樓。」

「我知道。」

山田明轉向山口，山口的手被綁在面前，吃完飯上完廁所之後就一直這樣，活動比之前方便許多。

山田明對山口說：「你要被綁回椅子上。」

山口說：「我寧願綁住腳睡在地鋪上。」

山田明想了想，對增田說：「把他放倒，用繩子跟桌腳綁在一起。」

山口說：「我說話算話，不會亂來。」

「我看你不爽。」

「那我也去二樓好了。」

美幸聽了大吃一驚：「山口哥，不行！」

山田明問山口：「你不是擔心這女生？難道在打什麼歪主意？」

山田明氣得瞪大眼睛，明美連忙介入安撫。

「好不容易冷靜下來，為什麼還要鬧事呢？大家都聽你的，不要生氣。」

山田明對明美說：「你想讓我放鬆？」

「我是想讓你放鬆，不要傷害別人，如果想開槍就打我。只要你願意，大家今天晚上都不會亂來。」

山田明又看了其他客人一眼。

「聽到沒有？只要你們乖乖聽話就不會增加屍體，平安撐到明天早上。我們一起享受和平浪漫的夜晚吧。」

增田與西田走向山口，讓山口仰躺在地鋪上，然後用繩子綁住山口的雙腳，再把繩索另一端綁在附近的桌腳上。

美幸跪坐在山口身邊，摸摸山口的手。

山田明說：「小姐，不行喔。別碰繩子，給他蓋了毯子就閃遠點。」

美幸看看山口與山田明，乖乖地給山口蓋上毯子。

山口對美幸說：「只要跟你睡在同一個空間裡，我就心跳加速。我現在很幸福喔。」

美幸淚眼汪汪地說：「很痛吧？我好想替你當人質喔。」

「男子漢要忍住，讓我耍個帥吧。」

山田明對增田說：「你跟那個老頭去二樓。」

增田看看西田，西田點頭，拉拉防寒外套的下襬就走向大廳。增田看了太太紀子一眼，跟著西田離開。

平田久美子怯懦地對山田明開口：「請問……」

「怎樣？」山田明說。

「你叫我不要講話，但是我不講話會覺得悶，能不能看個電視抒發壓力？」

「看新聞會心臟病，算了吧。」

平田先生說：「能不能看什麼DVD之類的？氣氛太緊張我受不了。」

紀子走向電視桌，對山田明說：「有很多不打緊的電影，看看沒關係吧？這麼安靜實在很嚇人。」

「別選讓我生氣的的片子。」

紀子從電視桌下面拉出一箱DVD，拿到山田明面前。

「那請你選個不會生氣的片子。」

紀子把大概二十片DVD攤開在桌上。

山田明看了一眼之後說：「如果要放鬆心情，選個溫馨動畫片吧。是說我想你們現在也笑不出來。」

紀子快快收好DVD走回電視桌，拿了其中一片放進DVD播放器打開電源，是日本的兒童動畫片，主角是兩個小孩。

明美聽著動畫主題曲，感覺心情瞬間輕鬆不少，這應該是正確的決定。雖然這部動畫已經看了好多次，但至少接下來一個半小時可以沉浸在動畫世界裡，撐過恐怖的現實。

「選這部喔？」山田明傻眼：「都幾歲了？」

明美對山田明說：「再來點啤酒如何？」

山田明把椅子往火爐拉近了些。

「來點熱可可吧，有點冷。」

紀子點頭說是，走進廚房。

*

西田康男走進房間發現沒有想像中那麼冷，鬆了口氣。

小型的煤油暖爐花了一段時間，才把這三坪的房間弄暖，房間擺設很簡單，只有一張床和兩張椅子，應該是民宿老闆家裡的客房。看來增田不打算在自己夫妻的臥室，跟素昧平生的男人一起過夜。

先進房間的增田說了：「這間房間要定時換氣，可能會有點冷，你忍著點。」

西田坐在床上說：「以前棉被邊緣都會結霜，吐氣還會結冰呢。」

「我知道，我小時候也是這樣。」

「只要有過那種經驗，就不用擔心凍死了。」

屋外強風怒吼，聲音前所未有地大，就連鋼筋水泥的餐廳棟感覺都在搖晃，不對，應該真的在搖晃，因為風雪在深夜裡會變得更強。

增田從房間角落拿來兩雙拖鞋，一雙遞給西田。

「不好意思，這是我們的住家，請你換個拖鞋。」

「好啊。」西田答應之後問增田：「二樓有廁所嗎？」

「有，出門右手邊走到底。」

「借用一下。」

西田走出房間，走廊大概有十公尺長，他的左手邊有樓梯，樓梯口對面有兩扇門，應該是夫妻寢室跟孩子的房間。

他的右手邊有三扇門，應該是浴室或儲藏室之類，增田說的廁所，就在這三扇門的最後面。

西田站在原地豎耳聆聽樓下的聲響，餐廳與大廳之間隔著一扇門，大廳與樓梯間之間也有一扇門，樓梯間的角落做成內玄關。也就是說餐廳與目前他所在的二樓之間隔了兩扇門，一般人說話聲是聽不見的。他確實也沒聽見任何聲音，是不是該把耳朵貼在地板上聽聽看？

西田往右手邊走，打開廁所門，裡面大概有一坪半大小，右邊有溫水免治馬桶。

西田走進廁所鎖上門，立刻把耳朵貼在夾板門上聆聽，看來客房裡的增田沒有動靜。

這件事不能給增田知道，剛才就是因為那個當人質的人妻告密，說那個男的包包裡有手機，男的才會被槍殺。男的被殺之後，女的還跟兇手一起親密地喝酒，所以現在連人質也信不過了。

西田坐在馬桶上，從防寒外套的內袋之中掏出自己的手機。剛才他按照殺人兇手的指示，交出了同事忘在辦公室的手機，其實他自己也忘了自己身上還有這支手機，所以一開始從口袋裡摸到這支手機，還有點一頭霧水。

再次豎耳聆聽，確定除了風雪之外沒有別的聲音，但小心駛得萬年船。西田從通話紀錄中選了一個號碼，按下通話鍵。

電話響了一聲就有人接聽。

「志茂別駐在所。」

「川久保先生？」西田把嗓門壓得極低：「我是西田，不好大聲說話，請你安靜聽我說。」

「怎麼了？發生什麼事？」川久保訝異地問。

「我人在綠屋頂民宿，帶廣的強盜就在這裡，電視上那個年輕人。他有手槍，已經在這裡殺了一個人，但是被風雪困住。目前民宿裡有八個人加一個殺人犯，請不要打電話，線路被剪斷了。」

說完西田就掛斷電話，不知道剛才那些內容有沒有傳遞足夠資訊？川久保有沒有正確理解綠屋頂民宿的狀況？

西田掛斷手機，看看廁所四周，如果手機帶在身上可能會被發現，一旦被發現保證馬上被殺，然後跟那個男的一樣躺在內玄關裡。

架上有幾捲衛生紙，西田起身將手機藏在衛生紙後面。

*

川久保剛從錯愕中清醒過來，立刻把西田說的話記錄在桌上的便條紙裡。綠屋頂民宿，帶廣的強盜，年輕人，有帶槍，在民宿殺了一個人，別打電話。

口氣聽來很急卻很小聲，就好像怕被人聽見一樣，看來不是說謊。川久保想起前不久請西田幫忙車禍救援，這人應該不會亂開玩笑才對。

綠屋頂民宿。

中札內消防本部獲報車輛衝出路面，報案地點就是綠屋頂民宿。消防本部通知廣尾警署，警署再通知川久保，川久保打電話去綠屋頂的時候已經打不通，或許代表線路已經被切斷了。

川久保走向牆上的町地圖，幾小時之前還用大頭針標示禁止通行的路段，但現在全區都禁止通行，標示也沒用。

綠屋頂民宿位於雄來橋南面，那裡很容易形成雪堆，多年前三橡樹慘案現場也就在雄來橋正西方。那裡是日高山脈落山風的風道，如果有車子走國道二三六被雪堆困住，綠屋頂民宿就是最好的避難地點；話說回來雄來橋南邊一公里內也沒有其他民家，如果不想被凍死就只能躲進綠屋頂。

志茂別開發的西田在那裡，持槍的年輕殺人犯也在那裡，而且又殺了一個人。西田沒有說是誰被殺，代表西田不認識這人，也不是民宿老闆的家人，經過一番整理，西田提供的資訊如下。

目前民宿裡有一個殺人犯和其他八人，是老闆夫妻加六個客人？老闆夫妻的小孩不在？如果在，就是五個客人加一個小孩，跟殺人犯一起被風雪困在民宿裡。

事情嚴重了。

川久保拿起警察電話的話筒，必須打電話給廣尾警署的長官報告消息，商討對策。目前刑事課的探員們不可能趕到現場，但至少要調度人力，風雪一停就立刻出動。

「喂？」地域課長伊藤接了電話。

「警署無線電打不通，我打電話。」川久保解釋：「剛才有人報案，帶廣的持槍搶匪似乎就在志茂別駐在所轄區裡，地點是綠屋頂民宿，國道二三六上，離茂知川上的雄來橋往南三百公尺左右。」

「等一下。」伊藤有些慌了：「你說強盜殺人犯就在那裡？」

「是，一名志茂別當地居民在場，打電話報案，殺人犯在民宿又殺了一個人，聽說是年輕男子。除了殺人犯之外，民宿裡目前還有八個人。」

「是真的？你確認過了？」

「對方叫我別打電話，應該是趁殺人犯不注意偷偷報的案，而且綠屋頂民宿目前電話不通。」

「這很嚴重，立刻確認。你能趕到那附近嗎？」

「抱歉，風雪太強道路不通，我過不去。」

「民宿老闆應該也有手機吧？查得到嗎？」

「警察主動打過去好嗎？我覺得這樣會激怒殺人犯，造成嚴重後果。」

「這事情太重大，我不能隨便判斷，你再打一次給報案人。」

「這會讓報案人身陷險境。」

「搞不好是騙人的，你去確認，懂嗎？我會聯絡方面本部。」

川久保默不作聲，伊藤又說一次：「懂嗎？」

川久保說：「報案人的口氣極度緊張，他可能有被殺的危險，我不能再打電話過去。」

「把報案人的手機號碼告訴我。」

「打過去會害報案人遇到危險。」

「我懂，保險而已，快說。」

川久保只能勉為其難說出號碼。

「好，我先掛斷。」

川久保把西田的手機號碼告訴伊藤之後，又走向地圖。

離綠屋頂民宿最近的民宅並不在國道上，而是在通往國道的町道北十二號上，記得這是酪農戶，離民宿直線距離六百公尺左右。地圖上標示這戶人家姓增田，既然位在綠屋頂後方，有可能是增田老闆的老家。

川久保回到桌邊翻閱電話簿，找到增田酪農戶的號碼，拿起電話正要撥號，突然聽見一陣雜音。怎麼了？川久保重新按下話機按鍵，但毫無反應，看來沒有連接到交換機。

這一區的電話線也斷了？

川久保拿出手機撥打增田家的市內電話，也是不通，對方接收不到。電話不能打，風雪這麼大也不可能有人搶修，代表這一區的電話要斷到明天中午。

川久保開始盤算廣尾警署的處理方法，既然有強盜殺人犯持槍占據民宿，還挾持八名人質，明天應該會出動數十名警官包圍民宿，要歹徒投降，釧路方面本部和帶廣警署應該也會共同出擊。

他這個轄區駐在警官該如何是好？只能盡量把詳細資訊提供給方面本部和轄區警署？

川久保坐立難安，走到窗邊一看，風雪更加強勁，吹得窗戶嘎嘎作響，電話線當然會被吹斷，接下來就是電線了。

日光燈暗了一下，又恢復光明。

10

甲谷雄二在自己的位置上看著新村整理來的資料。

這是千葉縣警送來的案件紀錄影本。

甲谷從幾個比較有可能的案子裡篩選出最有可能的一個，要新村找出更詳細的資料。

這是六年前四月，發生在船橋市的強盜案。

連鎖小鋼珠店社長的住家被兩名搶匪攻擊，搶走現金約三千萬，當天社長夫人和幫傭都不在家，家裡只有社長一人；社長正準備要上班，沒想到歹徒假裝宅配人員侵入家中，持刀威脅社長打開保險箱，搶奪現金之後逃逸。

現場遺留物證太少，偵辦陷入僵局，目前仍是懸案。

現在兩起案子有兩個共同點，都是內神通外鬼，也都是假裝宅配犯案。

但是也有很大的差異，今天這件案子有用到槍，還殺了一個人。

所以歹徒二人組裡面有一個跟這起案子一樣？然後因為另外一個搭檔不同，案件的經過也不同，如果船橋那起案子的共犯是五十嵐，那麼兩件案子的主謀，在今天就換了另外一個搭檔，不同搭檔才造成不同結果？

甲谷拿起電話打給千葉縣警察船橋警署，這件案子不是凶殺案，縣警又很忙，應該不會成立搜查本部。

船橋警署總機接起電話，甲谷報上名號，總機說等等會回撥。掛斷之後沒多久，對方立刻回撥說轉接給刑事課。甲谷把今天發生在帶廣的強盜殺人案，轉達給接電話的刑警探員，並詢問能不能找到六年前負責此案的探員。對方說請稍等，大約十五秒後換一名年邁男子接聽電話。

「敝姓大崎，當時是案件承辦人，有我能幫忙的請盡管說。」

大崎應該是碰巧當班，甲谷從頭描述一次案件概要，並說他認為這跟連鎖小鋼珠社長住宅搶案相當類似，想問問後來查案有沒有查到什麼可疑人物。

「說有是有幾個。」大崎說：「還根據監視畫面找到一名男性嫌犯，但是沒辦法推翻他的不在場證明。」

「能不能告訴我是怎樣一個男的？」

大崎說：「這人住在茨城縣取手，是個無照的房地產掮客，曾經因為詐欺被判刑，他跟小鋼珠店的店員有接觸，我們曾經請他到署裡問話，但是沒辦法逮捕他。」

「問話感覺如何？」

「嫌疑很重。」

「請問什麼名字？」

「姓笹原，應該是笹原史郎吧？」大崎說了名字的寫法。

「你知道他詐欺被判刑之後，是在哪裡服刑嗎？」

「應該是福井。要不要我把監視畫面傳給你？有點糊就是了。」

「是不是戴著宅配制服帽，還戴著眼鏡？」

「賓果，但是畫面不清楚，應該要認識笹原的人才認得出來。」

「既然不清楚，那就不要傳真，請傳檔案給我吧。」

「我傳給帶廣警署，等我半小時。」

「多謝。」

電話掛斷之後，甲谷伸手拿起桌上的紙杯，將剩下的咖啡一飲而盡。

那件類似案件的嫌犯，跟德丸組的五十嵐似乎有關係，因為五十嵐還在茨城的時候也是被關在福井監獄。

以探員的直覺來說，這些證據的可信度還不夠，就等大崎送監視畫面過來了。

此時新村走進刑警室。

「足立一直吵著要回去，說熬夜偵訊是違法的。」

甲谷笑說：「還挺囂張的。你有沒有問出什麼破綻來？」

「沒什麼，十二月二十號那件案子他應該沒說謊，要放他回去嗎？」

「船橋那件案子的監視畫面馬上就到，讓他看看。」

「當時拍到了畫面？」

「對，嫌犯跟五十嵐也有關係，都關過福井監獄。」

新村微笑：「搞不好賓果了？」

「就算賓果，這個主嫌也是赤手空拳，問題是那個拿槍的年輕人。」

此時甲谷桌上的電話響了。

甲谷還以為是船橋警署的大崎打來，是不是又想起什麼情報？

但總機說是釧路方面本部刑事部來電，坪內搜查課長要找帶廣強盜殺人案的承辦探員。

甲谷報上名號：「我是帶廣署刑事課的甲谷。」

坪內說：「廣尾警署有聯絡，帶廣強盜殺人犯之中的年輕男子，就在志茂別町的綠屋頂民宿中，報案人是被當成人質的旅客，而且歹徒又在民宿裡殺了一個人。」

甲谷一聽晴天霹靂，半响說不出話。

坪內接著說：「十勝轄區籠罩在炸彈低氣壓之下，本部無法出動，你們今晚等候通知。」

「報案內容屬實嗎？」

「無法確認，志茂別地區的電話線路已經斷線。根據廣尾署的報告，是駐在警察接獲報案，如果回電確認可能會造成人質生命危險。你們務必謹慎，不要輕舉妄動，然後幫我轉接署長。」

「是。」

甲谷按下保留鍵轉回總機。

新村說：「我聽到了，在志茂別？」

「我還以為他們走十勝國道逃往札幌，太意外了。」說到這裡，甲谷喃喃自語：「年輕男子？不是有兩個人嗎？持槍的就不是笹原了。」

「笹原是誰？」

「船橋案的嫌疑人。那笹原史郎呢？逃去哪了？躲在市內的飯店裡？」

新村沒出聲，因為甲谷不是在問問題，沒必要回答。

甲谷起身說：「去志茂別附近看看吧。」

「不可能。」新村指向窗外：「連那些去市內帶廣飯店的人都回不來了。」

刑警室所有窗戶都被雪花堆得一片白，好像塗了一層厚厚的發泡劑，而且窗框劇烈搖晃，狂風吹過建築物之間發出巨響。

現在出門確實會遇難，但這也代表強盜殺人犯無處可去。

不能增加更多被害人。

甲谷想起志茂別駐在所的川久保巡查部長，應該就是他接到報案，他說確認情報會讓人質遭到危險，也是正確判斷。

這名駐在警察肯定煩惱著該怎麼應付現狀，他有沒有解決方案呢？

*

動畫片放完了。

片尾播放字幕搭配主題曲，山田明站起身，拿槍的右手往下垂。

「馬的。」山田明煩躁地說：「還是這麼無聊。」

其他人質望向山田明，擔心他接下來的舉動，而平田久美子看了動畫片也沒有比較放鬆，表情又僵硬起來。

明美主動起身握住山田明的手臂。

「冷靜點，你一站起來就嚇到大家了。」

山田明有點傻眼，詢問明美：「難道你不怕？」

「怕也沒用。」明美開朗地說：「我比較喜歡正面思考，或許是喝了酒的關係吧。」

「搞不好只是笨喔。」

「搞不好喔。來，冷靜點。」

山田明突然想到了什麼好事。

「客房空著吧？要不要過去冷靜一下？」

這只有一個意思，明美說：「那裡冷得要死，我們應該沒興致吧。要不要在這裡？」

明美只是說說，她也不想在這裡跟山田明交歡，但是只要保持交談，就不會有人被山田明槍殺，除非話題突然轉到讓他開槍的方向。

山田明望著其他客人說：「我是會殺人，不過不是變態。」

「我也很正常，只是喜歡性愛。」

山田明說：「這裡二樓有比較溫暖的房間吧？」

「裡面有兩個男的。」

「叫他們下來就好。」

「你要叫所有人下來，自己待在房間？」

「他們不會搞鬼。」

明美小聲說：「那帶我去二樓，我幫你降血氣，讓你冷靜點。」

山田明一聽，眼神更加猥瑣。

「就交給你啦。」

「走吧。」明美轉向其他客人說：「我去一下二樓，別擔心。」

所有人都顯得驚訝，卻沒人開口阻止。

想必所有人都覺得明美不檢點，但這也是事實，明美不打算辯解。她必須為了一條人命負責，那就扛這不討好的差事吧。

＊

房門突然打開，西田嚇得心跳暫停，差點從椅子上摔下來，增田則是嚇得從床上爬起來。

山田明用手槍頂著坂口明美的背，一同走進房間。

明美對西田與增田說：「他叫你們下去，他要在這裡休息一下。」

西田忍不住問：「那你呢？」

「人質。」

明美說著，臉上毫無懼色。

你知道跟殺人犯共處一室會發生什麼事情嗎？知道了還敢過來？但就算拒絕，山田明應該也不會答應。而從明美的表情來看，並不抗拒接下來必然會發生的事情。

山田明在明美身後說：「聽到沒有？下去乖乖等著。」

增田下床看看西田，西田點頭，示意乖乖聽話。

兩人要出門的時候，明美對他們說：「他只要稍微休息就會冷靜下來，你們別擔心，千萬別擔心。」

山田明說：「懂了吧？她可是為了大家自告奮勇，不要辜負她的好意喔。」

西田對增田點頭，一起離開房間。

房門立刻從內側反鎖。

兩人默默從樓梯走下大廳，西田對增田說：「她會不會是第一個犧牲的女人？」

增田說：「我想她打算保護我們，才扛下這個任務。」

「她真的是自告奮勇？為什麼這當下還能這麼做呢？」

「都已經死了一個人，她是想獻身比出人命好吧。」

增田的口氣頗有自信，似乎有什麼根據。

西田走向通往餐廳的門說：「事情結束之後我得感謝她，她是志茂別的人吧？」

「我看過她，應該是町裡的人。」

兩人打開餐廳門，裡面的客人同時往這裡看過來。

增田說：「她說要讓山田明冷靜，交給她吧。」

所有人聽了又各自別過頭去。

平田久美子拿起一片DVD說：「接下來要不要看這個？我喜歡裡面的老奶奶。」

紀子接過片子放進放映機。

西田看看時鐘。

下午八點四十分，幸好剛才打電話給駐在所警察，否則再也沒機會了。

＊

甲谷雄二看了船橋警署送來的資料，監視攝影機拍到一名男子，警方擷取三張圖片，其中兩張勉強可以看清臉部輪廓。中年男子戴著工作帽與眼鏡，這應該就是笹原史郎。

第三張是往鏡頭右邊閃過的人影，身穿長褲外套，頭戴毛線帽，動作太快而顯得模糊。甲谷仔細端詳，想確認那是不是五十嵐，但並不容易，甚至看不出這人的性別。

總之先把照片拿給足立兼男，看看是不是今天的強盜殺人犯，就算監視器畫面不甚清楚，看過本人的目擊者應該能提供更多資訊。

甲谷印出三張圖片，拿了就走進偵訊室。

足立拉緊防寒大衣的衣領，蜷縮在椅子上，桌上有兩個空的泡麵碗，新村巡查則坐在旁邊的小桌作筆記。

甲谷來到足立面前，把圖片攤在桌上。

「見過這人沒有？」

足立拿起一張來看，張嘴發楞。

「就今天那個男的吧？」

「你確定？」

「這不是我們的監視器？」

「確定是同一個人？」

足立訝異地問：「難道不是？」

「這是六年前其他案子的照片。」

「是喔，我看應該不會錯。」

「照片裡還有另外一個人。」

足立拿起第三張圖片，瞇起眼睛仔細端詳。

「是不是有點像五十嵐大哥？」

「別問我，你自己說像不像？」

「像啊，可是我不敢保證，只是看起來感覺像而已。」

新村瞥了甲谷一眼，看來中大獎了。

甲谷拿走圖片，坐在足立對面問了。

「再來討論藥師泰子的屍體，就說是五十嵐幹的，行吧？」

足立瞪大眼睛。

「我說過是大哥幹的嗎？」

「照現在的狀況，你會是共犯，你不想當殺人犯吧？老實說，你有沒有辦法證明那是五十嵐一個人幹的，跟你無關？」

「有什麼可以當證據證明我沒幹？」

「德丸或原口的吩咐，或者是你們對德丸的報告，有沒有紀錄？」

「我們又不是當差的，哪會寫什麼出差報告還是指令書？只有幾個大哥聽到當時的對話而已。」

「從藥師泰子身上搶來的手機呢？最好通訊紀錄裡沒有你的號碼喔。」

「有手機就行了？」

「你沒有丟掉？」

「留著啊。只是組長說如果確定人死了，就立刻丟掉。」

「在哪裡？」

「組長家裡的客房，那裡有我的置物櫃，手機放在置物櫃裡面的包包。」

一旁的新村說：「那個包包是警方建議繳交的證物，目前跟其他證物一起堆在道場裡。」

足立對新村抗議：「我有說要繳給警察嗎？」

新村說：「當時就問過你要不要繳交在場的私人物品了。」

「我以為只有案發房間裡的東西說。」

「整個組長家都是案發現場，你們的房間也不例外。」

足立不滿地噘嘴。

甲谷吩咐新村：「把包包整個拿來。」

「是。」

新村起身離開偵訊室，足立說：「這種時候不是警方自己要負責舉證嗎？」

甲谷微笑，最近愈來愈多混混喜歡耍法律名詞，不禁要想暴力團是不是都有開法律研習會，教大家怎麼應付警察？

「你從哪裡學來的？」

「這常識吧。」

「放心，所有偵辦手續都在合法範圍裡面。」

新村回到偵訊室，左手提著用塑膠袋套住的運動肩包，右手拿著蒐證用白手套。

甲谷戴上手套往包包裡找，拿出一支粉紅色女用手機，綁著迪士尼動畫角色的吊飾，看起來像是高中女生的手機。

「這就是藥師泰子的手機？」

「是。」

甲谷拿了適當的充電器接上手機，按下電源鍵，十秒之後出現開機畫面。桌面也是動畫角色，大眼睛的小動物。

檢查通話紀錄，期間是十二月二十號之前到十二月初，幾乎都是「十勝共濟」的聯絡人名稱，應該是十勝市民共濟的原口，這很好查。

再往回看到十一月，出現另外一個聯絡人叫菅原，這是誰？

甲谷問足立兼男：「菅原是誰？」

「啊？」足立一頭霧水。

看起來不像在裝傻，應該是真的不認識。

從通訊紀錄來看，十二月十八號就打了五通電話給菅原，如果菅原不是她老公，也不是地下錢莊呢？

甲谷看看簡訊紀錄，十八號也有發給菅原。

簡訊內容如下：「請見我最後一面。」

是男的？而且應該是頗親密的對象，如果仔細閱讀簡訊和通話紀錄，肯定會查出藥師泰子不為人知的私生活。

而用這個「最後」又是什麼意思？因為她要離開志茂別去賣身？還是……

看看簡訊紀錄，菅原並沒有回應這封十八號的簡訊，看來菅原這男的不想理會藥師泰子「最後的請求」。

甲谷對足立說：「難得風雪這麼大，你就住一晚吧。」

足立哭喪著臉說：「所以我還是會被逮捕？人不是我殺的啊。我的罪名是什麼？有拘票嗎？」

「你目前是竊盜現行犯，持有不明屍體所屬的手機，而且無法合理解釋原因。」

足立雙手抱頭，發出難堪的哀號。

*

房裡的燈暗了。

天花板上本來有夜燈，現在也不亮，整個房間一片漆黑，應該是完全停電了。

「馬的！」明美身後的山田明怒斥：「別動，我不用燈！」

坂口明美聽從山田明的吩咐，脫光衣服跪趴在床上，讓他從後面挺進。

山田明脫了長褲和內褲不斷抽插，從目前的抽插速度與喘氣速度來看，他即將達到高潮。就快結束了，明美閉上眼忘記眼前的現實，再忍一下就好。

山田明在黑暗之中動作更加激烈，不斷發出搗麻糬般的碰撞聲，這是明美體驗過最猥瑣的動作與聲音。應該不會被樓下聽見吧？明美咬著牙努力忍受這份恥辱，她現在把自己當成一塊海綿，沒有情緒也沒有人性，只是一團有彈性的無機物。就算被人家蹂躪，也不會感到任何恥辱。

下一秒，山田明停止動作，明美感到背後吹了一股長長的氣，還以為他就要離開了，沒想到山田明的命根子還是緊緊插著不肯放。

山田明高潮之後一陣子，明美突然發現室溫降低許多，發生什麼事了？有人開了窗？

豎耳聆聽，原本該有的風扇運轉聲不見了。

暖爐熄了？

風扇應該是用來避免不完全燃燒的自動熄火機構。

山田明與明美分開，說了：「火都熄了？沒暖氣喔？」

跪趴的明美總算可以橫躺在床上。

山田明拉著床單的角落，擦拭扭動。

明美等氣順了才挺起上半身找面紙，開工之前她先確認過床頭桌上放有面紙。

喀嚓一聲，房裡亮起小小的光芒，原來是山田明點了打火機，黑暗中只見他一張臉。

「在這裡會凍死，回樓下去了。」

「等等，我要穿衣服。」

「快點啦。」

打火機的火光消失，明美在黑暗的房間裡四處摸索，好不容易才穿回自己的衣服。樓下應該也是停電，衣服凌亂一點不會有人發現，或者說大家就算發現了，也會視若無睹。

打火機又點了起來。

「走，你先出去。」

山田明打開房門，走廊比較明亮一些，明美發現原來是綠色的逃生指示燈發出光芒。

這裡是住宿設施，即使是私家空間也要設置逃生指示燈，假設發生火災，這燈應該可以撐到讓裡面的人逃走為止。

「幸好有燈。」山田明熄掉打火機說：「免得滾下樓梯。」

明美先向山田明報備去上個洗手間，然後與他一同回到大廳，大廳也有逃生指示燈，亮度足夠讓他們順利回到餐廳而不至於絆倒。

山田明先打開餐廳門，餐廳裡有火爐的火光，多支蠟燭的火光，以及出入口的逃生指示燈，亮度還不錯。老闆夫妻和其他客人擠在火爐前面，全都回頭看著明美他們，明美抬頭挺胸走向火爐，客人們又別過頭去。感覺上大家並不輕蔑明美，只是有點尷尬。

山田明與明美剛才坐的桌上放了小燭台，明美坐回自己的位置。

山田明謹慎地觀察每個客人，或許是在算人頭，看有沒有人偷跑。然後對躺在地鋪上的山口說：「你起來，轉一圈我看。」

山口說：「我被綁著哩。」

「照做就對了。」

於是山口在美幸攙扶之下起身，聽令原地轉了一圈，繩子還是綁得很牢。

「這就好。」山田明坐回自己的座位。

平田久美子起身對明美說：「二樓冷不冷？牛肉湯燉好了，要不要來一點？」

明美沒想到有人會關心自己，愣了一下才回答：「啊，麻煩你了。」

山田明問增田老闆：「逃生指示燈可以亮多久？」

增田回答：「停電之後頂多撐三十分鐘。」

「逃生指示燈熄了之後，就乖乖睡吧。」

平田久美子從爐上的湯鍋裡舀了一碗濃湯拿給明美，明美突然眼眶一濕，連忙貼近湯碗遮住表情。

餐廳的木製窗框不斷顫動，火爐煙囪不時傳出氣流倒抽的聲音，停電之前都沒注意到這些聲響，也或許是剛才看DVD的關係。如果今天晚上繼續停電，想必會更加注意風雪的聲響。

明美轉頭看看牆上的時鐘，已經晚上九點十五分，炸彈低氣壓要明天中午才會離開，代表風雪還要持續十五個小時。十五個小時，明美覺得這十五個小時有如永恆，甚至可以在這之間活個兩、三輩子，就像今天感覺已經去了好幾條命一樣。

火爐裡的風聲變得更強，玻璃罩裡的火光彷彿往深處流逝。

＊

川久保篤好不容易在駐在所裡面的起居室安頓下來。

看來會電會停到明天，那就不能指望有電動風扇的暖爐，川久保拿出電池式的大手電筒，好不容易從儲藏室裡搬出簡易煤油暖爐，加滿煤油點火。

光靠這小暖爐頂多只能暖和三坪的空間，駐在所的辦公室和起居室無法同時暖起來，川久保決定明天之前只溫暖起居室，晚上就睡在起居室的沙發上，通往辦公室的門口要關好，制服別脫，甚至穿著防寒大衣睡覺。棉被與毯子已經鋪在沙發上，晚上十一點再睡吧。

川久保在煤油暖爐上放了裝滿水的燒水壺，睡前最好吃碗熱辣的泡麵暖暖身子。

他擔心綠屋頂的狀況，孤立又黑暗的民宿裡，有個持槍的強盜殺人犯，而且在那裡又殺了一個人。這歹徒不是火氣大，就是不把殺人當一回事。難道是個以殺人為樂的傢伙？不排除這樣的可能。

川久保看著煤油暖爐玻璃罩中的火光，暗自祈禱狀況不要更加嚴重，不要再有人遇害，並且方面本部要盡快採取正確行動。

11

川久保篤醒來發現狀況不對。

電視機旁邊的鬧鐘指著上午六點四十分，是他平時起床的時間，而遮光窗簾的縫隙間透出陽光。

川久保從沙發上起身，想確認今天早上哪裡不對，情況與他想像的有所出入。

聲音嗎？風聲停了？

川久保掀開毯子和棉被，走到窗邊掀開窗簾。

三層玻璃的隔熱窗內側沒有結冰，外側玻璃是積著雪花，但有縫隙可以看見外面的景色。

風勢減弱了。至少不像昨天晚上那麼強勁，只是算強風而已。而且現在風中沒有雪花，天氣晴朗，駐在所旁的橡樹隨風搖擺，但不至於被吹到要攔腰折斷。

他想開電視，但沒有電，看來還在停電。電力公司還沒派人來搶修？搞不好風雪才剛停，或者只有這附近轉弱。

川久保從起居室走到辦公室，穿上鞋子打開風除室內側的門，昨天晚上風除室外側的門被吹得嘎嘎作響，還不時發出破裂般的巨響，但現在只是微微顫動。

他解鎖用力推開門，腳下散開一堆雪，原來門外積了五十公分的雪。

走到駐在所外面看看國道，除雪車還沒出發，雪積了大概三十公分深，但不是整條路都一樣深。強風經過的部分會形成雪堆，雪堆可以高達五六十公分。

風勢斷斷續續，風速應該不到每秒十五公尺，迎著風並不好走，但不至於被風吹倒，車子開在高速公路上才有可能被吹歪。

川久保用長靴在雪地上踏出一條路，雪又濕又重，而且雪花被強風吹亂，積雪密度很高，走起來感覺相當沉。

他走到停車場，小警車已經完全被埋在雪裡，大概要花三十分鐘才挖得出來。雖然國道還沒開始除雪，但至少要先準備好小警車。

川久保先回駐在所，要先喝點熱咖啡，吃碗泡麵，才有力氣幹粗活。

*

西田已經醒了三十幾分鐘，但一直待在棉被裡不動。

風勢已經不再撼動房舍，看來最強的風雪已經結束，炸彈低氣壓的風尾正要經過此處。風勢並沒有完全停歇，房舍偶爾還是會搖晃，但是間隔愈來愈長，低氣壓的勢力確實在衰退。

西田想起昨天晚上增田說過這一帶的除雪機制，綠屋頂往南一百公尺左右的町道北十二號線，好像會比國道更早除雪？也就是說只要清出這一百公尺的道路通往町道，山田明就能趁警察抵達之前逃走。

山田明似乎起來了，西田躲在毯子裡轉頭，偷偷睜開眼睛，山田明走到窗邊從窗簾縫隙往外瞧，右手還拿著手槍。

山田明回頭大吼一聲：「好！全都起來！」

所有客人立刻坐起上身，表情依然緊張卻沒有任何睡意，或許大家都跟西田一樣早就醒了。

山田明在窗邊說：「風雪比較小了，男的去把車挖出來，老闆去開除雪車！」

西田掀開毯子緩緩起身，增田老闆邊搓揉肩膀邊走向火爐，打開火爐罩。

增田紀子走向電視機操作遙控器，但沒有反應，看來還在停電。

男人質們穿好防寒大衣，走向餐廳出入口。

山田明對增田說：「借用你的Range Rover，只要挖那一輛就好。」

增田面無表情地點頭。

*

甲谷雄二從帶廣警署刑警室角落的沙發上起身，昨晚風雪大到他無法回家，但現在似乎緩和許多。

他打開沙發前的電視尋找新聞台，北海道的地方電視台正好在播氣象。

「這個炸彈低氣壓帶來的暴風雪，造成道東一帶的交通完全停擺。國道三十八號線的十勝清水一帶，約有五十輛車因為雪堆而拋錨。駕駛們紛紛把車留在路上，前往附近的民宅和車站避難。

國道二四一號的士幌町一帶，有三十多輛車被埋在雪中。十勝地方與根釧地方，約有兩百多輛汽車拋錨。昨晚各地不斷打電話向警方求援，但道路尚未除雪，警方也愛莫能助。

北海道開發局對十勝地方北部、根釧地方北部重點派發除雪車，計畫依序開通國道。北海道土木現業所也計畫從十勝地方、根釧地方的北部開始除雪。這場暴風雪的規模估計超越平成十七年四月的炸彈低氣壓，當時造成弟子屈與阿寒湖畔的交通中斷四天。」

此時新村出現，手裡拿著兩杯咖啡，把其中一杯遞給甲谷說了。

「風雪總算小一點了。」

甲谷說：「還會吹到中午吧。」

「聽說暴風提早通過十勝，但是國道二三六的除雪要延後，大概要八點之後才能去志茂別。」

「強盜殺人犯正占據民宿，能不能想辦法弄輛除雪車來？」

優先。」

「帶廣一帶有一百多輛車拋錨，可能還有人遇難，交通課希望以救人為優先。」

「我覺得逮捕殺人犯比較優先。」

「方面本部似乎要派十勝機動警察隊來，廣尾警署也說只要國道二三六完成除雪，就立刻安排攔檢。」

「南邊的路通了沒？」

「大樹町跟豐頃町一帶好像積雪不深。」

甲谷正把咖啡杯湊到嘴邊，突然有名警察衝進刑警室，是個快退休的巡察部長。

巡查部長拿了一張紙條交給甲谷：「這是剛才的報案。」

紙條內容如下：「別府町二番路口附近有輛車開上人行道，車內有一具男性屍體，屍體上有血跡。」

然後是報案人的姓名地址。

甲谷確認：「是不是惡作劇？」

「來源正確。」

「不是打一一〇報案？」

「不是，報案人是附近帶廣監獄的員工，在自家門前鏟雪的時候發現那輛車，以為是遇難車輛，上前查看才發現屍體。報案人知道局裡的電話，就直接打過來了。」

甲谷趕到牆上的帶廣市地圖前面，發現地點是帶廣南邊，民宅不多，而且很快就能接上國道二三六。

新村看著甲谷：「難道笹原被殺了？」

「起內鬨？有可能。」

「所以確實有三個人？」

「可能更多，我很擔心民宿的狀況。」

甲谷拿出手機，目前最擔心的就是這件事。

撥打號碼，立刻有人接聽。

「志茂別駐在所。」

「我是帶廣警署的甲谷，剛才又發現一具屍體，地點是帶廣南邊的二三六附近。」

「遇難？」

「不是，屍體上有血，可能是昨天搶案的嫌犯。」

「總共三個人？」

「目前掌握到是這樣，你那邊風雪多大？」

「已經小了很多，有風沒有雪，但是還沒有人除雪。」

「能不能趕去民宿？」

「車子上不了路。」

「我們也動不了，機動警察隊正在路上，但是應該還要花一個多小時。」

「嫌犯暫時應該也跑不掉，但是町道很快就會開通，廣尾警署打算在二三六設攔檢站？」

「看這狀況，我擔心嫌犯可能在民宿裡亂來。」

「我懂，只要一開始除雪，我立刻趕往現場。」

「請多小心，嫌犯可能已經殺了三個人，不好應付。」

「了解。」

甲谷掛斷手機之後吩咐新村：「今天要帶槍，繃緊神經啊。」

新村嚴肅地點頭。

*

Range Rover 總算從雪堆裡露出頭來。

三個大男人拿著鏟子，奮力從雪堆裡把車子挖出來，增田老闆開著小型除雪車，要從民宿停車場開一條路通往國道二三六。Range Rover 已經開了暖氣，雖然除雪車尚未經過國道，但只要除雪車一來，車子馬上就能上路。

山田明在玄關屋簷下持槍監督眾人的工作，腳底還放了一只黑色包包。

山口在 Range Rover 上面倒車，開上鏟過雪的車道，山田明走出玄關，將黑色包包放上副駕駛座。

西田從那包包鼓脹的程度，聯想到昨天男子託付給他的包包，這下他總算知道兩只包包有什麼關聯。罹難的男子其實是山田明的同伙，兩個人平分搶來的錢，而其中一份就在西田車上。

山田明對增田說：「町道差不多要通了吧？你說一百公尺就到了？」

增田回答：「差不多。」

「你鏟雪開路，我跟在後面。」

「還不確定町道通了沒啊。」

「如果沒通，你就上町道鏟雪吧。只要往東走一公里，雪堆就少了對吧？」

增田緊張地點頭，回到除雪車上。

＊

廚房裡只剩坂口明美和老闆娘增田紀子兩人，平田久美子和美幸拿著飯菜剛離開廚房。

兩人洗著碗盤，紀子對明美說了。

「謝謝你自己一個人那麼……」

紀子沒有看著明美，只是低頭洗碗。

明美擦擦盤子說：「沒關係，那種事情我一個人扛就好。」

「那男的走了之後，警察一定會來。我知道你是因為風雪太大，交通中斷，才一個人跑來我們這裡找地方住，對吧？」

明美思考紀子話裡的意思，應該是想作證說明美並不是來這裡跟菅原信也碰面。

明美不知道該怎麼回答，只能沉默，紀子又說了。

「今天的客人幾乎都是這樣，碰巧被暴風雪困住才住在這裡。你是，山口跟美幸也是，西田先生也是，那個死掉的人也是。訂房的只有平田夫妻。」

這下明美懂了紀子的意思，紀子打算幫她開脫。有夫之婦與爛男人搞外遇，但爛男人被殺了，而且男女雙方的手機都被丟進火爐燒掉。也就是說裸照和通聯紀錄全都從世界上消失，眼前只有增田夫妻知道明美是來見菅原，只要增田夫妻守口如瓶，就沒有任何外遇的證據。

明美嘀咕一聲：「謝謝。」

「你一個人扛下了痛苦，我們才是感激不盡啊。」

「我想我可以忘記。」明美正對著紀子，表明身分。「我是志茂別的坂本明美，住本町。」

「我見過你，別哭了。」

「謝謝。」明美又說了一次，拎起圍裙擦擦臉頰。

*

除雪車從民宿停車場開上國道，用鼓風機吹走積雪，山田明開著 Range Rover 緊跟在除雪車後方五公尺。

距離一百公尺，除雪車太小，雪又濕又重，少說得花二十分鐘才能抵達町道北十二號線。而且鼓風式的小除雪車得來回吹上好幾次，否則就連四輪傳動越野車都走不了。

西田康男看看手表，再過五分鐘就七點了。

町道會從七點開始除雪，除雪車很快就會開上北十二號線，也就是說如果山田明要逃往釧路會比較簡單，選擇東面或南面的道路積雪較少，接上國道三三六號之後走到浦幌轉國道三十八號，之後直到釧路都沒什麼積雪。目前這個時間，這段路是可以開車通過，不知道警察會不會在那裡攔檢？

西田心想不對，警察應該認為積雪限制了歹徒的選擇，只會在二三六執行攔檢，但作夢都想不到歹徒會選擇積雪較少的町道或村道往東逃逸。

這樣下去他會逃走。

山口和平田都已經回到餐廳，女人們正在做早餐，感覺有點像社團集訓。玄關外面躺了一具用毯子蓋住的屍體，但山田明既然已經離開停車場，恐怖時光也就宣布結束，大概只有開著除雪車的增田老闆必須繼續害怕吧。

西田衝進民宿跑上二樓，他必須打電話告訴那個駐在警察，說殺人犯正要離開。

他衝進廁所，從架子後方拿出手機，打開電源，用通話紀錄找出志茂別駐在所駐在警察的電話。

才一撥通，川久保立刻接聽。

「我是川久保。」

西田依然壓低嗓門：「殺人犯剛剛離開民宿，開著綠色的Range Rover，打算走北十二號往東逃走，警察趕到了嗎？」

「了解。」川久保說：「就他一個人？有沒有帶走人質？」

「只有帶著民宿老闆一個人在國道上除雪，歹徒則跟在除雪車後面。」

「大概多久之前出發？」

「不久，才一、兩分鐘，我想還要花二十分鐘才能上町道十二號。警察趕得上嗎？」

「應該可以，民宿裡有沒有其他人遇害？」

「除了昨天被殺的那個之外，沒有了。可是他真的很恐怖，我想他在逃亡途中可能還會殺人。對了，可以問你個問題嗎？」

「什麼問題？」

「那個帶槍的年輕人是不是搶了錢？」

「是。」

「多少錢？」

「聽說一千萬左右，怎麼了？」

「沒事，只是看他拿著可疑的包包。」

「那包包裡應該裝了一千萬。你記得歹徒的車牌嗎？」

西田把自己記住的車牌告訴川久保。

「感謝，請西田先生也小心點。」

「好，我會小心。」

「如果殺人犯帶著人質逃走，請再打電話給我。如果只有他一個人就不用聯絡。」

「懂了。」

西田掛斷手機之後暗自盤算，強盜二人組的其中一人，把包包寄放在他這邊，裡面有兩千多萬現金，但是川久保剛才說損失金額只有一千萬。山田明的包包裡應該也裝了不少錢，可見實際損失金額更高。

被害人不知道實際損失了多少錢？怎麼可能，沒這種事。那為什麼警方不知道正確金額？

難道被害人不好告訴警方正確的損失金額？逃稅，偷竊，見不得人的錢。也就是說如果山田明被捕，他手上的錢就會成為正確的損失金額？

換句話說，西田代為保管的錢，其實不存在於這世界上？既然這錢不存在，無論落到誰的手上都沒有人會追究吧？

但轉念一想，這說不通，只要山田明被捕就會招出正確損失金額，警方會知道剩下的錢都在另一名同夥身上，這個同夥應該已經死了，而車上找不到這筆錢，警方就會繼續追查錢的下落。西田是報案那輛車出車禍的人，警方會找上他，問他有沒有看到放錢的包包。

裝傻有用嗎？

要不要說有人比他更早發現那輛遇難車？受傷的駕駛說剛才已經把包包交給第一發現者，請人家求救，但是還沒有回應？

西田又想到了。

他發現遇難車輛之後，是前往綠屋頂借電話叫救護車，警察應該想不到熱心助人的民眾會侵吞贓款吧？說有其他人先發現這輛車，應該說得過去。

西田想起昨天晚上幫屍體蓋毯子，覺得毛骨悚然。山田明是凶殘的罪犯，在帶廣殺了一個人，又在民宿殺了一個人，很難想像他碰到警察會輕易就範。再說山田明手上有槍，更不可能乖乖讓警察上銬。應該會跟警察駁火，最後被打死吧？那他就不會供出實際上搶了多少錢。

這麼一來西田保管的錢就真的「不存在」，可以隨意花用了。

再看看表，剛好七點鐘。

西田下定決心，他不該逃走，當然遲早都要主動離職，但不必急於今天，或者該說今天離職反而不妙。他現在應該趁其他員工還沒上班之前回到辦公室，把兩千萬放回保險箱，那他就不會變成竊盜犯。如果他想把手上這兩千多萬據為己有，就必須在上班時間之前趕回辦公室。

西田把手機塞進防寒外套口袋，離開廁所。

*

川久保篤立刻打給廣尾警署的伊藤。

「帶廣的強盜殺人犯已經離開那座民宿，民宿裡的客人報案說歹徒獨自開著綠色Range Rover，沒有帶走人質。另外民宿老闆可能被帶去除雪，歹徒打算走志茂別町的町道北十二號往東逃走，請在適當地點設攔檢站。」

川久保最後報上車牌號碼。

伊藤說：「我們決定要在國道二三六攔檢，刑事課和警備課準備中，但是在除雪之前沒辦法開車出去。」

「不對，歹徒不會走國道，走那裡跑不掉。」

「十勝機動警察隊要八點半才會出動，大範圍攔檢是他們負責。」

「八點半就來不及了。」

「現在風雪還沒停，嫌犯開著車想跑也跑不掉。」

「除雪不是全面同時進行，等警方出動，歹徒已經移動好一段距離了。只要開始攔檢，他就會躲起來，可能還會殺人。」

「畢竟天氣不好，或許現在有比較好，但是還是動不了。我會把資訊回報給方面本部。」

伊藤說完就掛電話。

川久保忍住罵髒話的衝動，轄區裡都發生了凶殺案，昨天晚上他還是親自接獲報案，卻到現在都還無計可施。而且警察機關無法迅速應付殺人犯的行動，這樣下去殺人犯會逃走。

只好自己上了。他是町裡的駐在警察，一旦町上發生犯罪，他有責任第一個處理。發生犯罪的民宿就在他的轄區裡，如果警察機關趕不上，他就得靠自己。

川久保打電話給藥師宏和。

鈴聲響了六聲還沒人接，是手機沒電了，還是正在除雪聽不到手機響？響了第七聲總算有人接聽，川久保問藥師：「町道開始除雪了嗎？」

「是啊。」藥師回答：「我正在開工，快要到北十二號了。」

「大概幾分鐘會推進到國道？」

「十五分鐘吧。」

「你可能會碰到一輛 Range Rover，小心，車上有殺人犯。」

「殺人犯？」

「昨晚躲在綠屋頂民宿，打算走北十二號逃跑。」

「就是昨天帶廣新聞報的那個？」

「對，兩名歹徒的其中一個。」

「好，碰到了我會裝傻經過，可以吧？」

「可以，什麼都別做。」

川久保掛斷之後又打給藥師任職的志茂別畜產公司。

年邁男子接起電話，或許是社長。

川久保通知情況緊急，希望能來國道除雪，路段是國道連接町道南一號的一百公尺左右，只要這段除雪完成，他可以在十分鐘之內趕到北十二號。

「了解。」對方回答：「我馬上派一台車過去。」

川久保走向置物櫃，先脫下防寒大衣，穿上警方分發的防護背心，特殊纖維背心可以抵擋刀刃，但無法防彈。只是如果對方決定近身搏鬥，穿了會比較安心。

川久保思考接下來該怎麼做，要避免殺人犯逃走，並且讓對方無法自由活動，避免又有人被挾持或被殺，之後才是逮捕，但逮捕並不是他的目標。所以他現在應該堵住馬路，或者把對方困在車內，之後交給方面本部或轄區警署來逮捕就好。

但是只要對方企圖逃脫，就算掏槍也要擋下來。

川久保打開槍套，確認手槍的觸感。

對方可能已經殺了三個人，帶廣暴力團老大家裡一個，帶廣南邊一個，志茂別民宿一個，是非常凶殘的歹徒。就算擋住他的去路勸他投降，他也不會乖乖聽話。一旦發現只有川久保一個人來擋路，肯定二話不說就開槍。

警察開槍有一定的程序，要先讓對方知道自己即將開槍才能開槍。川久保就讀警校的時候，教官說必須先對空鳴槍才能對歹徒開槍，但他想到了手槍使用規定的特別條例，應該可以省略對空鳴槍。

「若情況危急，時間不足以預警，或者預警行為可能促使對方做出違法舉動時，不在此限。」

現在的狀況完全符合緊急、可能促使對方違法兩大條件，只要確認對方有槍，當然可以不必對空鳴槍。

川久保又穿上防寒大衣，離開駐在所，小警車已經開好暖氣，隨時可以出發。

國道左手邊有輛黃色除雪車從南面過來，應該是志茂別畜產的除雪車，不使用鼓風機而是安裝鏟雪板，像是大型推土機，排山倒海而來。

看看時鐘，七點十分，趕得上嗎？

川久保坐上了小警車的駕駛座。

＊

西田一個人拿著鏟子從雪堆裡挖出了他的老轎車。

看看手表，七點十八分。

八點就會有人進辦公室，而且這種天氣必須去幫客戶進行除雪，所以有些司機會比平時早點上班。

一定要趕在八點之前，最好能趁七點四十五分就趕到辦公室，如果趕不上，女職員橫井打開保險箱就會發現現金遭竊，那就沒戲唱了。西田會被逮捕，難得的兩千多萬也沒機會花用，只能被關進監獄。

增田開著除雪車從國道回到停車場來，應該是抵達了町道北十二號，山田明獨自離開，老闆才會回來。

西田小心地倒車離開停車場。

增田爬下除雪車，一臉訝異，應該是想知道西田打算去哪。

西田降下駕駛座的車窗對增田說：「我得回町裡去給辦公室開門，從北十二號轉町東面的町道，應該到得了吧。」

增田這才懂了：「小心點，他可能還在路上。」

西田點頭，升起車窗。

＊

川久保一開上北十二號，就看到前方有輛四輪傳動車，開在剛除過雪的町道上。推斷應該離自己一公里遠，不對，只剩九百公尺了。

如果是夏天，現在馬路兩邊應該是種滿了甜菜或穀類，現在則是一片雪白。國道那頭可以看見防風林，但町道左右兩邊則光禿禿的。

川久保打開小警車的紅色警示燈，車頭打偏橫擋住馬路。

四輪傳動車稍微放慢速度。

川久保掀開防寒大衣的下襬，解開槍套，脫下手套拿起手槍。

別猶豫，川久保提醒自己對方已經殺了三個人，既然已經掏槍，就該毫不遲疑地開槍。

川久保拿起警署無線電對講機，迅速報告。

「志茂別町北十二線，發現嫌犯駕駛的 Range Rover，勸告對方停車，等待支援警力。」

接著他放回對講機走下警車，風勢減弱了些，雪花在馬路左右兩邊的雪地上隨風飛舞。現在吹的是西風，也就是正對著川久保吹來，四輪傳動車順著風勢，看來更顯迅速。

對方會停在小警車前面，還是會強行衝撞？或者要掉頭躲回民宿？如果掉頭，川久保就要追上去打破車胎，務必要把這輛車攔下來。

*

增田在玄關拍掉防寒外套上的雪，走進餐廳。

平田久美子還躺在地鋪上，或許是緊繃的心情獲得放鬆，才突然疲倦起來。她先生平田邦幸坐在一旁，握著久美子的手。

山口誠正在幫火爐添柴，動作看來很熟練，應該說這個年輕人具備了生活在北國的基本技能，或許他一個人就有本事搭建起小木屋。

美幸正在整理餐桌，雖然昨晚發生了那樣的慘案，她的臉上卻洋溢著些許幸福，還不時偷瞄火爐邊的山口。

坂口明美捧著一大碗沙拉走出廚房，神情有些憔悴，還帶點黑眼圈，或許剛才又哭了。

「那傢伙走了。」增田對客人們說：「大家不用擔心。」

說完增田走進廚房，紀子正在瓦斯爐前炒菜，他走到紀子身邊說。

「走了，惡魔終於走了。」

「辛苦了。」紀子看著爐上的平底鍋說：「我給你泡咖啡。」

「哎。」

「嗯？」紀子抬頭看著增田。

「這裡天氣這麼差，不知道你媽願不願意過來住喔？」

紀子聽了訝異地說：「可以嗎？」

「我們這裡就是給人住的地方，也還有空房間啊。」

對，這裡就是給人住的地方，碰上暴風雪的夜晚，任誰來敲門都會開門歡迎，來者不拘。既然昨晚的慘劇應該不會發生第二次，那往後也沒必要因為任何威脅而關上大門了。

紀子露出笑容，放下平底鍋與鍋鏟，往增田走近一步，親了他的臉頰。

＊

四輪傳動車緩緩開在雪花飛舞的町道上，距離川久保只剩一百公尺左右。對方應該看得很清楚，前方停了一輛警車，旁邊還站了一名警察。想必也猜得出來警察右手握著一把槍。

川久保嚥了口口水。

殺人犯接下來會怎麼做？他站在風尾，叫對方投降，對方不一定聽得到。要一直對峙等支援警力過來？總之沒必要先採取行動，只要能把對方攔住，就已經算是盡責了。

但是那輛四輪傳動車開始加速。

對方打算硬闖？

町道寬度是六米寬，剛才把警車橫擋在路上，很難從左右兩邊闖過，硬闖一定會撞上警車。

他打算衝撞？

四輪傳動車加速衝過來，川久保的警車是小汽車，那輛Range Rover是四千西西排氣量配鋁合金車身，一旦對撞肯定是小警車會輸，川久保不禁往旁邊退了五步。

他又開雙腿蹲好馬步，站在剛除雪的馬路上，雙手緊握手槍。日本警察的制式配槍是S&WM 37 Air Weight左輪手槍，有五發子彈，槍管長兩英寸，距離一長就很難打中。如果想阻止對方的行動，必須盡量在近距離內開槍，但同時也讓自己身陷危險當中。

四輪傳動車毫無減速跡象。

等等，川久保想到如果Range Rover有配備安全氣囊，撞車的時候氣囊應該會爆開吧？安全氣囊可以避免駕駛受傷，但也會擋住駕駛視線，就算對方撞翻了小警車，接下來一時也無法繼續前進。

川久保在心中大吼，來吧，撞飛我的警車吧！

不過他還是再退了五步，舉好手槍。

四輪傳動車突然緊急煞車，停在離警車十公尺遠的位置，或許歹徒也想到了安全氣囊這件事。

他會下車嗎？

川久保渾身緊繃。

朝陽正好灑在對方的擋風玻璃上，車內坐著那名年輕男子。

年輕男子突然下車，躲在車門後面開槍，一聲巨響伴隨著飄散的硝煙，但是沒打中，看來對方不太擅長中距離射擊。

那麼每年去警校接受一次射擊訓練的川久保，準頭一定比他好。至少川久保開槍的次數是對方的上百倍，這讓他突然冷靜不少。

川久保扣下扳機，打中了 Range Rover 的駕駛座車窗。

對方又開一槍，還是沒中，打到小警車的擋風玻璃。

川久保稍微調整姿勢再開一槍，這槍打中 Range Rover 的車門，連忙再補一槍，躲在門後的男子便癱軟在地。

打中了。

川久保動也不動，觀察對方的反應，是會倒在地上開槍？還是躲到車子後方？或者再也不動了？

川久保就這麼觀察了十秒鐘以上，倒在車門底下的男子動也不動，頂多扭個幾下。剛才兩槍應該不算致命傷，但至少阻止了他的行動。

川久保彎腰從警車底下觀察男子，男子仰躺在地，頭朝後方，手槍掉在男子左邊的雪地上，離男子的右手有三十公分遠。

川久保從警車後面繞到左邊，小心地接近男子，男子背後的雪地上滲出血色。

川久保舉槍慢慢靠近，一腳踢開男子身邊的手槍，手槍在雪地上滑行了五公尺遠，男子毫無反應。

看看這男子的長相，雙眼緊閉似乎意識不清，也不確定還有沒有氣息。應該是不至於死了，但不馬上急救可能會失血過多而死。

川久保將手槍收回槍套，蹲在倒地男子身邊為他上手銬，男子依然動也不動。

川久保免不了照規矩宣讀一下：「你涉嫌妨礙公務與違反槍砲彈藥管制條例，依現行犯身分將你逮捕。」

看看手表，七點二十二分。

川久保再次拿起警用無線電回報：「已經控制住帶廣強盜殺人案的嫌犯，嫌犯受傷，地點是志茂別北十二號，請派救護車。」

起身一看，遠方又開來一輛車。

車上的司機似乎發現前方有狀況，開始放慢速度。

川久保往旁邊打直左手要對方停車，對方停在 Range Rover 後方大約二十公尺，是輛老舊的轎車。

下車的人正是西田康男，川久保剛好有事要問他，也就不加以嚇阻。

川久保走到 Range Rover 後面，等西田走上前來。西田看著倒在地上的男子，膽怯地走過來。

「是你打他的？」

「是啊。」川久保瞥了倒地男子一眼：「或許他會死。民宿裡的歹徒是他沒錯吧？」

西田看著男子，差點嚇到腿軟。

「對，就是他，他自稱山田明，殺了一個客人。」

「民宿裡有其他人遇害嗎？」

「沒有，就那一個。」西田抬頭說：「我能不能先走？還得去辦公室開門呢。今天應該有一大票客戶要除雪才對。」

「警方應該會找你做筆錄。」

「我會配合，但是得先去辦公室開門，我是第一個要開的。」

「你過得去嗎？」

Range Rover旁邊應該過得去，川久保回到警車上移車，讓西田的轎車順利通過。

川久保下車，看著西田開自己的車慢慢通過現場，開到警車旁邊的時候，西田降下車窗對川久保致意。

「多謝你的報案，你也很危險吧。」

西田說：「幸好我沒死。那我先回町上了。」

川久保向西田敬禮，西田升起車窗，老轎車加速離去。

川久保感到一絲不對勁，但他也不知道原因何在，只是莫名地不對勁。

算了，等案情水落石出，自然知道哪裡不對勁，現在沒什麼好擔心的。

西田的轎車在路口右轉往南走，川久保目送西田離開，突然打了個寒顫，或許是心情放鬆才會冷得發抖。

川久保發現風勢已經完全停歇，馬路兩邊也沒有雪花飛舞，樹木靜悄悄地，電線也穩穩地掛著，看來炸彈低氣壓比預期的時間更早離開。

川久保走近警車，雙手撐著車頂低下頭，差點就要趴倒在地。

警車上的方面本部無線電傳出聲響。

「川久保巡查部長，聽到請回答。你在嗎？目前情況如何？」

川久保打開車門，伸手拿起對講機。

是，我就在這裡。

娛樂系 022

暴雪圈

作者 佐佐木讓
譯者 李漢庭
責任編輯 戴偉傑
美術設計 POULENC
書衣裡插畫 chocolate
內文排版 高嫻霖

總編輯 戴偉傑
出版顧問 陳蕙慧
發行人 林依俐
出版 青空文化有限公司
106台北市大安區仁愛路四段107號7樓
讀者服務信箱：service@sky-highpress.com

總經銷 大和書報圖書股份有限公司
電話 02-8990-2588
印刷 前進彩藝有限公司
出版日期 2016年12月 初版一刷
定價 360元
特價 299元
ISBN 978-986-93883-0-6

國家圖書館出版品預行編目（CIP）資料

暴雪圈 / 佐佐木讓 著；李漢庭 譯. -- 初版. -- 臺北市：
青空文化, 2016.12
480 面； 10.5 x 14.8 公分. --（娛樂系；22）
譯自：暴雪圈
ISBN 978-986-93883-0-6（平裝）
861.57 105020316